한국 현대 서사시의 변용과 선택

송영순 宋英順

　　강원도 영월에서 태어나 상지대학교 국어국문학과를 졸업하고 성신
여자대학교 대학원 국어국문학과에서 박사학위를 받았다. 상지대학교
학술연구교수를 역임하고 현재 성신여자대학교에서 강의하고 있다.
　　저서로『모윤숙 시연구』『모윤숙의 서사지향성 연구』『현대시와 노
장사상』, 편저로『모윤숙 시전집』『이동주 시전집』『렌의 애가』가 있다.

한국 현대 서사시의 변용과 선택

인쇄 · 2014년 12월 23일 | 발행 · 2014년 12월 30일

지은이 · 송영순
펴낸이 · 한봉숙
펴낸곳 · 푸른사상
주간 · 맹문재 | 편집 · 지순이, 김선도 | 교정 · 김수란

등록 · 1999년 7월 8일 제2-2876호
주소 · 서울시 중구 충무로 29(초동) 아시아미디어타워 502호
대표전화 · 02) 2268-8706(7) | 팩시밀리 · 02) 2268-8708
이메일 · prun21c@hanmail.net
홈페이지 · http://www.prun21c.com

ⓒ 송영순, 2014

ISBN 979-11-308-0317-3 93810

값 23,000원

Transformation and Choice of Korea Modern Epic

현대문학
연구총서

37

한국 현대 서사시의 변용과 선택

송영순

푸른사상
PRUNSASANG

머리말

이 책은 '한국 현대 서사시에 나타난 탈장르의 전개 양상'이라는 과제를 수행하면서 쓴 몇 편의 글과 이전에 쓴 관련 논문을 함께 묶은 것이다. 그동안 서사시의 개념 정립에 대한 논의에서 벗어나 타 장르를 수용한 서사시에 관심을 가져 왔다. 한국문학의 전통을 어떻게 계승하면서 변용되어 왔는가에 주목하여 타 장르를 복합적으로 패러디한 서사시 내지는 장시를 대상으로 진행하였다.

1부에서는 한국 현대 서사시의 출발점을 1925년에 발표된 「국경의 밤」인데 이보다 앞서 1910년에 발표된 이광수의 장시부터 살펴보았다. 이것은 본격적인 서사시가 아니더라도 서사시의 전통과 계승이라는 차원에서 필요한 과정이라고 생각했다. 이광수가 초기에 발표한 몇 편의 장시는 문학사 기술에서 간략히 언급되었을 뿐 제대로 조명을 받지 못한 점이 있었다. 그 이유는 두 가지인데 하나는 「옥중호걸」(1910)의 주인공인 '브엄'을 '부엉이'로 오기된 판본을 대상으로 평가한 점이고, 두 번째는 이 작품의 주인공이 '옥중에 갇힌 안중근'을 비유한 영웅시라는 점을 제대로 해석하지 못한 점이다. 근대시의 출발점에서 안중근 사건이라는 당대의 역사적 사실을 저항시로 형상화한 실험적인 시로 해석될 경우 시에 대한 평가는 달라질 수 있다는 것이다. 연구 초기에는 이광수 장시의 서사성을 살피기 위한 시도로 출발하였는데 이러한 문제점을 발견하고 여러 편의 논문을 쓰게 되었다. 「옥중호걸」 외에 1917년에 발표된 「극웅행」은 전통적인 서사 구조인 단군신화, 몽유록계 소설의 환몽서사, 판소리 사설의 서술양식을 복합적으로 수용한 혼합장르라는 독특한 매력이 있었다.

1910년대 이광수의 장시에서 서사시의 발아점을 찾을 수 있었다면 김동환의 「국경의 밤」은 한국 현대 서사시의 향후 방향을 결정해 주는 특성을 확인하는 작업이 되었다. 대표적으로 「지새는 밤」은 제목부터 「국경의 밤」에 가장 많은 영향을 받은 작품이었다. 당대의 문단을 대표하는 김억이 서사시 창작의 욕망을 보여 준 것이 「지새는 밤」이다. 「국경의 밤」의 서사구조와 귀향 모티브, 남녀의 운명적인 사랑과 이별-재회의 과정, 두만강과 압록강이라는 공간적 배경 설정에 이르기까지 「지새는 밤」에 그대로 적용되고 있었다. 향후 전개된 한국 현대 서사시가 영웅을 주인공으로 한 전통적인 서사시와 달리 범인 서사시로 나아갈 수 있는 방향을 제시하고 있었고, 이후 전개된 서사시의 공간적 배경이 민족을 상징하는 '강'이 된 출발점을 확인하였다.

2부에서는 장르 패러디와 연희성에 대한 관심으로 김지하의 「오적」과 모윤숙의 「황룡사구층탑」, 고정희의 「사람 돌아오는 난장판」을 대상으로 논의하였다. 이 작품들은 각각 패러디시, 오페라시, 굿시 내지는 마당굿시의 명칭으로 지칭될 만큼 타 장르를 적극적으로 수용하거나 패러디한 특성이 있었다. 무대에서 직접 공연할 수 있는 연희성이라는 공통점이 있다. 전통적인 서사시의 개념으로 설명할 수 없는 새로운 형식의 서사시에서 시인들의 놀라운 상상력을 만날 수 있었고, 나름대로 당대를 읽어 내려는 방식을 발견할 수 있었다.

책을 묶으며 다시 읽어 보니 부끄럽고 아쉬움이 적지 않다. 넉넉한 품으로 이 책의 원고를 기꺼이 받아 주신 푸른사상의 한봉숙 사장님, 꼼꼼한 마음으로 배려해 준 직원 여러분들께 고마움을 표하고 싶다.

2014년 12월 10일
송영순 씀

차례

제1부

제2부

한국 현대 서사시의 변용과 선택의 개관

한국 현대 서사시의 선택과 변용의 개관

현대 시사에서 서사시는 당대의 시대적 상황에 대한 시적 인식의 한 대응방식으로 창작되어 왔고, 끊임없이 다양한 형태로 형식적인 실험을 추구해 왔다. 그런 점에서 '장르의 실험정신', '장르의 확대' 차원에서 '장르의 다양화'라는 측면에서 서사시의 변용에 주목할 필요가 있다. 모든 예술 장르는 시간에 따라 필연적으로 변모 과정을 겪을 수밖에 없기 때문이다. 서사시뿐만 아니라 문학 장르들은 항상 일정한 조건들을 구비한 고정된 실체가 아니므로 끊임없이 변화하는 역사적이고 사회적인 존재이기 때문에 문학 장르를 규정하는 것은 사실상 어렵다. 문학의 양식적 특성은 장르 규정의 논의와 함께 어느 시대나 있을 수 있는 일로 여겨져 왔다. 특히 장르는 역사성과 함께 생성, 발전, 소멸의 과정을 밟기 때문에 소멸하는 것이 아니라 선행 장르를 계승하면서 필연적으로 변화하고 지속되는 특성[1]을 감안하면 서사시의 변용은 시대상황에 따라 불가피하게 선택된다.

---

1 김준오, 『문학사와 장르』, 문학과지성사, 2000, 12~13면 참조.

현대 서사시의 변용에 대하여 커(W. P. Ker)는 전통적인 1차적 서사시에서 2차적 서사시로 넘어가는 과정으로[2] 보고 있다. 역사적 인물과 사건을 다룬다는 점에서는 1차적 서사시와 같지만 역사적 인물과 사건, 설화 등을 통해 시인 개인의 정서와 사상을 전달하고 있다는 점에서 차이가 있다는 것이다. 역사적 사실과 이야기는 여전히 남으면서 민족적 전통을 서사시의 원천으로 사용되고 있기 때문이다. 결과적으로 서사시는 내용상 이야기가 있는 설화의 차용과 형식상타 장르를 수용하거나 패러디하여 상호텍스트성을 갖는 특성이 있다. 전통적 서사시는 국가와 민족, 전쟁과 영웅 등의 중심 요소를 지닌 서사구조를 가지고 있었지만 현대 서사시에서는 점차적으로 지역적이고 개인적인 문제를 다루면서 개인의 정서를 강조한 서사시로 변모되어 왔다. 한국의 현대 서사시는 국가나 민족에서 지방색이 반영되고 고대 서사시의 영웅적인 주인공과는 달리 다양한 인물이 등장하는 등 변모해 왔기 때문이다. 또한 서술자 중심의 발화자에서 화자와 청자가 함께 등장하는 '대화적 상상력'의 담화양식이 등장하고, 객관적 시점과 주관적 시점이 혼용되어 서정시와 서사시의 장르를 넘나드는 구조적 특징을 갖게 된다. 이러한 특징에서 서사시의 개념은 서사성의 본질을 계승하면서 서정시의 주관적 정서를 반영하고 대중문화 장르의 형식을 패러디하는 다양성을 지니게 된 것이다.

전통적으로 고대 서사시는 민족과 국가에 기여한 영웅의 일대기를 장황하게 운문으로 표현된 문학으로 민족의 집단을 대표하는 이야기가 중심이었다. 그러나 근대 이후의 서사시는 전통적인 서사시와 달리 형식상 변모 과정을 겪는다. 전통 장르의 서사양식을 수용하거나

---

2 한국문학평론가협회 편, 『문학비평용어사전』, 국학자료원, 2006, 181면.

타 장르와 결합한 양식으로 변모한다는 점이다. 현대 서사시의 주인 공이 특별한 인물인 영웅에서 일반적인 서민으로 변모한 것과 같이 사건에 있어서도 전쟁과 같은 사건이 아니라 가족사나 연애담 등의 소시민적인 소재가 등장하는 점이다. 또한 형식적인 면에서 과거의 서사 장르인 신화, 전설, 민담 등의 구비서사와 판소리, 굿, 구연동화 등의 서술양식을 차용한 특성이 있다.

한국 문학사에서 서사시에 대한 논의는 하나의 논쟁으로 지속되어 왔다. 이에 대한 본격적인 논의는 1960년대부터 시작되었고, 주로 김동환의 「국경의 밤」을 대상으로 서사시의 개념과 장르에 대한 논의로 서사시론을 정립해간다. 이 작품에 대하여 김춘수는 서사시의 조건을 집단의식, 이야기를 가질 것, 시의 문제를 가질 것 등을 제시하면서 우리 문단에 서사시의 가능성을 예견했고,[3] 서사시의 가능성과 장시의 가능성에 대한 논의가 주류였다. 김우창은 신동엽의 「금강」을 서사시로 보지 않고 서정시로 평가하였으며,[4] 같은 의견으로 오세영도 「국경의 밤」이 장르상 서사시가 아니라 개인 창작의 발라드인 서정시라고 주장하였고,[5] 홍기삼도 서양의 서사시론에 적용하여 이 작품을 '서사시 미숙'으로 평가하고 서사시는 우리 문학에서 장시의 한 형태일 뿐 소멸된 장르로 평가했다.[6] 오세영은 현대에 와서 쓰인 서사시를 부정하고 고대 서사시와는 다른 '현대 서사시'라는 명칭 자체도 사용할 수 없기 때문에 '장르의 미아'[7]라고 하였다. 이처

---

3 김춘수, 「서사시는 가능한가」, 『사상계』, 1965. 9, 23~24면.

4 김우창, 「신동엽의 「금강」에 대하여」, 『궁핍한 시대의 시인』, 민음사, 1977, 208면.

5 오세영, 「국경의 밤'과 서사시의 문제」, 『국어국문학』, 1977, 108면.

6 홍기삼, 「한국 서사의 실제와 가능성」, 『문학사상』, 1975. 3, 375면.

7 오세영, 『문학연구방법론』, 시와시학사, 1993, 103면.

럼 서사시의 장르 규정과 특성에 관한 비평적 성찰이 정립되지 못한[8] 것에서 오세영은 아리스토텔레스를 비롯한 서양의 이론을 종합하여 서사시의 조건을 다음과 같이 제시하였다.

① 서사적 탐색이 붙는다.
② 특정한 민족적 율격을 가지며 그것은 그 민족 모든 서사시에 공통된다.
③ 내러티브로 쓰인 시 즉 서술시이다.
④ 주인공은 영웅이다.
⑤ 소재는 그 민족의 신화나 역사에서 취재된다. 그런 의미에서 그 내용
 은 현실적이 아니라 과거적이다.
⑥ 내용은 모험과 전생에 관한 것이다.
⑦ 주제는 민족정신, 민족 혹은 국가의 운명, 성스러운 가치에 관련된다.
⑧ 구성은 삽화적이다.
⑨ 환기하는 정서는 경악, 공포, 연민 따위이다.
⑩ 이야기들은 부분의 독립성을 지녀야 한다.
⑪ 세계와 객관적으로 대면해야 된다.[9]

오세영은 위의 조건을 지배적으로 지켜야만 서사시라고 할 수 있다고 하며 엄밀한 의미에서 현대 서사시는 존재할 수 없다고 하였다. 그러면서 그는 현대 서사시가 존재하려면 고대 서사시의 본질과 다른 조건 내지는 본질에 대한 해명이 필요하며 그것은 고대 서사시의 조건들을 완화시키는 것 이외에 특별한 묘책이 없을 것이라고 하였다. 위의 조건들이 완화된다고 해도 결국 소설 아니면 로망스, 발라드가 되어 역시 장르 문제가 발생한다는 것이다. 그러나 위의 조건들이 완

한국 현대 서사시의 변용과 선택

---

8 민병욱, 『한국 서사시의 비평적 성찰』, 지평, 1987.
9 오세영, 앞의 책, 102면.

화된다고 해서 반드시 소설이나 로망스가 되는 것은 아니며, 서구 개념인 고대 서사시의 조건을 한국의 서사시에 적용할 수 있는가에 대한 문제가 제기될 수 있다. 현대 서사시는 위의 11가지 조건의 일부를 수용하면서 시대에 따라 변용될 수 있다는 점을 인정할 필요가 있다. 서사의 조건과 리듬, 1인칭 또는 3인칭의 객관적인 서술, 삽화적 구성의 형식적인 요건과 민족의 신화나 역사적인 인물의 현재화, 영웅의 일대기, 일반 서민의 삶, 국가의 운명과 민족정신의 성스러움뿐만 아니라 당대의 시대정신을 담은 내용 등으로 확대될 수 있다. 즉 서사시의 주인공, 사건, 서술 시점의 조건이 시대상황에 따라 변화한다는 점을 수용한 서사시의 변용을 인정하여 복합적인 측면으로 살필 수 있다는 것이다. 문학 장르는 역사의 변천과 함께 소멸하면서 변화하는 것이기 때문이다. 서구 문학론에서도 근대 서사시는 오늘날까지 살아남은 문학양식으로 인정하고 20세기적 서사시의 형식은 서사시의 총괄성과 광범위함의 발전이라 할 수 있는 콜라주 형식이라고 하였다.[10]

현대 서사시의 변화에 대하여 조동일은 고대 서사시만 진정한 서사시라고 보는 편견보다는 시대적 변천을 비교해서 서사시의 변천 단계의 보편성을 인정할 필요가 있다[11]고 하였다. 근대 이후의 서사시는 작가가 창작한 것으로 범인 서사시이며, 서정시가 주류를 이루고 소설이 인기를 누리는 시대에 서사시를 창작한 이유는 집단의식을 회복하고 일상생활의 묘사에 매이지 않고 현실의 총체적인 모습을 고양시켜 형상화하자는 데[12] 있기 때문이다. 다시 말해 현대 서사시

---

10 Paul Merchant, 『서사시』, 이성원 역, 서울대학교 출판부, 1987, 115면.

11 조동일, 「장편서사시의 분포와 변천 비교론」, 한국고전문학회, 『고전문학연구』 5권, 1990, 255~257면 참조.

12 조동일, 위의 논문, 269~170면.

는 영웅서사시에서 범인서사시로, 집단의식과 현실의 총체적인 모습을 담아낼 수 있는 서사시로 변모되었다는 것이다. 또한 김재홍은 서구적 개념으로 서사시를 볼 것이 아니라 「동명왕편」과 같은 서사시나 판소리, 서사무가, 서사민요 등이 우리 문학사에 존재해왔던 것에서 서사시의 개념을 정립할 필요가 있다[13]고 하였다. 판소리, 서사무가, 서사민요가 현대 서사시에 수용되고 있는 양식적 특성을 언급하고 있다는 점에서 어느 정도 의미가 있는 견해라고 할 수 있다. 조남현도 서사시는 초기에는 민족, 국가의 문제를 안고 있는 영웅을 다루었으나 시간의 경과에 따라 개인적 차원의 문제를 다루게 되었다는 점, 서사시는 시간의 흐름뿐만 아니라 시인의 기질과 실험정신, 시대적 조건, 지방색 등에 따라서도 얼마든지 변용될 수 있다는 점[14] 등을 들어 현대 서사시의 변용을 인정하고 있다. 이는 한국 현대 서사시의 개념을 서구의 문학론으로 논할 것이 아니라 한국의 역사적 장르라는 측면에서 살펴야 한다는 논지로 요약할 수 있다.

서사시에 대한 개념 정립은 장시에 대한 논의와 함께 진행되어 왔다. 서사시의 효시로 삼고 있는 김동환의 「국경의 밤」에 대한 논의에서 장시의 논쟁이 시작된 것이다. 김기림은 「국경의 밤」이 발표된 이후 '복잡해지는 현대문명 속에서 시의 형태도 극적 발전이 가능한 장시가 필연적으로 요구된다'[15]고 하여 장시의 등장을 예고하였다. 김기진도 프롤레타리아 이념을 진술하기에는 단편 서사시가 적당하다는 평가를 하여 최초로 장르에 대한 논의를 한 바 있다. 해방 이후 김종

---

13 김재홍, 『현대시와 역사의식』, 인하대학교 출판부, 1988.
14 조남현, 「서사시 논의의 개요와 쟁점」, 『한국 현대사사의 쟁점』, 시와시학사, 1991, 263면.
15 김기림, 『시론』, 백양당, 1945, 141면.

길은 시는 짧아야 한다는 '길이'의 문제를 제기하면서 전통적인 서사시와 구별한 '장시'라는 명칭을 사용하였고 서사시, 설화시, 연작시와 달라야 한다는 주장을 했다.[16] 그러나 김재홍은 '장시'는 장르 명칭이라기보다 길이에 따른 형식적 요건에 해당하는 것이기 때문에 서사시, 설화시, 연작시를 구별하기에는 모순이 있다고 지적하였다.[17] 결국 장시는 전통적인 서사시의 요건을 일부 수용하면서 호흡이 긴 서사구조를 갖는다는 형식적인 요건과 서정시의 특성인 당대의 현실을 반영한 서정 장르를 복합적으로 수용한다는 것이다.

장시와 함께 살필 수 있는 것이 연작시이다. 연작시는 여러 편의 짧은 서정시들에 번호를 붙여 하나의 큰 주제로 통일되기 때문에 서사시로 볼 여지가 있다. 즉 부분의 독립성과 전체의 통일성을 얻고 있기 때문이다. 다만 전체적으로 처음—중간—끝의 서사가 어느 정도 연결되지 않는다면 주제의 통일성은 얻을 수 있으나 서사구조의 한계를 지닐 수밖에 없다. 장시는 길이가 길고 일정한 서사구조를 갖는다는 점에서 서사시의 한 변용이며, 순간의 미학이라는 서정시의 개념을 수용한 길이가 긴 서정시의 복합성을 지닌다. 이러한 점에서 장시는 시가 짧아야 한다는 미학적 개념인 '압축'과 수치적 개념인 분량의 '짧음'은 다른 것이기에 '확산의 징후'로 압축의 영역을 확장하며 시대적 소명을 적극적으로 수용한다[18]는 장시의 개념을 정립할 수 있다.

한편 서사시의 개념과 장르에 대한 논의는 장시와 더불어 서술시와 연관해서 장르 비평적으로 접근해 왔다. 1960년대 이후 시작된

---

16 김종길, 「한국에서의 장시의 가능성」, 『문화비평』, 1969, 여름, 228~244면.

17 김재홍, 앞의 책, 5~6면

18 김종훈, 「한국 '근대 장시'의 특징과 형성」, 고려대학교 민족문화연구원, 『민족문화연구』 46권, 2007, 104~105면.

장시의 논의에서 서구의 개념으로 진단한 서사시가 존재하지 않는다는 견해와 한국의 역사적 상황에서 발생한 서사시로 봐야 한다는 견해로 나뉘면서 장시의 개념을 정립하였고,[19] 1990년대 이후에는 이야기가 있는 서사적 요소로 파악한 서술시론[20]을 제시하기도 했다. 즉 서사시를 장르류로 보지 않고 장르종으로 보고 서사시 대신 서술시를 설정하는 문제가 제기[21]된 것이다. 김준오는 「서술시의 서사학」에서 서술시(narrative poem)를 장르론의 문제이면서 문학사의 문제라고 보고 그 개념을 정립하려 했다. 그는 우선 서술은 운문과 산문, 픽션과 논픽션, 구비문학과 기록문학의 이분법을 '초월'한 것으로 파악하고 서술시는 우리시의 전통양식인 만큼 문학사의 각 단계마다 역

---

19 신봉승, 「장시와 산문정신의 溶解」, 『현대문학』, 1963. 3; 김춘수, 「서사시는 가능한가」, 『사상계』, 1965. 9; 김우창, 「신동엽의 「금강」에 대하여」, 『창작과 비평』 1968년 봄; 김종길, 「한국에서의 장시의 가능성」, 『문화비평』 2집, 1969년 여름호; 홍기삼, 「한국 서사시의 실제와 가능성」, 『문학사상』 1975. 6; 오세영, 「「국경의 밤」과 한국 서사시의 문제」, 『국어국문학』 75호, 1977; 조남현, 「김동환의 서사시에 대한 연구」, 건국대인문과학연구소, 『인문과학논총』 11집, 1978; 장윤익, 「한국 서사시 장르에 대한 연구」, 『인천대 논문집』 6집, 1984; 염무웅, 「서사시의 가능성과 문제점」, 백낙청·염무웅 편, 『한국문학의 현단계』, 창작과비평사, 1982; 민병욱, 『한국 서사시의 비평적 성찰』, 지평, 1987; 장부일, 「한국 근대 장시 연구」, 서울대학교 박사학위 논문, 1992; 박정호, 「한국 근대 장시 형성과정 연구」, 한국외국어대학교 박사학위 논문, 1997.

20 현대시의 서사화 경향을 '서술시'로 해명한 작업의 하나로 이루어진 것이 『한국 서술시의 시학』(태학사, 1998)이다. 이 책에 수록된 대표적인 논의에 김준오의 「서술시의 서사학」, 남송우의 「서사시·장시·서술시의 자리」, 구모룡의 「현대시학과 서사의 문제」, 황국명의 「현단계 서사론의 요소와 시각」, 고현철의 「서술시의 소통구조와 서술방식」, 문선영의 「현대시의 대중문화 수용과 서사구조」, 이순욱의 카프의 서술시 연구」 등이 있다.

21 장윤익, 「한국 서사시 연구」, 명지대학교 박사학위 논문, 1983, 35면.

사적 장르들로 생성되면서 전개되어 왔다[22]고 하였다. 남송우 역시 서사시, 장시, 서술시의 차이점을 기존의 연구결과를 분석하면서 정리하였으나, 서술시는 서사시나 장시, 서정시 어디서나 확인할 수 있는 시의 한 양식으로 귀결지었다.[23] 서술시를 역사적으로 전개되어 온 전통양식이고 문학양식을 초월한 개념으로 본다면 이야기가 있는 서술방식의 문제로 이해해서 장르적 개념보다 서술 개념으로 규정하는 것이 타당하다고 할 수 있다. 따라서 서사시를 어느 장르에 귀속시키느냐 하는 것을 규명하는 것보다 전통적인 서정시와 어떠한 관련을 맺으며 변화되어 왔는가를 이해하는 것이 중요하다. 서정적, 서사적, 극적으로 분류한 장르에서도 모두 서술적 성격이 드러나기 때문에 서술은 장르 개념으로서는 적당하지 않다.

한국 시문학사에서 서사시의 출현은 1910년대부터 살필 수 있다. 이 시기는 신체시, 창가, 독립운동가 등이 창작되어 근대시가 온전히 자리를 잡고 있었던 시기는 아니다. 그럼에도 이광수의 몇 편의 장시에서 서사시의 가능성을 발견할 수 있는 「옥중호걸」(1910. 1)에 주목할 필요가 있다. 이 작품은 비극적인 영웅에 대한 찬양과 애도를 표현하고 있고 서사—본사—결사의 구조를 갖추고 있다는 점에서 영웅서사시의 가능성을 예고하고 있기 때문이다. 이 작품을 최초의 산문시,[24] '개화가사류',[25] '가사'[26] 등으로 평가해 왔고, 일반적으로 문학사

---

22 김준오, 「서술시의 서사학」, 『한국 서술시의 시학』, 태학사, 1998, 17~18면.

23 남송우, 「서사시, 장시, 서술시의 자리」, 앞의 책, 67면.

24 문덕수, 『한국현대시사』, 『학술원논문집』 7권, 1968(김영철, 『한국근대시론고』, 형설출판사, 1992, 76면. 재인용).

25 김기현, 『한국문학논고』, 일조각, 1972, 230면.

26 조동일, 『한국문학통사 4』, 지식산업사, 1986, 411면.

에서 '가사체', '개화가사'로 보는 경우가 가장 많다. 가사체로 표기되었다는 점에서 당시의 개화가사와 같은 계열의 시로 보고 있는 것이다. 그러나 비극적인 영웅의 행적을 예찬하고 그 내면심리를 복합적으로 묘사한 서술방식과 서사구조, 당대의 현실에 저항한 주제의식 등의 특징에서 개화가사로 한정하기에는 한계가 있다.

근대 이후 최초로 서사시란 이름으로 작품을 발표한 것은 1924년 『금성』의 동인인 유엽의 「소녀의 죽음」이다. 유엽이 스스로 '서사시'로 발표하였지만 문학사 기술에서 최초의 서사시로는 김동환의 「국경의 밤」을 꼽고 있다. 발표 당시 이 작품의 표제에는 '서사시'란 명칭이 없는데 김억이 쓴 서문에 "로맨틱한 서사시" "장편서사시로 우리 시간에 처음 있는 귀한 수확"[27]이라고 언급하면서 '장편서사시'란 명칭을 쓰게 되었다. 즉 서사시를 '장편서사시'로 구분하여 길이에 따른 긴 서사시라는 개념을 붙인 것이다. 이후 1929년 김기진도 임화의 「우리 옵바의 화로」를 '단편서사시'[28]라고 하여 서사시를 길이의 개념으로 논의되고 있었음을 알 수 있다. 이듬해인 1930년에 김억도 「지새는 밤」을 동아일보에 연재하면서 표제에 '장편서정서사시'라고 붙여 서사시를 길이의 개념으로 사용할 뿐만 아니라 서정성을 강조한 '서정서사시'라고 하여 김동환의 서사시와 차별을 두려고 했다. 그런데 김억은 이 작품을 1947년 「먼동틀제」로 개작하고 단행본을 출간하는데 기존의 표제에 사용한 '장편서정서사시' 대신에 '정형·압운·서사시'로 수정한다. '정형·압운'을 붙인 것에서 알 수 있듯이 서사시의 리듬의식을 더욱 부각시켜 또 다른 면에서 서사시

한국 현대 소서사의 변용과 선택

---

27 김억, 「序」, 『국경의 밤』, 한성도서주식회사, 1925, 1면.
28 김기진, 「단편 서사시의 길로」, 『조선문예』, 1929. 5.

의 형식을 모색하려는 의도를 발견할 수 있다. 이를 통해 볼 때 해방 이전까지 우리문학사에서는 서사시에 대한 명확한 개념을 성립하지 못하고 있음을 알 수 있다.

한국 현대 서사시는 김동환의 「국경의 밤」으로 시작되나 그 이전에 발표된 이광수의 「옥중호걸」(1910), 「곰」(1910), 「극웅행」(1917)에서 서사시의 가능성을 발견할 수 있다. 이 중에 「옥중호걸」은 시대적 상황에 따른 저항의식을 담은 주제와 당대의 영웅을 소재로 선택했다는 점, 낭송에 적합한 리듬의식, 개화가사가 짧은 것에 비해 길이가 길다는 점 등에서 서사시의 요건을 갖추고 있기 때문이다. 이 작품의 서사성은 같은 시기에 발표한 「우리 영웅」(1910), 「곰」(1910)과 1917년에 발표한 「극웅행」으로 이어지고 있는 점에 주목할 수 있다. 특히 「극웅행」은 당대의 민중, 또는 민족과 연관되어 전통 서사 장르를 차용한 서사구조를 지니고 있기 때문에 실험적인 서사시로 볼 수 있다. 서사무가, 단군신화, 환몽서사를 차용한 서사구조와 판소리 사설의 리듬의식을 수용하여 복합적인 장르 패러디를 재현시킨 상호텍스트성을 지닌 방법적 특성이 있다. 이와 같이 이광수의 장시 「옥중호걸」 「우리 영웅」 「곰」 「극웅행」은 서사시가 본격적으로 출현하기 이전에 발표된 영웅시였다는 점에 주목하여 1910년대 시사를 새롭게 볼 필요가 있다.

1910년대 발표된 이광수 영웅시는 훗날 이어지는 영웅서사시로 이어질 수 있는 하나의 축이 되며, 1920년대 김동환의 「국경의 밤」은 개인의 가족사나 남녀 간의 애정담을 서정적으로 담아낸 범인 서사시의 출발점이 된다. 해방 이전에 발표된 「소녀의 죽음」 「국경의 밤」 「우리 사남매」 「우리 옵바의 화로」 「지새는 밤」 「낙동강」 등은 한 가족사의 이야기면서 일제강점기의 민족의 암담한 현실을 비판적으로 담고 있는 범인서사시 계열이고, 해방 이후의 서사시는 역사 속의 영웅이나 역사적인 사건을 소재로 한 「남해찬가」「금강」「논개」 등은 영웅서사시 계열로 나눌 수 있다. 해방 이후 1950~60년대에는 김용호의 「남해찬가」(1952), 신석초의 「바라춤」(1959), 신동엽의 「이야기하는 쟁기꾼의 대지」(1959), 김소영의 「조국」(1966), 전봉건의 「속의 바다」(1967년), 신동엽의 「금강」(1967), 김해성의 「영산강」(1968) 등이 발표되다가 1970년대 들어서 김지하의 「오적」(1970)을 필두로 서사시의 시대를 맞이할 만큼 많은 서사시가 다양하게 창작되고 1980년대로 이어진다.

결국 현대 서사시는 전통 서사시나 서정시를 혼합하여 개방적인 장르의 가능성 내지는 장르의 상호텍스트성을 가져 탈장르의 모형을 제시했다고 평가할 여지를 남긴다. 김동환의 서사시가 서정성을 지닌 것에서부터 신동엽의 장시에서 시, 소설, 희곡 등 여러 장르의 속성을 발견할 수 있는 것처럼 현대 서사시는 문학 내에서도 타 장르를 수용한 '장르의 혼합'의 특징을 가지고 있기에 탈장르적인 실험성에 가치가 있다고 할 수 있다. 장르 혼합은 사회적 제재나 가치 체계가 해체되는 시기에 흔히 발생하는 것으로 장르 없이 쓰는 글쓰기가 된다.[29] 시가 시의 시대에 걸맞은 역할을 감당하기 위해서는 산문 정신의 도입을 위한 장르상의 변형이 필요하며, 장시의 시도를 통한 '서사성'의 획득과 시가 원래 가지고 있던 '음악성', '연희성'의 회복, 시각 매체 등과의 결합이 필요하다.[30] 그것은 김지하의 담시가 판소리로 연희된 점과 모윤숙의 서사시가 오페라로 창작된 점을 둘 수 있

29 김준오, 앞의 책, 44면.
30 김도연, 「장르 확산을 위하여」, 성민엽 편, 『민중문학론』, 문학과지성사, 1984, 111면.

다. 이것은 문학 장르 내에서의 장르 혼합이 아니라 타 예술 장르와의 혼합을 보여 준 사례로 장르와 장르의 경계를 넘는 장르의 상호텍스트성을 통한 장르 해체 현상이다. 이런 현상은 서사시의 본령이 전달의 개념을 중시한 장르라는 점을 수용하면서 전달의 효과적 측면을 한층 발전시킨 형식으로 변화된 것을 알 수 있다.

　현대는 '서사의 시대'라고 지칭될 만큼 영화, 드라마, 광고, 연극, 오페라, 뮤지컬, 게임 등 대중문화의 모든 분야가 이야기가 있는 서사성에 기반을 두고 발전하고 있다. 이야기의 원형인 신화, 전설, 민담 등의 설화가 현대적으로 재해석되고 재창조되어 대중문화 속에서 새로운 서사로 다양하게 패러디되고 있다. 문학의 서사성은 시대를 뛰어넘어 지속적인 문화적 코드가 되고 있다. 이런 점에서 본 연구는 서사시가 당대와 어떤 방식으로 대응하면서 대중문화와 연결되고 있는지를 한국의 문화적 풍토에서 고찰하는 데 기여할 것으로 본다.

제1부

이광수의 장시에 나타난 서사성

1. 서론

1910년대는 본격적인 근대시의 출범을 앞둔 시기로 새로운 형태의 문학을 실험하던 과도기에 해당한다. 이에 '애국가', '개화가사', '창가', '신체시' 등의 시가 형식을 빌려 문학의 장이 다양하게 열리지만 명확한 장르 개념이 정립되지 않은 상황에서 새로운 양식에 대한 문학 창작자들의 열망은 매우 컸다. 이 시기에 최남선과 이광수는 민족 계몽과 함께 언문일치 운동, 및 신문학 운동의 핵심적인 역할을 했다.

당시 육당이 외형적 음수율에만 치우쳐 직설적인 토로에 머물러 있었다면, 이광수는 음수율의 변화뿐만 아니라, 서정성을 확보한 자유시의 면모를 충분히 갖추면서 서사성을 실험했으며, 상징이나 이미지의 형상화를 통해 기법적인 측면에서도 어느 정도 성공을 거둔 점이 있다. 그중에 이광수가 실험한 길이가 긴 장시'의 창작에서 근

---

1 춘원시의 서사성을 살피기 위하여 본고에서는 길이가 긴 시를 '장시'라 칭한다.

대 서사시의 가능성이 예고된 지점을 발견할 수 있고, 그의 문학이 소설문학으로 이어질 수 있었던 서사문학의 발아점을 찾을 수 있다.

이광수가 최초로 발표한 시 「옥중호걸」(『대한흥학보』, 1910. 1)은 길이가 긴 시임에 주목할 수 있다. 가사체의 율격을 지녔지만 당시의 개화가사와는 달리 호흡이 길고 저항의식을 담고 있다. 이런 경향의 시는 「옥중호걸」 이후 3개월 간격으로 「우리 영웅」(『소년』 3호, 1910. 3),[2] 「곰」(『소년』 6호, 1910. 6)을 연이어 발표하여 민족의 영웅을 현재화하려는 창작의식을 발견할 수 있다. 이렇게 영웅시를 창작하여 민족의식을 고취하려는 계몽정신은 「극웅행」(『학지광』 14호, 1917. 12)에까지 이어진다.

1917년은 소설 「무정」을 발표하여 근대 소설문학의 서막을 장식한 해이고, 장시 「극웅행」과 「어머니의 무릎」[3]을 연이어 발표했다는 점에서 의미가 있다. 그것은 1918년 『태서문예신보』가 창간되기 이전에 이미 발표되었다는 사실이다. 이 잡지의 영향으로 1920년대 근대시가 출현되었다는 서구시의 이식론적 견해를 수용하고 있는 것이 시사적 입장이기 때문이다. 그러나 이광수가 유학 시절 이미 서구문학을 수용했고 그의 작품에는 반영되었다는 점을 인정한다면 「극웅행」의 평가는 달라질 수 있는 여지를 준다.

한국 현대 서사시의 변용과 선택

---

2 시 「우리 영웅」은 이순신 장군을 주인공으로 해서 일본에 대한 저항의식을 담은 시이다. 형식적인 측면에서는 「옥중호걸」과 같이 쉼표를 많이 쓰고 있으며, 행과 연을 구분짓고 있고, 가사체나 창가조의 정형률에서 벗어나 자유시형을 띠고 있다. 6연 76행을 이루어 비교적 긴 시로 이순신 장군을 찬양하는 노래나 서사성이 미약하다.

3 시 「어머니의 무릎」은 1918년 9월 『여자계』 3호에 발표한 작품이나 창작기록에는 1917년 12월로 되어 있다. 이 시는 철저한 자유시로 평가할 수 있을 만큼 신체시를 뛰어넘고 있으며, 14연 127행으로 길이가 길지만 서사성이 부족하여 본 연구에서는 제외한다.

그렇기 때문에 한국문학사에서 1910년대 이광수의 시를 제대로 평가한다면 1920년대 시문학사의 연속성은 보다 풍성해질 것이다. 이광수의 시는 신체시의 시형식으로부터 완전히 벗어나 있으면서 새로운 시형식을 실험한 서술양식을 통해 1920년대 시의 형성 과정에서 그 영속성을 조망할 수 있기 때문이다. 이로써 주요한의 「불놀이」와 김동환의 「국경의 밤」으로 이어지는 과도기적인 작품으로 자유시와 서사시의 기점을 앞당길 수 있는 여지를 준다.

그동안 이광수 시에 관한 논의는 많지 않았다. 1970~80년대 주로 활발한 연구가 있었는데 불교사상적 측면, 초기 시와 관련된 문학관을 연구한[4] 것 등이 대부분이며, 2000년대 이후 개별 작품에 대한 연구[5]가 몇 편 있을 정도이다. 이광수는 최남선과 함께 2인 문단 시대의 주역이라는 시사적 위치에서는 빼놓을 수 없는 시인으로 인정하면서 근대시로 나가지 못하고 신체시의 수준에 머물렀다는 평가가 일반적으로 많으나 육당보다 앞선 시를 썼다는 긍정적인 견해도 있다.

이광수의 장시에 나타난 서사성

---

4 곽현주, 「춘원 이광수 시가의 연구」, 연세대학교 석사학위 논문, 1984. 8; 이경훈, 「〈조선문단〉과 이광수」, 국제한국문화학회, 『사이間』, 2011; 김유선, 「춘원의 시 연구」, 숙명여자대학교 석사학위 논문, 1982. 2; 김해성, 「춘원시가에 나타난 불교사상 연구」, 『월간문학』 8권 10호, 1975. 10; 도춘길, 「춘원의 시와 그 가치」, 『우리어문연구』, 1985; 손용환, 「이광수 시가 연구」, 경희대학교 석사학위 논문, 1983; 양왕용, 「춘원 시 연구」, 『국어국문학』, 62·63호, 1973. 12; 오양호, 「춘원 초기 문학론」, 『한민족어문학』, 1975; 조진기, 「초창기 문학 이론과 작품과의 거리 : 춘원 이광수의 경우」, 『수련어문논집』, 1974; 최동호, 「춘원 이광수 시가론」, 『현대문학』 1981. 2; 최원규, 「춘원시의 불교관」, 『현대시학』 98호, 1977; 강수길, 「춘원의 초기 시고」, 『한국국어교육어논문집』, 1989; 강창민, 「춘원 이광수의 시 세계 : 불교적 세계인식의 내적 진실성」, 연세대학교 국학연구원 편, 『춘원 이광수 문학 연구』, 국학자료원, 1994.

5 이진호, 「이광수의 「옥중호걸」 연구」, 『여주대학논문집』, 2000. 12; 홍경표, 「춘원의 초기시 「범」과 「곰」 시 세 편」, 『한국말글학』 24집, 2007.

조연현, 정한모, 김용직, 장부일 등은 육당의 시와는 달리 기법적인 면이나 시정신 면에서 한 단계 근대적 차원으로 끌어올렸다고 한 바 있다.[6] 하지만 이들의 평가는 깊이 있는 연구라기보다 시사적 관점으로 살핀 개괄적인 평가가 대부분이다. 이처럼 이광수에 대한 연구는 최남선에 비교하면 그 양은 매우 적다. 그러나 그가 남긴 시가 400여 편[7]에 이른 점을 미루어보면 한 시인의 이력으로 볼 때 결코 적은 양은 아니다. 더욱이 1910년대 신체시의 장을 연 이광수의 실험성과 근대시에 끼친 공로는 과소평가할 수 없다.

따라서 이 장에서는 1910년대 이광수 문학의 출발에서 보인 시 장르에 대한 인식을 살펴보고, 「옥중호걸」「곰」「극웅행」을 중심으로 영웅서사의 변모 과정을 고찰하는 데 목적을 둔다. 이러한 과정을 통하여 이광수 초기 시에 담긴 장르 인식과 서사정신을 밝힐 수 있으며, 1910년대 이광수의 영웅서사가 1920년대 자유시와 서사시에 끼친 영향 관계를 구명할 수 있는 자리가 될 것이다.

2. 이광수 시의 출발과 장르 인식

개화기에는 지식인들을 중심으로 영웅 숭배 사상이 만연해 있었

---

6 조연현, 『한국현대문학사』, 성문각, 1969, 161~162면; 김용직, 『한국 근대시사』, 학연사, 1991, 99~102면; 정한모, 『한국 현대시문학사』, 일지사, 1988, 223~224면; 김학동, 『개화기 시가연구』, 새문사, 2009, 230면; 장부일, 「이광수의 초기시고」, 『울산어문논집』 4집, 1988. 2, 134면.

7 춘원이 남긴 시집은 『삼인 시가집』(삼천리사, 1930), 『춘원시가집』(박문서관, 1940)과 납북된 후 『사랑』(문선사, 1955)이 있으며, 발표는 되었지만 이 시집에 수록되지 않은 시들을 포함한 『이광수 전집 15권』(삼중당, 1962)이 있다.

다. 1907년 7, 8월 고종의 양위와 군대 해산을 계기로 촉발된 영웅론, 영웅숭배론은 1910년 합방 직전까지 전개되었다.[8] 이에 계몽지식인들은 구국의 주체로서 '영웅'이 탄생되기를 염원했다. 이에 따라 국가의 위기상황을 극복하기 위한 영웅에 대한 인식으로 영웅 전기소설이 대거 번역되었고 많지는 않지만 전기소설이 창작되던 시기였다. 그러나 시가문학사로 보면 1900년대와 1910년대는 서사양식인 소설보다 서정적 양식인 창가, 가사, 신시 등이 우세했다. 이 시기에 서정 장르가 우세했던 것은 개인적 취향보다는 역사적 제약성을 받았기 때문이다.[9] 이와 같이 서정 장르가 우세했던 시대적 상황에서 이광수가 선택한 문학은 서정 장르였다.

이광수의 문학은 유학 시절 만난 홍명희와의 교류에서 시작된다. 홍명희는 많은 책을 살 수 있는 능력이 있었고, 이광수는 그와 더불어 많은 책을 읽으며 문학에 빠질 수 있었다. 특히 그는 홍명희가 권해 준 바이런 시집을 읽고 큰 충격을 받았다. 비정한 현실 앞에서 이상주의에 대해 회의를 품고 있던 그는 바이런의 시가 가진 반역정신과 시인의 장렬한 삶에 매료되었다.[10] 그 시기에 일어난 이토 히로부

---

8 정한국, 「대한제국기 계몽지식인들의 '구국주체' 인식의 궤적」, 성균관대학교 사학회, 『사림』 제23호, 2005. 6, 18~19면.

9 김윤식은 1920년대 『창조』파, 『폐허』파, 심지어 『백조』에 이르기까지 김동인 외에는 소설가가 없었던 점에서 장르 선택은 개인적 취향보다는 역사적 제약성을 받는다고 하였다(김윤식, 「식민지의 허무주의와 시의 선택」, 『한국 근대문학의 이해』, 일지사, 1973/1978, 166면 참조).

10 하타노 세츠코는 홍명희를 연구한 자리에서 이광수가 「옥중호걸」을 쓰게 된 배경을 상세히 다루고 있다. 두 사람이 문학에 흥미를 느꼈고, 부유한 홍명희 덕분에 온갖 책을 사서 읽을 수 있었으며, 이광수가 읽은 책은 거의 홍명희의 영향을 많이 받았다고 한다. 이 작품은 조선이 식민지화의 마지막 단계를 밟고 있던 대한제국의 운명을 상징한 것이고, 당시 유학생들의 심정을 형상화한 저항시로 밝히고 있다(하타

미 사살 사건이 그에게는 커다란 충격이었다. 안중근의 행적은 곧 민족의 영웅적인 행위였기 때문이다. 감수성이 누구보다 컸던 17세 문학청년이 선택한 것은 서정 장르인 「옥중호걸」이다.

「옥중호걸」은 1909년 10월 26일 안중근이 이토 히로부미를 살해하고 여순 감옥에 갇혀 있었던 역사적 사실과 관련이 깊다고 볼 수 있다. 그가 남긴 일기에 이 작품을 쓴 날짜가 11월 24일이라고 기록되어 있고, 당시 문학에 심취한 점과 민족의식이 고취되었던 점을 미루어보면 충분히 연관이 있음을 추측할 수 있다. 안중근 사건과 연결된 작품은 「옥중호걸」뿐만 아니라 「곰」(1910. 6)에도 이어진다. 「곰」은 안중근이 1910년 2월 14일에 사형선고를 받고 3월 26일 사형이 집행된 후 6월에 발표한 작품으로 안중근의 사망과 연결된다. 이 작품은 곰을 비유하여 영웅의 최후를 애가(哀歌)와 송가(頌歌) 형식으로 담고 있기 때문이다.

두 작품은 '호랑이'와 '곰'으로 비유하여 쓴 것은 매우 고차원적인 발상이다. 일제의 감독을 벗어날 수 있는 방법으로 대상을 비유적으로 표현한 문학적 상상력이 발동된 것이다. 영웅시의 주인공이 신화나 전설 등 민족과 연관된 역사적인 인물이라는 점을 충분히 반영하면서 민족의식을 드러낼 수 있는 장치가 될 수 있기 때문이다. 이러한 영웅의식은 두 편의 시 사이에 발표한 시 「우리 영웅」(1910. 3)에 일본에 저항한 이순신 장군의 영웅성을 현재화한 것처럼 민족의 영웅서사를 창작하려는 열정이 매우 컸다는 것을 증명한다.

그러면 「옥중호걸」을 쓰게 된 창작 시기와 발표 시기의 과정을 그가 남긴 일기를 보면 다음과 같다.

노 세츠코, 『일본 유학생 작가 연구』, 최주환 역, 소명출판, 2011, 190~195면 참조).

〈1909년 11월 24일 수요일 일기〉

早朝에 ○欲으로 고생하다.

셋째 시간 후에 몸은 아프고, 학과는 싫어서 집에 돌아와 자다.

「虎」를 완성하다. 이것이 제2의 완성[11]이다. 나는 이것을 완성할 때에 큰 포부와 희열과 만족을 느끼었다.

〈12월 3일 일기〉

「獄中豪傑」이란 시를 『홍학보』에 보내다.[12]

　위의 일기에서 보면 12월 3일 「옥중호걸」을 보내기 전인 11월 24일에 「虎」를 썼다는 기록이 있다. 그러나 「虎」란 제목으로 시를 발표한 것이 없고, 「虎」를 완성한 날짜와 「옥중호걸」을 보낸 날짜 사이의 기간이 일주일 정도밖에 되지 않는다. 제목에서 알 수 있듯이 '호랑이'와 관련된 것으로 봐서 새로 쓴 것이 아니라 제목만 바꿔서 보낸 것으로 보인다. 「옥중호걸」이 길이가 매우 길기 때문에 짧은 시간에 새로 쓰기는 어려울 것이다. 「虎」를 완성하고 나서 "큰 포부와 희열과 만족을" 느꼈다고 기록한 점으로 미루어 '큰 포부'를 실현한 영웅 이야기를 담아낸 '희열'과 작품 완성에 대한 '만족'으로 해석할 수 있다.

　「옥중호걸」은 당시 유행하던 창가나 애국가류의 형식을 취하지 않았고 가사체의 리듬의식만 이어받는다. 당시 개화가사는 조선조 후기 평민가사와는 달리 짧은 특징[13]이 있음에도 이 시는 오히려 길어

11　이광수가 한글로 쓴 작품으로써 최초라는 것이다. 이보다 앞서 쓴 일문 소설이 있다. 11월 18일에 쓴 일기에 명치학원 동창회보 『백금학보』에 일문으로 쓴 소설 「戀か」를 보냈다는 내용이 있다.

12　박계주 외, 『춘원 이광수』, 삼중당, 1962, 116면.

13　김준오, 『문학사와 장르』, 문학과지성사, 2000, 29면.

진 것이다. 사설시조나 평민가사처럼 서민과 관련될 경우는 산문화되고 서사화된 것처럼 이 시가 길어진 것이다. 이것은 서사시가 서사시이기 위해서는 서사성과 운문성이라는 최소한의 필요조건[14]을 갖추려고 했던 장르 인식이 반영된 것으로 보인다. 그러나 전통적인 서사시가 인물의 탄생에서 죽음에 이르는 생애사적으로 전개되는 것과는 달리 이 작품은 '옥에 갇혀 있다'는 하나의 사건만을 다루고 있다. 인물의 내면의식을 중심으로 서술된 서정성과 감옥에 갇혀 수난을 받는 사건을 서사화하려는 창작 태도가 반영되는 것이다. 따라서 「옥중호걸」은 영웅서사를 창작하려는 서사적 욕망으로 길이가 길어졌고 호흡하기에 알맞은 리듬의식을 가지고 창작하게 된다.

근대 장시가 서사시와 달리 시간과 인물이 없으며, 화자의 사유를 따라 연상된 한순간의 혼란된 감정, 갈등과 투쟁의 세계관을 드러내는 현재형의 특징[15]이 있는데 이 개념으로 본다면 이 시는 장시의 특성에 어느 정도 부합하는 점이 있다. 그러나 이광수는 인물과 사건을 통해 이야기를 전달하려는 서사성을 더 크게 작용시키고 있다는 점에서 장시와는 변별되는 지점이 있다. 「옥중호걸」보다 2년 전에 발표된 「해에게서 소년에게」가 6연 42행인 것에 비하면 「옥중호걸」,[16] 「우리 영웅」이 7연 72행, 「곰」이 8연 65행으로, 길이가 긴 시를 창작했다는 점에서 서정보다는 서사시에 대한 욕망이 우세하다. 당시에는

14 장도준, 「한국 근대 서사시와 단편 서사시의 장르적 특성 연구」, 『국어국문학』 126권, 2000, 335면.

15 김종훈, 「한국 '근대 장시'의 특징과 형성」, 고려대학교 민족문화연구원, 『민족문화연구』 46권, 2007, 108~110면.

16 이 작품의 발표지면은 5페이지 분량이고, 현대의 원고 분량으로 하면 약 15면에 해당한다.

서사시라는 개념이 없었기 때문에 서사시로 규정하지 않았지만 길이가 긴 시와 영웅담을 쓰고 싶었던 서사시에 대한 욕망은 충분히 있었음을 짐작할 수 있다.

서사시에 대한 그의 열망은 1917년에 발표한 「극웅행」에서 어느 정도 완성된다. 21연 315행의 장중한 문체에 '곰'을 주인공으로 한 인물을 중심으로 펼쳐 서사성을 확보하는 것이다. 인물과 사건을 구체화하여 민족의 상징을 보다 부각시켜 놓고 있기 때문이다. 이처럼 이광수는 65행부터 300행이 넘는 시를 연이어 발표했다는 점에서 이광수의 문학이 서사문학에서 발휘되고 있는 것과 무관하지 않다. 결국 이를 토대로 본다면 시에 보인 서사성은 소설 장르로 넘어가게 되는 과도기에 해당한다는 것을 알 수 있다.

3. 민족의식의 구현과 서사양식의 특성

서사시란 역사를 포함하는 시라고 정의되며, 서사시는 체계적으로 역사를 기록하려는 필요에서 발생한 것이다.[17] 서사시는 민족의 역사를 후대까지 전달하려는 의도에서 창작되기 때문에 국가의 운명에 맞서 불굴의 의지로 싸워 이긴 영웅이 주인공이 된다. 그래서 영웅은 역사적 인물이자 영웅적인 사건을 전제로 독자에게 흥미로운 이야기로 전해진다. 이런 특징으로 서사시는 리얼리티와 관련을 맺으며 역사적 사실만을 기록하는 것과는 달리 문학적 상상력으로 허구적 세계를 추구한 은유적 언어가 된다.

---

17 Paul Merchant, 『서사시』, 이성원 역, 서울대학교 출판부, 1987, 1~3면 참조.

「옥중호걸」과 「곰」은 안중근이 1909년 10월 26일 이토 히로부미를 살해하고 여순 감옥에 갇혀 있다가 1910년 3월 26일 사형당한 역사적인 사건[18]을 문학적으로 형상화한 시이다. 안중근은 민족의 운명에 정면으로 맞서 싸우다가 장렬하게 죽음을 맞이한 민족의 영웅이라는 것은 누구나 아는 사실이다. 이광수는 독자가 역사 속의 한 인간인 안중근의 운명과 민족의 운명을 만날 수 있기를 기대한 것이다.

여기서 안중근이라는 영웅의 이름을 그대로 쓸 수 없는 당시의 상황을 감안해서 이광수는 '호랑이'와 '곰'[19]이라는 허구적 인물을 창조하여 오히려 문학적 상상력을 높였으며 신화적이고 상징적인 영웅서사를 완성한다. 「옥중호걸」에서는 '감옥에 갇혀 있는 호랑이', 「곰」에서는 '죽음을 맞는 곰'을 영웅서사로 형상화하여 당대의 민족적 수난을 극복하려는 문학적인 상상력을 발휘한다. 이순신 영웅처럼 과거의 영웅적인 인물을 현재화하는 것이 아니라 현재의 영웅을 통해 당대의 민족의식을 드러낸 것이다. 이에 세 작품을 중심으로 펼치는 영웅서사를 통해 이광수가 지향하는 민족정신이 어떻게 구현되는지를 살펴본다.

---

18 이 작품을 안중근과 연결해서 작품을 언급한 해석은 없다. '한일합병으로 인한 민족 개아의 상실과 그 울분을 토로한 것'(김학동, 앞의 책, 231면), '민족의 자주권 상실로 인한 총체적 비운'(이진호, 앞의 책, 296면), '망국의 위기에 있는 대한제국의 상징과 일본 유학생들의 심정'(하타노 세츠코, 앞이 책, 193면) 등으로 해석하고 있다. 그러나 을사조약으로 우국지사들의 잇단 죽음을 연결한 것은 일리가 있으나, 이 작품이 1910년 1월에 발표된 점을 미루어보면 한일합방 이후의 시대상황과 연결하기에는 무리가 있다. 이광수의 일기와 창작정신을 추적하면 '이등방문 사살 사건'으로 안중근이 감옥에 갇힌 사실과 무관하지 않다.

19 '곰'과 '호랑이'의 소재성을 가지고 홍경표는 '웅호(熊虎)시'라 하고 토템적 인식과 연결하여 민족의식을 상세히 분석한 바 있다(홍경표, 「춘원의 초기시 「범」과 「곰」시 세 편」, 『한국말글학』 24집, 2007).

1) '수난'과 '투쟁'의 액자형 영웅서사—「옥중호걸」

서사시에서 강조되는 것은 서술방식이다. 서술은 작품을 제작하는 과정 속에서 작가와 독자가 소통하는 관계를 규정짓게 되고, 서술자는 서술주체로서 사건들을 유기적으로 결합시켜 화자와 청자의 구조적인 상호관계를 이루게 한다. 여기에서 서술자의 서술 태도는 누가 독자에게 이야기를 전하고 있는가라는 측면에서 서술의 시점과 밀접하게 연결된다. 서술자인 시인이 수난을 당하고 있는 인물의 내면에 개입함으로써 서사적 사건에 깊이 관여하여 극적 효과를 얻고 있으며 독자로 하여금 대리 경험을 느끼게 한다.

「옥중호걸」은 3부[20]로 현재-과거-현재의 시간적 구성을 살려 전통 가사 장르의 구성법과는 색다른 구성방식[21]으로 전개되어 있는데 1부와 3부는 3인칭 서술이고, 2부는 1인칭 서술로 되어 있다. 전통적인 서사가 시간의 순서로 진행되는 것과 달리 '과거의 시간'을 삽입한 삽화 구성을 취하여 액자소설의 구성처럼 되어 있다. 이와 같은 구성은 객관과 주관이 혼용되는 서술방식으로 나타난다. 옥에 갇힌 현재의 호랑이의 모습과 영웅이었던 과거의 호랑이의 삶을 서술하는 이중서술이 된다. 현재의 상황에 대한 해석은 과거 사건을 회상하는 방법을 통해 간접적으로 설명해 주는 역할을 한다.

1부에서는 옥중에 갇혀 수난을 당하고 있는 호랑이의 내면 묘사를, 2부에서는 '과거를 회상하는 기법'을 통하여 서사적 사건을 자연스

---

20 이 시의 발표지면에는 (一), (二), (三)으로 표기되어 있고, 산문처럼 이어쓰기를 하고 있다. 본고에서는 서사성을 감안하여 일반적인 시에 쓰인 '연'의 개념과는 달리 '부'라는 명칭을 쓴다.

21 이진호, 『신문학기 가사문학의 연구』, 한국학술정보, 2005, 298면.

럽게 제시한다. 이렇게 현재와 과거라는 두 개의 시점을 교차하면서
서사를 이끌어가는데 다음과 같은 어휘들을 통해 시점의 차이를 확
인할 수 있다.

1부 : 현재, 3인칭 객관적 서술—'뎌', '져', '너'

"獄에, 가쳐잇ᄂᆞᆫ뎌브엄²²은", "누어잇던뎌豪傑은", "뎌豪傑의, 煩悶苦痛
자최로다.", "슬프도다, 져豪傑아, 自由업ᄂᆞᆫ, 져豪傑아!". "너ᄂᆞᆫ, 임의生命업
ᄂᆞᆫ, 고기와, 쌔, 쓴이로다."

2부 : 과거, 1인칭 주관적 서술—'이', '쓴'

"이, 豪傑의, 노니던故鄕일세.", "이, 生命이. 잇기ᄭᅵ지", "이ᄂᆡ목슴, 다ᄒ
거든", "다른自由, ᄂᆡ마음ᄃᆡ로", "이, ᄂᆡ쌀이, 달토록, 이, 볼톱이, 무듸도록 ",
"이, ᄂᆡ쌀이, 잇스니, 이ᄂᆞᆫ, ᄂᆡ의 쓸거시오"

3부 : 현재, 3인칭 객관적 서술—'뎌', '져', '너', '녜'

"可憐홀사 져豪傑아", "살고 죽은 져 豪傑아!" "너ㅣ브엄아, 셔를시고",
"너ᄂᆡ쌀이, 다라져셔", "녜ᄂᆡ쌀과, 네발톱이, 다라져셔, 업셔지고," "녜勇氣
와, 녜의힘이衰ᄒ며셔, 업서지면", "녜心臟에, 잇ᄂᆞᆫ피를, 쏵리고죽어이라!"

1부와 3부는 '옥 밖에서 보이는' 대로 서술한 3인칭 관찰자의 시점
이고, 2부는 '옥 안에 있는 주인공의 내면'을 서술하는 시점으로 1인
칭 주인공의 시점이다. 먼저 1부와 3부에서는 좁은 철창에 갇혀 굵고
검은 쇠사슬에 허리가 묶인 채, 죽은 것인지 조는 것인지 꾸부리고

---

22 '브엄'은 '범'을 장음으로 표기하느라고 두 음절로 늘인 것으로 '호랑이'를 의미한다
(조동일, 『한국문학통사 4』, 지식산업사, 1986, 411면). 이진호는 '브엄'을 '부엉이'
로 해석한 기존의 논문을 지적하고 '부엉이'가 아니라 '호랑이'임을 밝혔다(이진호,
『신문학기 가사문학의 연구』, 한국학술정보, 2005, 287~290면 참조).

한국 현대 소설시의 변용과 선택

있는 묘사나, 철창 밖에서 사람들이 웃으며 손에 든 지팡이로 호랑이를 치자 '흑' 하면서 분개하여 날쌘 발톱으로 머리를 치고, 내장을 찢는 부분, 사람들은 자신보다 약한 존재를 보듯이 웃으며 조롱하는 부분은 3인칭 객관적 서술이다. 부분적으로 '가련토다', '번민고통자체로다'로 서술자의 내면 묘사가 등장하지만 전반적으로 옥중 밖에서 보는 3인칭 관찰자 서술로 묘사된다.

3인칭 관찰자의 시점은 주인공의 행동이나 사건, 배경을 보이는 대로 서술하여 독자에게 들려주는 서사시의 일반적인 서술방식이다. 외부적인 묘사만을 상세하게 묘사하기 때문에 인물의 심오한 사상이나 심리, 감정을 직접 드러내지 못하는 제한이 있다. 반면 1인칭 주인공 시점은 서술자가 인물의 내면을 직접적으로 전달하여 독자의 공감대를 형성하는 데 기여한다.

2부에서는 1인칭 주인공 시점으로 바뀌어 '이니목슴', '니마음티로'와 같이 주관적 정서를 서술하여 과거 영웅의 삶을 부각시킨다. 자연이 호걸의 고향이었고, 그 속에서 일망무제 대평원을 가로지르며 호령하며 자유롭게 살았던 영웅호걸의 삶이었으며, 적과 투쟁해서 이긴 후 개선가를 불렀던 영웅이었음을 들려준다. 언술주체인 서술자가 직접 자신의 내면을 드러내어 독자의 공감대를 형성하는 역할을 한다. '이빨'과 '발톱'이 '힘'과 '용기'의 단어와 대응하여 절대적인 자유를 위한 강력한 힘을 강조하는 저항정신과 계몽정신을 드러내고 있다.

3부는 현재의 시점으로 3인칭 객관적 서술로 돌아오나 마지막 부분에서는 대용서술을 사용한 이중서술도 드러난다. '네心臟에, 잇는 피를, 쑤리고족어이라!'는 서술자의 객관적 서술이나 표면적 진술과 달리 암시적 의미를 가지는 언어적 아이러니를 보여 준다. 서술자가

"족어이라!"로 명령되는 것이 아니라 '내 심장에 있는 피를 뿌리고 죽을 것이다!'라는 주인공 시점의 대용서술[23]이 된다. 서술자는 죽음 앞에 놓인 호랑이의 생각과 감정을 서술자 자신의 말로 대용함으로써 내부지향적인, 자기 고통의 의식에서 나오는 내부의 목소리를 독자가 엿듣게 되는 미적 환상을 자아내도록 한 것이다.[24] 즉 이중서술을 통하여 서술자의 개입이 줄어들고 인물의 목소리로 들리는 인물 시점이 된다. 이와 같은 시점의 변화를 통하여 과거 영웅의 삶과 현재 옥에 갇혀 있는 비극성을 더욱 견고하게 한다.

板壁鐵窓좁은獄에, 가쳐잇는더브엄은, 굴ㅅ고검은, 쇠사슬에, 허리를 억미여서, 죽은 듯, 조는듯, 꾸부리고, 눈樣可憐토다. 石澗에水聲가치, 돌돌흐는그소리는, 썌삼마다, 힘쑐마다, 電氣갓히잠겨잇는, 굿센힘, 날닌긔운, 흐르는소리잇가. 眞珠갓히光彩잇고, 彗星갓히도라가는, 홰ㅅ불갓흔 兩眼에는, 苦悶안기엿도다. 그러나 그안긔ㅅ속에빗나는光明은, 숨은勇氣, 숨은힘이中和흔번긔ㅅ불! 前後左右쌀닌남게식 듯흔, 가는줄은, 獄에 미인, 더豪傑의, 煩悶苦痛자최로다.

—「옥중호걸」(1)의 첫 부분

自然中에, 生活ᄒ며, 自然中, 즐겨ᄒ는, 나는시와, 즘싱밧게, 노니는者, 全혀업는, 山中이여, 이, 豪傑의, 노니던故鄕일셰. 구릅밧게, 으승그린, 萬疊峯巒너머가며, 地獄으로, 通흔듯흔萬丈壑을, 건너쒸며, 풀ㅅ속으로, 을나와서, 풀ㅅ속으로, 드러가?, 一望無際大平原을, 번긔갓히, 건너가며, 한

---

23 폴 헤르나디는 '자유간접화법과 그 기교'에서 주석적 시점과 인물 시각적 시점을 동시에 가지는 이중시점이 있다고 설명하고, 대용서술은 한 인물의 말이나 생각이나 감각적 지각을 자기의 말로 대체시켜 두 시점이 동시에 존재함으로써 독자에게 새로움을 준다고 하였다(폴 헤르나디, 『장르론』, 문장, 1983, 220~226면 참조).

24 폴 헤르나디, 위의 책, 229면.

번對敵맛느거든, 두렴업시, 退治안코, 그니쌀과, 발톱으로, 그 勇氣와, 그 힘으로, 鬼神가티變幻ᄒ며, 霹靂가치, 소리질너, 싸호다가, 익의거든, 敵의고기로, 빅불니며, 凱旋歌를놉히불너, 즐겨ᄒ고, 쮜놀며, 지드릇도, 恨怨업시, 이生命이, 잇기신지, 그힘, 니쌀, 발톱, 勇氣, 다ᄒ도록, 싸홀쟈람.

—「옥중호걸」(2)의 일부

싣어어라, 네니쌀노, 너를, 얼맨쇠사슬을! 너니쌀이, 다라져셔, 가루가, 되도록! 깃더려라, 발톱으로, 너를갓운, 굿은獄을! 네발톱이, 다라져셔가루가, 되도록! 네니쌀과, 네발톱이다라져셔, 업셔지고, 네勇氣와, 네의힘이衰ᄒ며셔, 업셔지면, 네心臟에, 잇는피를, 쑤리고족어이라!

—「옥중호걸」(3)의 마지막 부분

이 작품은 연행의 구분 없이 3부로 구성하여 위의 예문처럼 산문으로 이어 쓰고 있다. 긴 시임에도 쉼표를 사용해서 4·4조의 운율이 있으나 "그힘, 니쌀, 발톱, 勇氣"처럼 2음보를 반복적으로 사용하여 강조법을 쓰거나 "너를, 얼맨쇠사슬을!"과 같은 곳에서는 운율에 변화를 주어 역동적인 리듬감을 주고 있다. 특히 3부 마지막 부분에서 느낌표(!)를 많이 사용한 영탄법이 발견되는데 이는 독자에게 강한 호소력을 전하는 웅변과 같은 강렬한 리듬감을 준다. 이런 리듬감에 대하여 작품의 말미에 소앙생은 "진경에서 그림이 나온 것처럼 읽어도 긴 것을 깨닫지 못하겠다(畵出眞境 讀不覺長)"[25]고 평을 한 것처럼 작품의 길이가 길지만 단숨에 읽히는 리듬의식이 있다는 것을 인정하고 있다. 긴 시를 단숨에 읽힐 수 있는 요건 중에 하나는 한글을 많이 사용하고 있다[26]는 점이다. 가사체가 본래 한문이 많고 문어체가 중

이광수의 장시에 나타난 서사성

---

25 소앙생은 조용은의 필명이고 황실 파견 유학생으로 『대한흥학보』의 주필이다.

26 「옥중호걸」의 총 글자 수가 2,782자이고 이 중에 한자는 391자로 매우 적은 양을 사용하고 있다.

심인 데 비해 이 작품은 국한문혼용체를 쓰면서도 한자를 많이 쓰지 않고 구어체를 유장하게 쓰고 있다.

한편 따옴표의 사용으로 장면의 구체성을 확보한 특성도 발견된다. "번기가치 「흑」소리 한마디에", "발톱 머리에 깁히박아 두번지 「흑」소리에", "조고마흔 쥬먹으로 엇어맞고 「씽이이이」"에서 보인 낫표(「 」)는 직접 따옴표("")에 다름 아니다. "흑"은 철창 밖에 서 있던 얼굴 붉은 젊은 사람의 손에 있던 스틱에 호랑이가 맞고 우는 소리를 표현한 것이고, "씽이이이"도 어린 아이의 조그만 주먹으로 개가 얻어맞은 후에 내는 울음소리이다. 이 두 묘사는 '얻어맞은' 후에 낸 '울음소리'로 비극성을 강조한 절망의식을 나타낸다.

단군신화의 주인공인 '호랑이'의 기백처럼 시대에 저항하는 영웅을 소망한다. 이광수는 작품을 통하여 절대적인 자유와 강력한 힘을 내세우려는 계몽정신을 드러내고 있으며 민족의식을 구현하고 있다. 비록 옥중에 갇힌 비극적인 호랑이를 주인공으로 삼았더라도 과거를 회상하는 기법을 통해 5천 년의 역사를 현재화하려는 역사의식을 담아내고 있는 것이다.

2) '자아'와 '자유'의 송가형 영웅서사―「곰」

시 「곰」에서 우리 민족설화의 주인공인 곰을 택한 것도 「옥중호걸」의 연장에서 살필 수 있다. 이 작품은 거룩한 죽음을 맞은 영웅에 대한 찬탄과 흠모의 감정을 강렬하게 노래한 송가의 형식을 띠고 있다. 그러나 죽음이라는 비극적인 상황만을 제시한 것은 아니다. 죽음을 통한 자유, 자아를 찾는 과정을 부각시키기 때문이다. 자유를 향한 곰의 투쟁[27]은 자아 찾기의 한 과정이며 영웅숭배 사상과 밀접하게 연관된다. 죽음에 정면으로 맞서 싸워 진정한 자아와 자유를 얻은 영웅서사는 그렇게 탄생된다.

이 작품은 「옥중호걸」과 거의 같은 시기에 쓰이었지만 가사체의 율격을 완전히 벗어나 산문시로서 자유시형을 이루며,[28] 「옥중호걸」과는 다르게 행과 구분하여 8연 65행으로 되어 있다. 이 작품은 영웅의 죽음이라는 특정한 사건의 클라이맥스만을 제시하여 인물의 내면풍경을 중심으로 서술한다. 인물, 사건, 공간이 서사적 세계를 구성하는 세 개의 실체[29]인데 「곰」의 관념적인 세계를 그린 것이라 구체적인 공간은 나타나지 않는다. 다만 곰이라는 인물이 죽음을 맞는 과정을 상세하게 서술하는 과정에서 시점의 변화를 통해 발단, 전개, 결말의 구조를 지닌다.

이 작품의 서술양식은 3인칭 객관적 시점을 유지하나 서술자의 주관도 개입하여 서정과 서사가 유기적으로 결합된 형태를 취한다. 1연과 2연은 작품의 서두로 작품의 배경을 객관적으로 제시하고, 3연부터 6연까지는 곰이 죽는 장면을 상세하게 서술하여 비극성을 최고조로 드러내는 객관적 서술로 전개되며, 7연과 8연은 죽음에 대한 의미와 찬양을 해석하는 주관적 서술이 되어 이중적인 서술구조를 이룬다.

서사적 사건은 곰이 비극적인 최후를 맞이하는 '죽음에 이르는 과정'이다. '곰의 죽음'이라는 사건에 주목하여 역사의식을 드러내고자 한 '서사적 요소'와 그 죽음에 대한 서술자의 주관적인 사상과 열정

이광수의 장시에 나타난 서사성

---

27 김윤식, 『이광수와 그의 시대 1』, 한길사, 1986, 267면.

28 최원수, 「이광수의 시」, 『현대시학』, 1973. 11, 151면.

29 볼프강 카이저, 『언어예술작품론』, 시인사, 1988, 550면.

을 직접 전달하는 '서정적 요소'를 결합한 서술양식을 취한다. 그래서 서술자는 서사적 사건인 죽어가는 곰의 내면세계에 개입하여 비극적인 죽음의 당위성과 현실에 대한 시인의 정서적 태도를 제시한다. 영웅의 죽음이라는 단편적인 사건을 통하여 시인의 현실 인식을 형상화하면서 시인의 감정까지 직접적으로 제시하여 대중의 호소력을 높인다.

> 太古로부터 자라 오는 수풀이 잠뿍 들어서서
> 아니 비취는 데 없는 해도 이곳에는 아니 비취어
> 어데서 나는지는 모르겠으나,
> 凄凉히 그러나 한가로이 우는 부훙의 소리
> "부훙, 부훙" ─너는 무엇을 호올로 노래하느냐?
> 너 곧 없었던들 이 깊은 沈黙은 永遠할 것을
>
> ─「곰」 1연

> 天柱같이 수풀 위로 빼어난 어떤 한 바윗돌
> 幾千年 風霜에도 儼然한 그 威儀를 依然히
> 安保하여 나려 옴 그 枯燋한 얼굴에 나타나도다
> (중략)
> 苦悶慟哭! 아아, 苦悶慟哭으로 보내고
> 그도 不足하여 沈痛殘酷한 苦悶을 一瞬間에 모든
> '죽음(死亡인가)'를 만난 이 얼마나 보았는가!
>
> ─「곰」 2연

1연과 2연은 작품의 서장으로 어둠 속에서 홀로 노래하는 부훙이의 존재처럼 침묵을 깨는 존재자의 등장을 예고한다. 태고로부터 내려온 햇빛이 있었지만 지금은 햇빛조차 없는 어둠 속이며, 그 캄캄한 어둠 속에서 부르는 '처량한 부엉이의 노래'가 바로 영웅의 죽음을 예찬한 시 「곰」이다. 1연의 마지막 행인 '너 곧 없었던들 이 깊은 침묵은 영원할 것을'과 2연의 마지막 행인 '죽음을 만난 이 얼마나 보았는가!'라는 격정적인 어조에서 대상에 대한 서술자의 태도가 반영되어 있다. 2연 마지막 행에서 '죽음을 만난 이 얼마나 보았는가!'라고 하여 서술자가 본 죽음의 사건을 구체적으로 서술할 것을 암시하고 3연부터 죽음의 현장으로 이어지게 하려는 구성의 미를 가지고 있다.

이 시의 서두에 등장하는 '바윗돌'은 이 작품의 상징적인 의미로 '곰의 자아'인 '민족의 자아'를 상징하며 곰이 죽음으로 되찾은 '자유'를 상징한다. '바윗돌'은 오랜 풍상에도 위엄을 자랑했던 '무한의 시간성'을 상징하여 무구한 민족의 역사적 시간[30]과 영원한 자아를 상징한다. 이 영원한 자아인 '바위'와의 대결은 곧 자아의 대결이며, 자아의 회복을 의미한다. '바윗돌'은 '수풀 속에서 빼어난 모습'을 하여 '하늘의 기둥'과 같은 존재로 작품의 주제와 긴밀하게 연결된다. 이 바위의 고민과 통곡이 '죽음'을 이끌게 된 것이다.

이광수의 장시에 나타난 서사성

> 바윗돌을 보더니 뿌드득 이 가는 소리……
> 풀 피 뿌리는 소리를 鼓喊으로
> '흐윽' 또 한번 받는다 또 한번 번개같이
> 그러나 그러나 바윗돌은 움찍도 아니해
>
> —「곰」 4연 부분

> 부릅떴든 눈도 차차 가늘어지고
> 목숨없는 고깃덩이만 痙攣으로 떨려

---

30 프라이는 광물계를 유기적인 주기에 동화, 과거의 황금시대, 운명의 수레바퀴, 폐허 위에서의 명상, 제국의 붕괴에 대한 한탄, "어디에 있느냐"라고 불러보는 애가 등등을 의미한다고 하였다(N. 프라이, 『비평의 해부』, 한길사, 1989, 224면).

이것이 英雄의 최후(最後)로다 이것이 —
그러나 저 바윗돌은 의연해(自然은 다아)

— 「곰」 6연 부분

　4연과 6연에서 보는 바와 같이 곰이 죽어가는 과정을 객관적으로
상세하게 묘사하고 있다. 피투성이가 되었지만 거듭 바위에 머리를
받고, 기력이 다할 때까지 심장의 피를 다 흘려 경련을 일으키며 죽
는 장면이 매우 사실적이다. 죽어가는 모습을 실감나게 묘사하여 죽
음의 비극성을 최고조로 높이는 장치가 된다. 이처럼 작품 전반에 죽
음의 장면을 비교적 객관적 서술을 유지하고 있으나 6연 3행에서 "고
깃몸은 이미 조절을 잃었으니 어찌해 어찌해"라는 서술자의 감정이
개입되어 비장한 죽음을 더욱 부각시키는 역할을 한다. 이런 서술자
의 주관적 정서는 7연과 8연으로 이어져 죽음에 대한 의미를 집중적
으로 해석하게 된다.

힘이 있는 데까지 氣力이 있는 때까지 목숨이 있는 때까지
그러나 그는 成功을 期함은 아니요
다만 自我의 勸力을 最高點에까지 신장함이라
그는 죽었도다 그렇도다 그는 죽었도다
그가 이리하지 아니였던들 그의 목숨은 더 좀 길었으리라
그러나 좀더 긴 그 목숨은 목숨이 아니라 機械니라
그가 비록 短命하게 죽었으나 그러나 그러나
그의 그 짧은 一生은 슌혀슌혀 自由니라
그는 일찍 自然의 法則以外에는 自我를 꺾은 적 없느니라
곰아! 곰아!

— 「곰」 마지막 8연 부분

위에서 보는 바와 같이 8연의 9행부터 영웅의 최후를 슬퍼하는 격정적인 서술이 등장한다. '~이라', '~도다'나, "그러나 그러나", "그는 죽었도다, 그렇도다, 그는 죽었도다"와 같은 서술은 6연까지 유지되어 오던 객관적 서술과는 달리 반복법과 영탄법, 감탄문을 많이 사용한 주관적 서술이 된다. 이는 독자에게 직접 전달하려는 시인의 정서적 태도를 개입한 서술이 되는 것이다. 영웅의 죽음이 의미하는 부분을 서술자의 주관으로 해석하고 있는 것이다. 이러한 서술로 거룩한 영웅의 죽음을 애도하고 찬양하는 애가(哀歌)의 형식을 갖게 한다.

작품의 제목이 '곰'이지만 곰이라는 사실은 마지막 장인 8연의 서두와 마지막 부분에서야 한 번 나타나고, 작품 전반에 장황하게 묘사된 죽음의 실체가 영웅이라는 것은 6연의 마지막 부분에 서술된 '이것이 영웅의 최후로다'에 와서야 알게 된다. 이것은 죽음의 비극성을 강화하면서 한 편의 시를 끝까지 읽게 한 서사 전략으로 보인다. 결사 부분에 해당하는 8연에서 죽음의 의미를 해석하는 서술자의 목소리는 격정적으로 직접 토로하는 서술양식이다. 비록 단명한 목숨이지만 완전한 자유를 얻은 목숨임을 밝혀 영웅이 죽음을 통하여 완전한 '자유'와 '자아'를 얻었다는 것을 강조한다.

이 작품은 '바윗돌'을 통한 고도의 상징적인 기법을 쓰고 있다. 2연에 '바윗돌'이 처음 등장할 때 "天柱같이 수풀 위로 빼어난 어떤 한 바윗돌"이었고, "幾千年 風霜에도 儼然한 그 威儀를 依然히 安保하여 나려"온 존재였다. 그러다가 8연에 오면 그 사실이 보다 분명해진다. 곰이 수풀 속에서 자유로 있다가 어느 날 그 바위를 보자 '귀중한 자아가 압박을 받는' 것을 보고 목숨을 내놓고 싸운다. '귀중한 자아'가 곧 '바위'라는 것이다. 그래서 바윗돌에 머리를 받고 피를 흘리는 것은 '바위와의 대결이 아니라 자아와의 대결'로 '바위를 위한 희생적인 죽음'이다. 왜냐하면 영웅은 죽지만 "그러나 저 바윗돌은 依然해(自然은 다아)"라고 한 부분에서 바위는 영원한 시간성을 상징하면서 무궁한 민족의 역사를 상징하기 때문이다.

그러므로 5천 년 동안 변하지 않고 살아 있는 자연과 바위는 의연하게 지켜 온 민족의 자아를 상징한다. 무한의 시간성을 갖는 바위와 자연은 앞에 인간은 죽을 수밖에 없지만 어떻게 죽는 것이 진정한 죽음인가라는 물음에 답을 한 것이 시 「곰」이다. 자유를 빼앗기면 기계와 다름이 없고, 노예일 뿐이라는 이광수의 민족주의와 자아중심 사상이 죽어가는 영웅의 목소리를 통해 독자에게 전달된다.

3) 유토피아 의식과 환몽서사―「극웅행」

「극웅행」은 인물, 장소, 사건이 모두 허구의 세계로 시인의 문학적 상상력이 구현된 서사적 요소를 지니고 있다. 「극웅행」은 전통적 서사 갈래인 단군신화 · 몽유록계 소설의 변형구조와 당대의 현실구조를 동시에 가지고 있다.[31] 이처럼 복합적인 구조로 되어 있지만 치밀하게 짜인 서사적 구조를 가진다.

이 작품은 21연 315행의 길이도 당시로서 매우 긴 시형을 이루고 있다. 이 작품의 서사적 구조는 도입, 전개, 종결부로 3분할 수 있으며 몽자류 소설의 구조로 되어 있다. 빛이 없는 차가운 빙세계인 '북극'이라는 지리적 공간을 설정하고, 민족을 상징하는 '곰'을 주인공으로 하여, 환상의 세계를 환몽적 서사로 전개하고 있다. 이 시의 중심서사는 곰의 환상 세계이자 꿈의 세계를 통해 유토피아를 지향한

---

31 민병욱, 『한국 서사시의 비평적 성찰』, 지평, 1987, 69면.

다. 이 작품의 구조를 도식화하면 다음과 같다.

	도입부(입몽 전)	전개부(입몽)	종결부(각몽 후)
연	1연~13연	14연~20연	21연
시제	현실 세계	기절(잠)→환상(꿈)	현실 세계(21연)
계절	겨울	봄 · 여름	겨울
인물	곰	선녀 · 신선	곰
내용	1~3연 : 북극 배경과 '나'의 탄생 4~10연 : 북극 생활 11~13연 : 북극광 출현과 기절	14연 : 선녀 등장 15연 : 선녀와 함께 여행 16~20연 : 신선이 되어 봄노래를 부름	21연 : 얼음 세계로 돌아옴

  1연에서 13연까지는 작품의 도입부[32]로 작품의 공간배경과 인물을
소개하고 있으며, 14연부터 20연까지가 입몽의 상태로 전개되고, 21
연은 종결부로 각몽에 해당한다. 먼저 도입부에서 이 작품의 장소는
북극이며 계절은 겨울이고, 풀 한 포기 자라지 않고, 해가 비치지도
않는 차갑고 어두운 곳이다. 겨울과 밤의 이미지는 죽음에 대응되는
것으로[33] 비극적인 현실을 암시한다. 극웅은 세상의 주인으로 태어났
지만 태양의 열선조차 얼게 하는 차디찬 세계에 홀로 살아가고 있음
을 한탄하는 인물이다. 가슴에 뜨거운 피가 흐르고 있는 것을 느낄

---

32 몽유록류의 소설 구조에서 서두는 인물의 탄생 과정과 배경을 설명함으로써 작품
   의 성격을 알 수 있도록 한다. 이 부분에서 시공간을 한정하며 '몽유 사건'의 발생을
   위한 '인물소개', '주인공의 자탄 모티프', '환경과 분위기 조성 모티프'를 상호 유기
   적인 구조를 구축한다(유종국, 『몽유록소설 연구』, 아세아문화사, 1987, 23면).
33 N. 프라이, 『비평의 해부』, 한길사, 1989, 224면.

때 "아버지의 아버지 그 아버지 아버지"로부터 내려와 홀로 얼음 속에 있는 자신의 존재를 생각하는 것처럼 도입부는 관념적 세계로 서술된다. 구체적인 사건은 입몽 후 기절부터 전개된다.

　도입부에서는 구체적인 사건이 많지 않기 때문에 현실을 한탄하는 내면세계의 감정을 구체적으로 드러내 보임으로써 극웅의 심리와 내부의식의 세계를 효과적으로 서술하는 1인칭 주인공 시점으로 서술되어 있다. 1인칭 주인공 시점은 인물의 초점과 서술의 초점이 일치하여 주인공의 사고와 감정을 쉽게 접할 수 있도록 한다. 또한 '나'는 작중인물이면서 동시에 서술자로서 나의 체험과 의식을 서사적 원리로 사건화하여 서사 진행에 참여하는 중심적 기능을 한다

한국 현대 서사시의 변용과 선택

　　　어느 밤
　　　三百에도 예순 밤을 한데 모은 긴 밤에
　　　北極光이 보였다

　　　　　　　　　　　　　　　　　　　— 10연 앞부분

　　　열 바퀴 스무 바퀴 同心圓을 그려서
　　　마침내 내 가슴에 바로 박혔다

　　　　　　　　　　　　　　　　　　　— 11연

　　　그 줄기가 내 가슴에 박힐 때에는
　　　氣節하고 말았다. 그 후는 이랬다—

　　　　　　　　　　　　　　　　　　　— 13연 뒷부분

　위의 예문은 도입부 뒷부분으로 입몽 직전의 장면을 서술한 것이다. 곰은 태어나서 한 번도 빛을 본 적이 없는 인물이기에 어둠 속에서 '북극광'을 보자 기절한다. '기절'은 '잠'의 또 다른 표현이며 입몽

의 매개가 된다. 12연은 입몽이 되기 위한 장치로 서술된 부분이다. 단군신화에서 곰이 웅녀가 되기 위해서 '어둠'을 통과해야만 했던 것과 같은 통과제의의 의미를 지닌다. 이것은 이 작품이 '겨울'로 상징된 것도 그와 같은 경우이다. 어둠 속에서 희망하는 것이 '빛'이며, 겨울은 봄을 희망하기 때문이다. 이처럼 도입부는 빛의 이미지를 사용하여 360일을 하나로 묶을 정도의 깊은 밤이라는 식민지 민족의 어둠의식을 상징한 것이고, '북극광'은 어둠을 몰아내는 '강력한 힘'을 상징한다. 즉 빛의 소멸의식을 통한 개아의식이자 민족아에 대한 존재론적 상황을 가장 어둡고 가장 추운 북극으로 설정한 현실 인식을 담고 있다.

14연부터 20연까지는 작품의 전개부로 신선으로 새로 태어나 지구를 여행하고 돌아오는 행적을 환상적으로 서술하고 있다. 기절한 후 무지개 선녀가 나타나 '나의 영혼을 품에 안고' 은하수 구름 사이를 넘나들며 세계의 강과 산맥을 두루 구경시켜 준다. 그런 후 지상에 내려와 선녀의 고향이며, 곰의 조상이 놀던 꽃동산으로 데려온다. 그곳에서 선녀는 '나'를 '신선'으로 변하게 하고 함께 춤추며 봄노래를 부른다.

이 꿈속의 내용은 전형적인 몽자류 소설 구조의 액자형식을 따르고 있다. 곰은 신선으로 새로운 인물로 태어나고 선녀와 함께 올림푸스산부터 시작하여 세계의 강을 두루 여행한다. 이런 지리적 관심사는 문명에 대한 세계관[34]을 표출시킨 이광수의 문명의식이다. 또한 하늘과 땅을 자유자재로 넘나드는 역동성과 극적인 연출로 환상적이며 낭만적인 분위기를 느끼게 한다. 선녀와 함께 봄노래를 부르며 춤

---

34 홍경표, 앞의 논문, 143면.

추는 꿈속의 장소는 '선녀가 사는 고향'이며, '옛날에 내 조상이 놀던 꽃동산'으로 유토피아를 상징한다. 곰이 살고 있던 곳은 어둡고 추운 겨울이었지만 이곳은 꽃이 만발하게 피어 있는 여름으로 설정한다. 문학에서 여름은 로맨스로 현실에 대한 욕구 충족의 꿈을 실현할 수 있는 상상적인 공간[35]으로 유토피아를 실현할 수 있는 장소가 된다.

> 어느덧 내 靈魂은 氷世界에 돌아와
> 얼음에 싸여 있는 내 몸뚱이 찾았다
> (중략)
> 차디찬 그 形骸에 다시 들어 박이니
> 아까와 다름없는 빙세계에 北極 곰
>
> — 21연 앞부분

윗부분은 마지막 연으로 '각몽'의 장면이다. 꿈에서 깨어나는 순간을 서술한 것으로 각몽의 과정을 자연스럽게 어어준다. 봄노래를 거의 다 불렀을 때 극웅의 영혼은 빙세계로 돌아와 꿈에서 깨어난다. 꿈에서 깨니 여전히 차디찬 북극의 밤에 있다는 깨달음이다. "아까와 다름없는 빙세계"에서 "아까와"라는 시간성을 통해 모든 사건은 아주 짧은 순간이 이루어졌다는 일장춘몽이라는 주제의식[36]을 드러내고 있다. 이처럼 「극웅행」은 현실 → 꿈 → 현실의 구조를 이루어 몽자류 소설의 서사구조인 환몽구조와 같아 1910년대 환상문학을 대

---

35 N. 프라이, 앞의 책, 260~261면 참조.
36 환몽소설은 서사구조는 같지만 몽자류 소설과 몽유록 소설에는 차이가 있다. 몽자류 소설의 환몽구조에서는 허구적 인물이 등장하고, 몽유자는 개인적인 욕구로 갈등을 겪는 인물이 등장하고 일장춘몽이라는 깨달음을 얻는다(양언석, 『몽유록소설의 서술유형 연구』, 국학자료원, 1996, 48~49면 참조).

표할 수 있다. 꿈속에서는 새로운 인물로 태어나 새로운 삶을 체험하지만 현실은 바뀌지 않는다는 식민지 민족의 절망의식을 담아내고 있다.

4. 결론

이광수는 1917년 「무정」을 발표하여 한국문학사에 최초의 근대소설의 장을 연 작가이다. 그의 문학이 소설에서 발휘될 수 있었던 것은 1910년대 발표한 서사성이 짙은 시의 연장에서 비롯됨을 알 수 있었다. 이에 본 논문에서는 1910년대 이광수 문학의 출발점에서 가진 시 장르에 대한 인식이 어떻게 발생되었는지를 살폈고, 「옥중호걸」부터 「극웅행」에 전개된 서술양식의 특징을 통해 그의 민족의식이 어떻게 구현되었는지를 구명하였다.

먼저 이광수가 「옥중호걸」과 「곰」을 창작하게 된 동기를 통해 서정 장르를 선택한 의미를 짚을 수 있었다. 민족의 영웅인 안중근의 행적을 담으려는 역사의식에서 영웅서사의 충동이 발현되었고, 이로써 「옥중호걸」과 「곰」이 창작되었음을 알 수 있었다. 이는 당대의 영웅숭배 사상을 반영함과 동시에 자아중심주의 사상을 지닌 이광수의 민족의식을 구현한 영웅서사임을 구명할 수 있었다.

다음으로 「옥중호걸」 「곰」 「극웅행」의 전개 양상을 통해 각각 서술양식이 어떻게 변모하고 있는지를 밝혔다. 「옥중호걸」은 당시 유행했던 짧은 개화가사의 형식이 아니라 사설시조나 평민가사가 산문화되고 서사화된 것처럼 민중성을 담으려는 서사성이 있었다. 또한 시의 형식에서도 현재-과거-현재라는 시간구조를 통해 영웅서사의 가능성을 열었으며, 과거를 삽입한 액자 소설의 구조를 띤 서사적 요소가 배태되고 있었다. 이를 통해 개화가사의 리듬의식을 계승하면서 산문시형의 자유시를 모색한 탈장르의 실험성을 발견하였다.

시 「곰」은 가사체의 리듬을 벗고 서술자의 3인칭 서술을 유지한 서술양식을 보였으며, 주제의식은 「옥중호걸」과 같으나 시의 형식은 연과 행을 뚜렷이 구분한 자유시의 형식을 갖추고 있다. 서술양식의 특징은 강렬한 호흡에서 영탄법이 많이 발견되고, 격한 감정의 발산으로 서사성은 「옥중호걸」에 비해 약화되었다. 그러나 3인칭 객관적인 서술과 주관적 서술의 변화를 통해 사건을 전개하여 나름 도입, 전개, 종결의 서사적 구조를 띠고 있다. 이 작품은 단군신화에 등장하는 '곰'을 상징적으로 차용하여 민족의 근원과 연관시켜 개인의 자아를 너머 민족의 자아로 확대시킨 자아중심 사상을 드러내고 있다.

이에 비해 「극웅행」은 「옥중호걸」과 「곰」을 발표하고 7년 후라는 시간적 거리에서 두고 발표한 작품이라 한층 완결된 서사성을 보인 작품이라고 할 수 있다. 치밀한 구성과 차분한 서술로 이야기하듯이 315행이라는 긴 시의 호흡을 끌고 간 서사적 힘을 발견할 수 있다. 이 작품은 형식적으로 전통 서사의 맥을 잇고 있으며, 내용적으로 식민지 민족의 좌절의식과 유토피아 의식을 표현하고 있고, 일정한 인물의 행위를 통해 사건을 전개하는 서사시의 기본 요건을 갖추고 있다고 할 수 있다. 유토피아 의식은 1910년대 식민지 민족의 집단 무의식을 반영한 현실 극복의 의지를 구현하려 한 이광수의 민족주의 사상이다.

이광수 문학의 서사성은 서정 장르에서부터 출발한다. 이광수의 시정신은 을사조약 이후 개화기 지식인들이 펼친 계몽사상과 영웅사상과 연결되어 구국의 염원을 고취하려는 창작 의도를 가지고 있었다. 「옥중호걸」 「곰」에서 영웅의 이야기를 들려주려는 서정적인 감정에서 출발하여 송가, 애가의 형식을 띤 작품에서 영웅서사를 실험했으며, 「극웅행」에서는 단군서사와 몽자류 소설 구조를 차용하여 한국문학의 전통 서사를 계승하면서 새로운 서사 장르를 실험하고 있었다. 이러한 영웅서사는 훗날 신동엽의 「금강」, 김용호의 「남해찬가」, 김소영의 「조국」에 이어진다. 결국 「옥중호걸」에서 「극웅행」으로 이어진 서사화 과정을 통해 1920년대 자유시와 근대 서사시의 가능성을 열었다는 점에서 이식문학론의 논의를 벗어날 수 있는 지점을 발견할 수 있으며, 식민지 지식인으로서 1910년대 상황을 적극적으로 대응하려 했던 이광수의 역사의식과 민족의식이 구현된 서사정신을 만날 수 있다고 하겠다.

이광수의 정시에 나타난 서사성

「옥중호걸」과 안중근 사건

1. 서론

이광수의 「옥중호걸」(『대한흥학보』 9호, 1910. 1), 「우리 영웅」(『소년』 3권, 1910. 3), 「곰」(『소년』 6권, 1910. 6)은 1910년대 일련의 시와는 변별된 영웅시로 출발하고 있다는 점에 주목할 수 있다. 당시는 개화기 지식인들이 펼친 영웅숭배 사상으로 영웅 전기 소설이 대거 번역·번안되었고 영웅 전기 소설의 창작을 독려하던 시기였다. 이 시기에 서정 장르로서 영웅시를 창작했다는 것은 문학사적으로도 의미가 있다.

이광수가 한글로 발표한 최초의 작품인 「옥중호걸」은 문학사적으로 정당한 평가를 받지 못했다. 그것은 이 작품이 전집에 수록되는 과정에서 시로 분류되지 못해 초기 시에서 제외되는 경우가 많았고, 시의 주인공인 '브엄'이 '부엉이'로 오기되는 바람에 해석의 오류를 낳아 올바른 평가를 받지 못한 것이다. 이 시의 핵심은 '브엄', 즉 '호랑이'로 비유된 비극적인 영웅성을 드러내는 데 있기 때문이다. 특히 호랑이로 비유된 인물이 당대의 영웅 안중근이라는 사실과 그의 옥중생활의 내면심리와 영웅성을 그린 작품으로 해석하지 못한 결과 충분히 평가받지 못한 것이다.

'브엄'에 대한 올바른 해석만 이루어졌다면 1910년대 우리 시사에서 이 작품의 위치는 달라졌을 것이다. 이 작품은 문학사 기술에서 "최초의 산문시",[1] "가사체의 개화가사",[2] "가사체에서 산문시형으로 넘어가는 과도기"[3]의 작품 등으로 평가받았을 뿐이다. 그러나 이 작품을 신체시나 개화가사로 한정하여 시적 미숙으로 평가하기에는 다소 무리가 있다. 개화가사는 길이가 짧지만 이 시의 호흡은 매우 길다. 그리고 정통 가사체가 가지고 있는 대구를 많이 사용하지도 않고 사실적인 묘사와 섬세한 내면 묘사, 긴 시임에도 판소리 가락의 장중한 리듬과 쉼표를 사용한 역동적인 리듬성, 절대 자유를 향한 근대성, 비극적인 영웅의 이야기를 서사—본사—결사의 서사구조를 지닌 영웅서사시의 가능성을 발견할 수 있는 작품이다.

「옥중호걸」을 영웅 서사시로 볼 수 있다면 주인공은 민족이나 국가의 운명에 대결한 영웅적인 존재여야 하며 누구나 알고 있는 역사적인 인물을 모델로 삼아야 한다. 그런 점에서 이 시의 모델이 누구인가를 밝히는 것이 본고의 목적이다. 이 작품의 주인공이 '호랑이'로 비유되어 구체적인 모델을 알 수 없지만 1909년 안중근 의거가

---

1 문덕수, 『한국현대시사』, 『학술원논문집』 7권, 1968(김영철, 『한국근대시론고』, 형설출판사, 1988/1992, 76면에서 재인용).

2 문덕수가 '최초의 산문시'로 평가했지만 김기현은 이를 부정하고 '개화가사류'(『한국문학논고』, 일조각, 1972, 230면)로 보았고, 조동일이 '가사'(『한국문학통사』 4, 지식산업사, 1986, 411면)로 평가하면서 대부분 문학사에서 '가사체', '개화가사'로 보는 경우가 일반적으로 많다.

3 김영철, 『한국근대시론고』, 형설출판사, 1992, 76면.

일어난 직후 창작된 점과 작품 속에 반영된 영웅의 이미지에서 안중근으로 추정하는 것이 가능하다. 이광수는 그의 소설의 "모델을 취할 때 그 시대의 현실 조건에서 취급하는 것과 같이 나의 모든 모델도 그때그때의 생활 현실에서 취한다"[4]고 언급한 점을 미루면 이 시의 모델도 있다고 본다. 「옥중호걸」에서는 '철창에 갇힌 범'으로 은유하고, 사형 직후에 발표된 「곰」에는 '죽어가는 곰'의 이미지를 사용한 것에서 민족의 영웅 안중근을 연상할 수 있다. 또한 실명을 쓰지 않고 '범'과 '곰'으로 비유한 것은 이 시가 일본 유학 시절에 발표한 것이기 때문이다.

「우리 영웅」의 이순신처럼 실명을 사용할 수 없었던 당시의 상황을 고려한다면 안중근을 민족의 상징인 호랑이와 곰으로 은유한 개연성이 충분하다. 당시 안중근을 문학적으로 형상화한 작품들은 전기류[5]가 대부분인데 시에 안중근의 영웅성을 드러냈다는 것은 의미가 있다. 이 세 편의 시는 1910년 1월부터 6월까지 3개월 간격으로 발표된 영웅서사의 형식을 띠고 있다. 이광수는 1913년 오산학교 교사를 그만둘 무렵 「말 듣거라」(『새별』, 1913, 9)를 발표할 때까지 시를 거의 발표하지 않았다. 이광수 문학의 출발점에서 소설이 아닌 시 「옥중호걸」로 출발하게 된 것은 시를 쓰지 않으면 안 될 절박한 상황인 안중근 사건이 있었다고 볼 수 있다.

---

4 이광수는 "소설가 모델을 취할 때 그 시대의 현실 조건에서 취급하는 것과 같이 나의 모든 모델도 그때그때의 생활 현실에서 취한다"(이광수, 「혁명가의 아내」와 모델, 『이광수 전집』 16권, 삼중당, 1964, 279면)고 언급한 점을 미루면 이 시의 모델도 있을 것으로 추정할 수 있다.

5 1914년 중국에서 간행된 『안중근』의 말미에 추도회에서 읊은 한시들이 수록되어 있는데 한글 활자가 없어 수록되지 못했고, 김복한의 「聞安重根事有感의」 정도가 있다(황재문, 「안중근의 문학적 형상화 양상 연구」, 『국문연구』 15집, 2007, 197면).

따라서 이 글은 이광수의 시 「옥중호걸」이 1909년 10월 26일 이
토 히로부미를 저격한 안중근을 문학적으로 형상화한 작품일 개연성
을 추적하는 데 목적을 두며, 아울러 1964년 이광수 전집에 수록할
때 '브엄(호랑이)'을 '부엉이'로 오기하여 발생된 시 해석의 오류를 살
피는 데 초점을 맞춘다. 이를 위해 「옥중호걸」의 창작 과정을 살피고
「옥중호걸」과 「곰」에 등장한 '호랑이'와 '곰'의 상징성을 안중근의 이
미지와 연관지어 분석함으로써 텍스트 해석의 지평을 넓히고자 한다.

2. 전집 수록 과정의 오기와 시 해석의 오류

「옥중호걸」은 전집에 수록되는 과정에서 시전집에 누락되고, 오기
된 작품을 대상으로 이루어진 기존의 연구에서 해석의 오류를 낳아
정당한 평가를 받지 못한 점이 있다. 이 작품은 1964년 전집에 수록
하면서 시 전집인 『이광수 전집 15권』(삼중당, 1964)에 수록하지 않
고 전집 9권 마지막 부분인 '잡찬(雜纂)'[6]에 수록된다. 발표 당시에는
'사조(詞藻)'란에 게재하였고, 전집에 수록할 때는 '잡찬'란에 수록함

한국 현대 소설시의 내용과 실태

---

6 편집위원은 주요한, 박종화, 백철, 정비석, 박계주였고, 당시 실무 책임을 맡았던
   노양환과의 최근 인터뷰에 의하면 전집은 원고가 모아지는 대로 시차를 두고 발간
   하여 권호 순서대로 출간한 것이 아니라고 한다. 시전집 15권을 출간한 후 「옥중호
   걸」이 발견되어 뒤에 발간한 9권에 수록한 것이라고 하였다. 그리고 '잡찬'을 장르
   개념으로 본 것이 아니라 '보유' 개념으로 본 것이라고 하였다(인터뷰, 2012. 9. 21).
   시 「침묵의 미」(『청춘』 6호, 1915. 3)도 15권에 누락되고 9권에 수록된다. 전집 완
   간 후 20권에 넣은 '휘호'에 밝힌 발간 순서를 보면, 시 전집 15권이 나온 이후에 10
   권, 18권, 9권, 7권, 19권, 20권을 출간한 것에서 번호 순서대로 출간된 것이 아니다.
   전집은 1963년, 1964년 2년에 거쳐 발간되었다(『이광수 전집』(월호), 8면).

으로써 시로 분류되지 않은 오해로 "문학적인 최신작품"[7]으로 보거나, "장르상의 혼동을 일으킨 편집위원의 착오"[8]로 보는 견해도 있다. 시 전집인 15권에는 시 「곰」부터 수록되어 초기 시의 연구에서 「옥중호걸」이 제외되는 경우가 많은 것도 이러한 과정에 따른 결과라고 볼 수 있다.

「옥중호걸」이 삼중당 전집 9권에 수록하면서 원본 표기인 '브엄'을 '부엉이'로 표기하여[9] 기존의 문학사에서는 거의 '부엉이'로 언급되어 왔다. '브엄'은 '범'의 장음 표기 형태로 '호랑이'를 의미하는데,[10] '부엉이'를 텍스트로 삼아 작품 해석의 오류를 가져왔다. '부엉이'로 텍스트를 해석한 경우를 살펴보면 다음과 같다.

먼저 김학동은 "편벽철창에 갇혀 있는 '부엉이', 즉 '옥중호걸'의 용맹스런 기개를 호걸에다 관련시키고 있으나 비유의 대상 그 자체의 문제성이 있다"[11]고 하였고, 양왕용은 부엉이의 상징이 경쾌하거나 명랑한 것과는 달리 우울하다고 해석하면서 "망국의 비운을 예감한 청년의 심정이 바로 울 안의 부엉이로 표현되어 육당의 초기 시에 비해서 질적으로 떨어지는 편"[12]이라고 작품의 한계점을 지적했으며, 김윤식은 "동물원에 갇힌 부엉이를 노래함으로써 자유를 잃은 생명

「옥중호걸」과 안중근 사건

---

7 송민호, 「춘원의 초기작품고」, 『현대문학』 1961. 9, 232면. 이후 송민호는 「춘원 초기작품의 문학사적 연구」에서 "시가 아닌 산문으로 문학 장르에 드는 최초의 작품"으로 수정하였다(『고대 60주년 기념논문집』, 1965(동국대학교 한국문학연구소 편, 『이광수 연구』 하, 1984, 73면)).

8 양왕용, 『한국 근대시 연구』, 삼영사, 1982, 57~58면.

9 「옥중호걸」이 수록될 때 현대 맞춤법에 따라 현대어로 고치거나, 띄어쓰기를 해서 시의 리듬을 고려한 원문의 '쉼표'의 의미를 살리지 못한 점도 있다.

10 조동일, 앞의 책, 411면.

11 김학동, 『한국 개화기 시가 연구』, 시문학사, 1981/1986, 131면.

12 양왕용, 『한국 근대시 연구』, 새문사, 1982, 62~63면.

에 대한 한없는 동정과 애정을 장중한 문체로 그린 작품"[13]으로 평가하여 비관적인 시로 해석하고 있으며, 김용직은 "주인공인 부엉이는 자유를 박탈당한 채 옥중에서 신음하는 彼囚者"[14] 등으로 해석하고 있다. 이 외에도 최원규, 강수길, 도춘길[15] 등의 연구에서도 삼중당 판본을 인용하여 이와 비슷한 경향으로 해석해 왔다.

그러면 '범'을 '부엉이'로 가장 많이 인용한 첫부분을 살펴 해석의 오류를 짚어 본다.

板壁鐵窓좁은獄에, 가쳐잇ᄂ뎌브엄은, 굴ㅅ고검은, 쇠사슬에, 허리를 억미여셔, 죽은 듯, 조ᄂ듯, 쑤부리고, 눈樣可憐토다. 石澗에水聲가치, 돌돌ᄒᄂ그소리ᄂ, 쌕삼마다, 힘쑬마다, 電氣갓히잠겨잇ᄂ, 굿센힘, 날닌긔운, 흐르ᄂ소릭잇가. 眞珠갓히光彩잇고, 彗星갓히도라가ᄂ, 홰ㅅ불갓혼兩眼에ᄂ, 苦悶안기쎳도다. 그러나 그안기ㅅ속에빗나ᄂ光明은, 숨은勇氣, 숨은힘이中和ᄒ번기ㅅ불! 前後左右쌀닌남게식 듯ᄒ, 가ᄂ줄은, 獄에미인, 뎌豪傑의, 煩悶苦痛자최로다. 自由를쟈랑ᄒ던뎌豪傑—브엄의, 좁은獄에가쳐셔, 束縛밧ᄂ이生活! 사람손에, 죽은고기, 한덤두덤, 엇어먹고, 嘲弄과禁고中에, 生命을니여가니, 피ᄂ쓸코, 高氣[16]쒸고, 煩悶苦痛가삼에차!

— 1부의 첫부분

이 시의 첫줄에 철창에 갇혀 있는 '브엄'[17]의 모습을 상세하게 묘사

한국 현대 서사시의 변용과 선택

13 김윤식, 『이광수와 그의 시대』 1, 한길사, 1986, 222면.

14 김용직, 『한국 근대시사상』, 학연사, 1986/1991, 102면.

15 최원규, 「춘원의 시」, 『현대시학』, 1973. 11, 151면; 강수길, 「춘원의 초기시고」, 『한국어교육학회』, 1989, 9~11면; 도춘길, 「춘원의 시와 그 가치」, 『우리어문연구』, 1985, 101면.

16 발표지에는 한글 '고기'로 되어 있는데 내용상 한자 '高氣'로 볼 수 있다. 앞의 '피가 끓고'와 이어진 뜻으로 본다면 '높은 기운'의 뜻으로 이해할 수 있다.

17 인용시의 표기는 '브엄'으로 두고 이후 해석할 때는 '호랑이'로 한다.

하고 있다. 인용문의 묘사를 얼핏 보면 부엉이가 쇠창살에 갇혀 있을 수 있기 때문에 부엉이로 볼 수 있는 여지가 있다. 그러나 '굵고 검은 쇠사슬로 허리를 묶는다'는 첫줄의 묘사부터 부엉이가 될 수 없다. 우선 부엉이를 철창에 가둔다면 새장이 되어 굳이 묶지 않을 것이며, 새로 보더라도 허리를 묶을 수 없다. 만약 묶는다면 발목이어야 한다. 물론 호랑이로 묘사되더라도 허리를 묶지 않고 목을 맬 것이다. 그러므로 허리가 묶여 있다는 묘사는 사람이 포승줄에 묶인 모습이라고 봐야 한다.

당시 일본 신문에 공개된 안중근의 사진[18]과 일본인 기자가 '체포 직후의 안 의사'의 모습을 찍어 엽서로 제작한 사진에서 위에 묘사된 부분과 일치되는 점이 있다. 사진에서 안중근의 양손은 뒤로 묶여 있고, 허리는 두 줄의 굵은 줄에 포박된 모습을 볼 수 있다. 이 사진은 안중근을 비하할 목적으로 엽서로 만들어 배포했으나 의도와는 달리 불티나게 팔려 일제 당국이 판매금지 조치를 내려 회수되었다.[19]

또한 안중근의 외형적인 모습도 신문에 상세하게 실려 있다.

"안의 연령은 22~23세로 몸은 단소하고 얼굴색은 검으며 날쌔고 사나운 기운이 얼굴에 넘쳤으며, 얼굴에 천연두의 흔적이 있다. (중략) 안은 사냥 모자를 썼으며 얼굴에 기백이 있고 한층 증오스러운 얼굴이 되었지만 시종 눈을 아래로 깔았다."[20]

---

18 『大阪每日新聞』, 1909. 11. 10, 1면(독립기념관 한국독립운동사연구소 편, 『일본신문 안중근 의거 기사집 Ⅰ―門司新報』, 2011, 213면), 『門司新報』, 1909. 11. 11, 1면(『일본신문 안중근 의거 기사집 Ⅱ―『大阪每日新聞』, 247면). 왼손 무명지가 잘린 사진도 1월 28일 『대판매일신문』에 게재한다.

19 김호일 편, 『대한민국 안중근 : 사진과 유묵으로 본 안중근 의사의 삶과 꿈』, 안중근 의사숭모회, 2010, 150면.

20 「흉한의 압송」, 『대판매일신문』, 1909. 11. 4, 2면. 『문사신보』(「흉한과 열차」, 1909.

이처럼 일본신문 기사에는 안중근을 '날쌔고 사나운 기운이 넘치는 얼굴'로 묘사되어 있다. 안중근은 호송 중에도 "대신 대우를 하라"고 당당하게 요구하기도 하고, 동료 수감자들이 고향과 가족 생각으로 눈물을 흘릴 때에도 "우국지사는 처자를 생각하지 않는다"고 말하기도 했으며, "기도하고자 하니 대형 성상을 옥중에 걸어 달라"고 탄원하기도 했다"는 내용도 실려 있다. 당시 신문을 읽은 사람이라면 안중근의 기백을 알 수 있으며 일본에서 유학하던 이광수는 이런 사진과 글을 충분히 보았을 것이다.

또한 부엉이가 될 수 없는 근거는 바로 '이빨'과 '발톱'의 등장이다.

> 이生命이, 잇기싯지, 그힘, 니쌀, 발틥, 勇氣, 다ᄒᆞ도록, 싸홀쟈람. 一夜
> 千里, 疲困ᄒᆞ면, 이늬元氣回復ᄒᆞ려, 이슬미친, 푸른풀에, 평안히, 누어쉬
> 고, 돌ㅅ사이로, 오ᄂᆞᆫ물에, 목젹씨고, 몸씨스며, 피흐르ᄂᆞᆫ鮮肉으로, 주린
> 비를치우도다. 늘카라온, 그니쌀에, 鮮肉이, 뭇어잇고, 늘카라온, 그발톱
> 에, 鮮血이, 뭇어잇셔. 뉘라셔, 命슈ᄒᆞ며, 뉘라셔, 禁홀숀가?
>
> ― 2부 부분

위의 시에서 '이빨'과 '발톱'은 이 시의 핵심 시어로 자유를 쟁취하는 '힘'의 상징으로 자주 등장한다. 부엉이의 부리는 '날카로운 이빨'로 묘사될 수 없으며, '대평원을 번개같이 건너가며', '하룻밤에 천리

한국 현대 서사시의 변용과 선택

11. 5, 1면)에도 이와 비슷한 내용을 보도하고 있다. "흉한 안응칠, 즉 안중근 및 연루자 8명은 2일 밤 봉천을 통과하여 여순으로 호송되었다. 안은 연령 22~23세, 체격은 작고 피부는 다소 검고 사나운 빛이 모습에 넘치고 얼굴에는 천연두의 흔적이 있다. 스탠드칼라 양복을 입고 태연히 기차 안에 있다. 그들을 호송하기 위해 특별히 2등차 차 한 대를 빌려 우리 헌병 순사가 차 안에 가득하다. 정거 중에는 다수의 헌병과 순사가 객차를 에워싸고 엄중히 경계하였다."

21 『문사신보』, 1909. 12. 1, 2면.

를 달린다', '벼랑에 내려 뛸 때 내는 소리, 적막강산이 깨어질 듯하다', '풀 위에 평안히 눕는다' 등의 묘사도 부엉이의 이미지로 볼 수 없다. 그래서 영웅호걸의 모습을 부엉이로 비유한 것은 어색하다.

결국 이 시에서 '브엄'은 안중근의 성격과 행적의 이미지를 형상화하는 데 적합한 동물일 뿐만 아니라 민족을 상징하는 동물이라는 점에서 선택된 것으로 볼 수 있다. 따라서 이 시를 '부엉이'로 해석한다면 부국강병을 위한 '힘의 논리'를 범의 기백과 용맹을 통해 표현하려 한 시인의 의도가 왜곡된다. 즉 일제에 저항한 영웅 이미지를 충분히 살리지 못한 해석이 된다는 것이다.

3. 「옥중호걸」의 창작 배경

1) 안중근 사건과 『대한흥학보』

1909년 10월 26일은 안중근이 이토 히로부미를 저격한 날이다. 이 사건은 한국과 일본뿐만 아니라 세계 각국의 신문에 연일 보도될 만큼 큰 사건이었다. 일본 신문에는 외신 보도와 함께 세계 각국의 반응과 조문 사절, 이토의 장례 일정, 안중근의 호송 및 재판 과정 등을 상세하게 보도한다.[22] 사건 당일 『문사일보』 호외도 "이토 공은 한

---

22 2010년 안중근 의사 순국 100주년을 계기로 독립기념관 한국독립운동사연구소가 중국 전 지역에서 발간된 18종의 신문기사 중 1909년 10월 26일부터 1910년 4월까지 안중근 관련 기사를 모은 『중국신문 안중근 의거 기사집』(2010)을 간행하였고, 일본신문 『문사신보』와 『대판매일신문』에 1909년 10월 6일부터 1910년 3월 31일까지 안중근 관련 기사를 모은 『일본신문 안중근 의거 기사집』 2권(2011)을 간행

국인에게 저격당하고 즉사했으며 흉행 한국인 세 명은 그 자리에서 체포되었다"는 기사를 냈으며, 그 한국인이 안응칠이라는 사실은 31일, 실제 이름이 안중근이라는 것은 11월 3일에 공개한다.

안중근 사건이 매일 신문에 보도될 만큼 일본이 충격에 휩싸여 있을 때 조선의 유학생들은 일본인 급우들에게 조롱당하고 미움을 받았지만[23] 통쾌한 사건이다. 안중근의 행동은 민족의 영웅으로 숭앙받을 수 있을 만큼 역사적인 사건이었기 때문이다. 그러나 당시 유학생들의 기관지인 『대한흥학보』에는 이와 관련된 내용이 없다. 1909년 3월에 창간된 이 잡지는 발간 취지문에 '흥학(興學)'을 기본으로 삼고 조국의 문명이 부강해지는 데 협력할[24] 것을 천명하는 것과 같이 국가의 운명을 직시하고 독립운동과 계몽운동을 펼쳐왔다. 창간호에 홍명희는 독립을 위하여 단합해야 한다[25]는 글을 썼고, 조용은은 20세기는 큰 배를 요구하는 시대이므로 '新韓國熱을 抱흔 其人'이 되어 신한국을 건설하자[26]는 글을 발표할 만큼 시대적인 소명에 부응해 왔다. 그러나 안중근 사건이 일어난 직후 발간된 잡지에는 일본의 검열 때문인지 구체적인 언급이 없다. 단만 8호(12월) '산록(散錄)'란에 '三投生'이란 필명으로 발표된 '編輯室餘言'에서 안중근 사건을 암시한 글을 발견할 수 있다.

글쓴이는 알 수 없지만 하루의 일기처럼 쓴 「편집실여언」의 내용

한국 현대 서사시의 발생과 전개

했다. 중국 신문기사는 저격한 곳이 하얼빈이고 재판도 중국에서 열렸기 때문에 사건을 비교적 객관적으로 기사한 측면이 있고, 일본 신문은 사건 과정을 보도하면서 이토 히로부미를 중심으로 기사화한 것이 특징이다.

23 이광수, 「나의 고백」 전집 13권, 삼중당, 1963, 192면.

24 『대한흥학보』 창간호, 1909. 3. 12면.

25 홍명희, 「일괴열혈(一塊熱血)」, 위의 잡지, 47~51면.

26 조용은, 「아韓國人은新韓國熱을要홀진져」, 위의 잡지, 20~23면.

은 평범하지 않다. 글쓴이는 가을 하늘 아래 근심을 다스리려고 붓을 들었지만 천태만상의 잡념으로 오히려 '火症'이 나서 붓을 던진다. 그런 후에 로드 맥컬리가 쓴 책 내용을 소개한다. 벵갈의 총독인 워렌 헤이스팅이 인도인에게 폭정을 가해 영국 법정에서 탄핵을 받은 판례문을 읽으며 같은 식민지 민족으로 통쾌한 느낌을 받다가 무죄 선고를 받는다는 대목에서 책을 던진다. 마침 그때 배달된 신문에서 인도에 관한 기사를 읽게 되고, 그 기사에서 '쌍가리'라는 인도 청년이 영국 정령(正領)을 저격하여 사형당한 사실과 그 청년이 사형당하기 전에 조국 동포에게 남긴 글을 읽다가 눈물을 흘리며 다 읽지 못하고 신문을 던진다. 신문을 던지고 인도의 이야기만 계속 생각하던 중 "약한 자는 죄가 있고 강한 자는 죄가 없다는 것"을 깨닫고, 힘이 약하고 망한 나라에서는 인도 청년의 죽음과 같은 일이 현재에도 계속되고 있다며 마무리한다.

이처럼 「편집실여언」의 내용은 글쓴이가 하루에 겪은 일을 쓴 것처럼 보이나 안중근 사건에 대한 심정을 은유적으로 표현한 글이라는 점에서 시사하는 바가 크다. 실명을 밝히지 않고 '三投生'이란 필명을 사용한 것도 이와 연관된다. 이 필명은 '붓과 책, 신문을 차례로 던지게' 된 내용과 연관해서 지은 이름으로 이 세 가지를 던지게 된 이유에 주목할 필요가 있다. 붓, 책, 신문을 차례로 던지게 된 일련의 과정이 평범한 하루의 일상처럼 보이지만 치밀한 구성으로 전개되어 있다는 점이다. 즉 「편집실여언」이란 제목으로 편집후기를 쓴 것처럼 보이게 했으나 그 내용은 영국의 폭정과 그에 희생당한 인도인의 이야기를 담으려는 의도가 있기 때문이다. 책과 신문을 통해 읽게 되는 영국 총독의 폭정을 비판한 내용, 사형당한 애국 청년이 죽기 전에 동포에게 남긴 내용을 읽고 힘이 약한 민족의 울분을 통탄한다는 구성은 우연의 일치로 보기 어렵다. 특히 사형당하기 전에 남긴 청년의 글을 따옴표로 직접 인용하는 것에서도 이 글의 의도를 발견할 수 있다. '조국의 자유를 회복할 때까지 한 번, 두 번, 세 번이라도 다시 태어나 영국인과 싸울 것이라'고 강조한 기도문의 인용과 '인도 동포들이여, 모국의 자유를 회복할 때까지 어미의 목을 결박한 쇠사슬을 끊을 수 있을 것이라'[27]는 청년의 유언을 전달하고 싶은 것에서 이토를 저격한 안중근과 인도 청년의 희생을 동일시하려는 암시를 발견할 수 있기 때문이다. 자신은 죽지만 다시 태어나서라도 조국의 자유를 위하여 영국인과 싸우겠다는 청년의 유언은 바로 조선민족에게 들려주고 싶은 안중근의 심정이었을 것이며, 이러한 내용을 전달하고자 한 글쓴이의 의도라고 볼 수 있다.

'삼투생'이라는 필명에서 '닫힌 상황에 대한 한탄과 분노로 유학생들의 면학 의욕 상실'[28]을 볼 수 있으나 오히려 식민지에 저항하기 위한 힘을 길러야 한다는 유학생들의 의지로 볼 수 있다. 왜냐하면 강대국들에게 당하는 현실을 깨닫고 한탄하면서도 노예에서 벗어나기 위하여 강한 힘을 길러야 한다는 『대한흥학보』의 논리로 해석할 수 있기 때문이다. 따라서 『대한흥학보』에 실린 「편집실여언」의 글쓴이는 알 수 없지만[29] 글의 내용에 암시된 이야기를 통해 안중근 사건을 겪은

한국 현대 서사시의 변용과 선택

---

27 『대한흥학보』 8호, 1909. 12, 49면.

28 하타노 세츠코, 『일본 유학생 작가 연구』, 최주환 역, 소명출판, 2011, 189~190면.

29 이 글의 제목을 편집실 후기처럼 여겨지게 한 것과 필명을 '삼투생'으로 한 부분에서 하타노는 위의 책에서 조용은으로 보는데 이광수로 추측할 수도 있다. 하루의 사건을 우연을 가장한 서사적 구성과 영국 관리를 저격하고 사형당한 인도 청년의 이야기를 자연스럽게 꾸며낸 솜씨에서 그렇게 볼 수 있다. 또한 글의 내용과 연결하여 '삼투생'이란 필명을 붙인 것도 문학적인 표현이기 때문이다. 이광수가 「옥중호걸」을 발표할 때 '孤舟生'이란 필명을 처음 썼고, 「곰」에서도 '孤舟'란 필명을 사

일본 유학생들의 의지를 간접적으로 만날 수 있다는 데 의미가 있다.

2) 이광수의 일기와 「옥중호걸」

안중근 사건을 염두에 두고 쓴 「편집실여언」이 1909년 12월 『대한흥학보』에 발표된 후, 그 다음호인 1910년 1월호에 '孤舟生'이란 필명으로 이광수의 「옥중호걸」이 발표된다. '孤舟生'은 이광수로 밝혀졌지만 외로운 배인 '孤舟'는 이광수 자신을 지칭할 수도 있고 작품내용과 연결하면 감옥에 갇혀 홀로 무거운 짐을 지고 있는 안중근을 비유한 것으로도 연상된다. 안중근이란 실명을 쓸 수 없는 상황에서 '감옥에 갇힌 범'을 시적 주인공으로 삼은 것에서 그렇게 추측할 수 있다. 시 「곰」에서도 '죽음을 맞이하는 영웅'을 곰으로 비유하고 있기 때문에 이 두 작품이 안중근의 투옥과 사형 상황과 밀접하게 연관된다고 보는 것이다.

「옥중호걸」의 모델이 안중근이란 정확한 근거는 없다. 그러나 그때까지 이광수는 시를 발표한 적이 없었고, 하필이면 왜 옥중 이야기를 썼을까 하는 의문이 생긴다. 그래서 '옥중에 갇힌 영웅'의 모델이 있을 것으로 추정하면 당시 여순 감옥에 갇힌 민족의 영웅 안중근을 떠올리는 것은 자연스러운 일이다. 안중근 사건은 이광수에게 "충격적인 사건"[30]이었고, "심정적인 것이 논리적인 것을 앞지른 유일한 사건"[31]이었기 때문이다.

용하여 안중근의 '외로운 투쟁'을 상징한 것으로 보면 이광수의 문학성이 반영된 것으로 추측할 수 있다.

30 김윤식, 앞의 책, 239면.

31 김윤식, 앞의 책, 243면.

이광수는 자신의 심중을 흔들어 놓은 역사적 사건을 글로 쓰고 싶었지만 일본이라는 한정된 공간에서 마음껏 쓸 수 없었을 것이다. 시는 자기 자신이 처한 현실에서 받은 순간적인 감정을 가장 극명하게 드러낼 수 있는 서정 장르이다. 그러나 당시 유행하던 창가나 개화가사, 애국가류의 서정 장르의 형식과는 다른 비극적인 영웅의 이야기를 담기 위해 호흡이 긴 영웅시를 선택한 것이다.

「옥중호걸」이 영웅시가 된 것은 바이런의 「시용의 죄수」와 북촌투곡(北村透谷)의 「초수지시(楚囚之詩)」에 영향을 받은 것으로 보인다. 「시용의 죄수」가 일본의 초기 낭만주의 선두였던 북촌투곡에 의해 이입되어 1889년 「초수지시」가 발표된[32] 점을 미루면 「옥중호걸」은 이들의 영향을 받았다고 볼 수 있다. 「시용의 죄수」는 서사시로 종교개혁에 희생되어 감옥에 갇혀 있던 보니바르의 옥중생활을 그린 것이고, 「초수지시」도 정치범으로 감옥에 갇혀 자유를 속박당한 한 청년의 정신적 갈등을 그린 서사시라는 점[33]에서 「옥중호걸」과 유사하다. 이광수는 홍명희와의 문학적인 교류로 다양한 독서력을 가졌고 바이런을 즐겨 읽었으며,[34] 바이런의 저항정신에 충격을 받았다[35]는 것에서 「시용의 죄수」와 「초수지시」를 수용했을 것으로 볼 수 있다. 이 세 작품은 작품의 주제와 옥중에 갇힌 주인공, 옥에 갇히게 된 이유, 서사성 확보, 1인칭 고백체로 서술된 점 등이 모두 비슷하다. 다

---

32 김용직, 『한국 근대시사』, 새문사, 1983, 108면.

33 박철석, 『한국현대문학사론』, 민지사, 1990, 376면.

34 11월 7일 일기, 『조선문단』 6호, 1925, 50면.

35 하타노 세츠코, 앞의 책, 191면. 하타노 세츠코는 홍명희와 이광수의 문학적 만남을 상세히 연구하면서 「옥중호걸」을 당시 유학생들이 심정을 형상화한 저항시로 밝히고 있다(190~195면 참조).

만 「옥중호걸」만이 주인공을 실존 인물로 하지 않고 '범'으로 은유하고 있다는 점만이 다를 뿐이다.

「옥중호걸」의 창작 과정은 이광수가 남긴 일기를[36] 통해 알아볼 수 있다. 그의 일기는 "나의 심중에 일어난 또는 나를 깊이 감동시킨 여러 가지 사건을 가장 확실하게 가장 솔직하게 기입하는 것"[37]이라고 밝히고 있다. 안중근 사건을 소재로 「옥중호걸」을 창작했다는 기록은 남기지 않았지만 당시의 일기를 토대로 암시적인 기록을 발견할 수 있다. 안중근의 얼굴을 처음 공개한 날이 11월 11일[38]인데 이날의 일기는 매우 독특하다.

> 어젯밤에 꿈이 우수엇다. 나는 朝鮮人을 暴動하엿다는 罪로 死刑의 宣告를 바닷다. 때는 午前인데 刑의 執行은 오후란다. 나는 생각하기를 죽는 것은 두렵지아니하나 오직 胸中에 품엇던 엇던 힘을 써보지못하고 이세상을 떠나는 것이 슬프다고. 이 때문에 나는 괴로워하엿다. 執行當時의 모양을 想像하는中에 喜報가 왓다, 死刑은 중지한다고.
> ── 「1909년 11월 11일 일기」 전문[39]

안중근에 관한 언급으로 볼 수 있는 내용이다. 꿈속의 '나'를 '안중

36 1909년 11월 7일부터 이듬해 1월 12일까지 쓴 일기가 1925년 『조선문단』 3월호와 4월호에 공개된다. 이 일기에는 정확한 날짜와 요일, 날씨, 당시의 사건과 느낌, 읽은 책과 만난 사람들 등을 비교적 상세하게 기록되어 있다. 그런 점에서 안중근 의거에 대한 사건과 느낌을 충분히 썼을 것으로 보이나, 이 일기를 공개한 1925년이 일본의 감시를 받던 시기임을 감안하면 당시 쓴 일기를 그대로 공개하지 않고 선별하거나 축소해서 공개한 것으로 보인다. 공개된 일기 중에 1페이지가 넘는 경우도 있고, 12월 22일 일기에는 "이완용이 죽었다"고 한 줄로 쓴 일기도 있는 것으로 보아 검열에 걸릴 내용은 삭제한 것으로 보인다.

37 「1909년 11월 7일 일기」, 『조선문단』, 1925. 3, 50면.

38 『문사일보』, 1909. 11. 11, 1면.

39 이광수, 「일기」, 위의 책, 52~53면.

근'으로 치환한다면 투옥된 안중근을 묘사하고 있다는 개연성을 발견할 수 있다. '조선인을 폭동했다는 죄'는 '일본인 이토 히로부미를 살해'한 사건으로 볼 수 있고, "죽음을 두려워하지 않고 흉중에 품었던 뜻을 이루지 못하고 죽게 되는 것이 슬프다"고 한 부분에서 사형수인 안중근의 심정을 묘사한 것이다. "이 세상을 떠나는 것이 슬프다"는 안중근의 감정이면서 이광수의 감정이 될 수 있고, "나는 괴로워하였다"는 서술은 이광수의 괴로운 심정을 표현한 것이다. 신문에서 안중근의 얼굴을 보고 괴로워하던 중 사형 집행이 연기된 소식을 접한 것으로 보인다. 사형 집행을 생각하면서 괴로운 심정을 꿈으로 위장한 일기라고 할 수 있다. 한 편의 시로 여길 만큼 은유적으로 표현되어 이광수의 문학적 상상력이 발휘된 일기이다.

「옥중호걸」의 작품 구상과 사상적 배경을 추측할 수 있는 부분은 다음과 같다.

> 歸路에 「奴隷」에 關하여 생각하다. 이것은 長篇되기에는 不適當하다.
> 지금까지 쓴 것을 끊어서 短篇 여러 개를 만들자.
> ── 11월 15일 일기 일부[40]

'노예'라는 말은 이 무렵의 일기에 자주 등장하는데 위의 내용에서 「노예」라는 작품을 구상한 사실을 볼 수 있다. 이광수가 쓰고 있는 작품이 '노예'와 관련이 깊다는 것과 그 작품이 길이가 길다는 것이다. '노예'는 「옥중호걸」에 개나 돼지 등의 동물처럼 사는 것을 비유한 내용과 연관되고, 작품의 길이가 길다는 점과도 일치한다. 또한

---

40 이광수, 「일기─16년 전에 동경의 모중학에 유학하던 18세 소년의 고백」, 『조선문단』 6호, 1925. 3, 54면.

'장편이 되기에는 부족해서 단편 여러 편을 만들려고' 한 것에서 장편을 계획하고 있거나 한 편만을 구상하고 있지 않음을 알 수 있다.[41] 작품 완성과 잡지사에 보낸 일정이 다음과 같이 기록되어 있다.

> 「虎」를 完成하다. 이것이 제2의 完成[42]이다.
> 나는 이것을 完成할 때에 큰 抱負와 喜悅과 滿足을 느끼었다.
> ― 11월 24일 일기 일부[43]

> 「獄中豪傑」이란 詩를 「興學報」에 보내다.
> ― 12월 3일 일기 전문[44]

11월 24일 일기에서 「虎」라는 시를 완성했다는 기록이 있지만 「虎」라는 시는 현재 남아 있지 않다.[45] 12월 3일에 『대한흥학보』에 「옥중호걸」을 보냈다는 기록에서 「虎」가 「옥중호걸」일 가능성이 크

41 「옥중호걸」에 이어 「우리 영웅」, 「곰」을 발표한 것과 연결하면 여러 편을 구상하고 있었음을 짐작할 수 있다.
42 "제2의 완성"이라고 한 것은 교지 『백금학보』 11월에 발표한 일어로 쓴 소설 「사랑인가 : 戀か」를 일컫는 것이다.
43 이광수, 「일기」, 『조선문단』 6호, 1925. 3, 56면.
44 이광수, 「일기―18세 소년이 동경에서 한 일기」, 『조선문단』 7호, 1925. 4, 2면.
45 "열여덟 살 적 즉 16년 전이다. 일기를 보건대 융희 3년 십일월에 「虎」라는 것을 완성하였다고 썼다. 그리고 대단히 만족한 뜻을 표하얏으나 그것은 믓슷 남지 아니하였다. 그와 거진 동시에 일문으로 「戀か」라는 것을 써서 내가 다니던 명치학원의 백금학보에 내였다. 내가 지은 소설이 인쇄가 되기는 이것이 처음이라고 기억한다"(『조선문단』, 1925. 3, 72면)고 밝히고 있지만 「虎」가 「옥중호걸」이라고 언급한 글은 없다. 이 글을 쓸 때는 이미 16년이라는 시간이 지났고 소설가로 주목받고 있던 시기여서 한글로 쓴 첫 번째 작품은 소설 「어린 희생」이라고 언급할 뿐이다. 작품의 분량이 많은 탓인지 소설 제목도 다르게 언급하거나 같은 사건을 회고한 글에서도 다소 차이가 있다. 이것은 오랜 시간이 지난 후에 회고하여 대체적으로 일관성이 없는 경우가 많다.

다. 제목만 바꿔서 발표한 것으로 보인다. 그 이유는 「虎」를 완성하고 9일 만에 길이가 긴 「옥중호걸」을 새로 쓰기에는 시간적으로 매우 촉박하고, 제목인 「虎」의 '범'은 「옥중호걸」의 주인공이 '범'이라는 점을 감안하면 같은 작품을 제목만 바꿔서 쓴 것으로 추측할 수 있기 때문이다. 또한 6개월 후에 발표한 시 「곰」의 제목과 연결지어 생각해도 '虎'와 '곰'은 민족을 상징하는 동물이라는 점에서 짝을 이루고 있다고 볼 수 있다. 물론 당시의 일기에서 여러 편을 쓰고 있다는 언급이 있었으니 그중에 한 편이 「옥중호걸」이고 「虎」는 다른 작품일지도 모른다. 「虎」의 완성에 대하여 "큰 포부와 희열과 만족을 느끼었다"고 한 것에서 작품 완성에 대한 기쁨과 민족의식을 느낄 수 있다.

이 무렵 이광수는 노예에서 벗어날 수 있는 방법으로 문학의 힘을 강조했다. 문예부흥이 사상의 자유와 연결되는 것과 같이 노예를 해방시킨 힘을 루소나 포스터의 문학이라고 생각하였고, 한 국가에 재물과 무기가 있더라도 국민의 이상과 사상이 없으면 쓸모가 없기 때문에 학교 교육을 통해서 배워야 하며 그것이 문학이라고 주장했다.[46] 이러한 이광수의 문학사상은 「문학의 가치」에 잘 나타나 있으며, 문학자로서 교육자로서의 길을 걸으려는 포부를 반영한 작품이 「옥중호걸」이다.

4. '투옥된 안중근'―「옥중호걸」

「옥중호걸」은 3부로 구성되어 있다. 1부는 현재의 시점으로 감옥

---

46 이광수, 「문학의 가치」, 『대한흥학보』, 1910. 3, 18면.

에 갇혀 고민하는 모습을, 2부는 과거의 시점으로 용맹스럽게 활동했던 행적을, 3부는 다시 현재로 돌아와 생명이 다할 때까지 자유를 위해 투쟁한다는 내용으로 전개되어 있다. 이 작품은 전통적인 영웅서사시처럼 영웅의 일대기를 다루지 않았지만 철창에 갇힌 영웅의 이미지를 통해 비극적인 영웅의 행적을 드러내는 데 성공하고 있다. 특히 과거를 회상하는 장면을 삽입하여 영웅성을 드러내고 있으며 영웅에 대한 찬양으로 어느 정도 영웅시의 면모를 갖추고 있다.

그러면 감옥에 갇힌 영웅의 이미지를 통해 안중근임을 살펴본다.

> 누어잇던, 뎌豪傑은, 머리를들어셔, 無心히사룸무리, 이윽히, 보더니, 이닉羞恥, 이닉苦痛, 검은날기翻翻ᄒ며, 雙雙히, 쎼를지여, 가삼에나ᄅ드러, 크고굿센, 그날기로, 활활활활부쳐셔, 이맘속에, 숨은불, 熖熖히, 닐도다. 鐵窓밧게, 웃고섯던, 얼골불근, 졀믄사롬, 손에잇든, 스티크로, 뎌豪傑을한번티니, 누어잇던, 뎌毫傑은, 憤慨ᄒ고激怒ᄒ야, 나ᄂ드시, 번기가치「흑」소리, 한마듸에, 嗚呼無殘, 날닌발톱, 머리에, 깁히박아, 두 번지「흑」소리에, 頭蓋骨이, 갈나뎌셔, 腦漿은, 흐늑흐늑, 발톱에, 튀여디고, 鮮血은, 淋漓히, 짜에, 써러디ᄂ도다. 無殘悽慘, 뎌사람의, 蛛絲갓흔, 목슴줄은, 電光一閃, 뎌볼톱에, 맥업시도, 쓴어졋네.

> ─1부 부분

「옥중호걸」의 첫부분으로 감옥에 갇혀 있는 호걸의 모습이 철창 안과 밖의 객관적인 묘사와 나레이터의 주관적 시점, 세 가지로 서술되어 있다. 먼저 철창 안에 갇힌 호걸은 무심히 철창 밖의 사람들을 보면서 수치심과 고통을 느끼며 격분하여 마음속에 불이 일어나고 있다는 주인공의 내면 서술이다. 두 번째는 철창 밖의 사람들이 철창 안의 호걸을 놀리는 장면이다. 철창 밖에 있는 젊은 사람들이 막대기로 철창 속의 호랑이를 툭툭 치며 놀리자 가만히 있지 않고 "흑!" 소리로 번개같이 강한 발톱으로 저항한다. 두개골이 갈라지면서 붉은 피를 땅에 흘리는 처참한 묘사로 전개된다. 이후 마지막 부분은 나레이터의 주관적 서술로 "슬프도다, 져호걸아, 자유업는, 져호걸아! 너는, 임의, 생명업는, 고기와, 쌔, 쓴이로다"라고 전개하여 사건에 대한 해석을 하고 있다. 철창에 갇혀 자유를 빼앗긴 영웅에 대한 슬픈 감정을 드러내고 있는 것이다. 이와 같이 저항하는 인물의 내면 묘사와 처참한 사건의 묘사에서 감옥에 갇힌 안중근의 이미지를 연상하게 한다. 즉 1부는 철창에 갇힌 영웅의 고통을 객관적으로 그려내고 있다.

2부에서는 영웅의 과거 행적을 중심으로 전개하는데 1인칭 고백체로 서술된다.

> 自然中에, 生活ᄒ며, 自然中, 즐겨ᄒ는, 나는식와, 즘싱밧게, 노니는者, 全혀업는, 山中이여, 이, 豪傑의, 노니던故鄕일셰. 구름밧게, 으승그린, 萬疊峯巒너머가며, 地獄으로, 通ᄒ듯ᄒ萬丈壑을, 건너쒸며, 풀ᄉ속으로, 을나와서, 풀ᄉ속으로, 드러가?, 一望無際大平原을, 번기갓히, 건너가며, 한번 對敵맛ᄂ거든, 두렴업시, 退治안코, 그니쌜과, 발톱으로, 그 勇氣와, 그 힘으로, 鬼神가티變幻ᄒ며, 霹靂가치, 소릭질너, 싸호다가, 익의거든, 敵의고기로, 빅불니며, 凱旋歌를놉히불너, 즐겨ᄒ고, 쒸놀며, 지드릭도, 恨怨업시,
>
> ─2부 부분

주인공은 한때 산중의 호걸로 대평원을 호령하며 숲 속을 평정하던 영웅이었다. 산과 산을 번개같이 건너뛰며, 적을 만나면 두려움 없이 귀신처럼 싸워서 이기고 개선가를 높이 부르는 인물이었다. 그래서 그 누구도 그에게 명령하거나, 그를 가둬 둘 수 없을 만큼 용맹스런 인물임을 강조한다. "뉘라셔, 命令ᄒ며, 뉘라셔, 禁ᄒ손가?"라는 단호한 묘사에서 투쟁적인 삶을 살았던 안중근의 이미지를 발견할 수 있다.

이, 니쌀이, 잇스니, 이는, 늬의, 쓸거시오. 이, 勇氣가, 잇스니, 이는, 늬의, 쓸거시오, 이, 힘이, 잇스니, 이는, 늬의, 쓸거시오, 이, 발톱이, 잇스니, 이는, 늬의, 쓸 것이라. 이, 니쌀이, 달토록, 이, 불톱이, 무듸도록, 이힘이, 다ᄒ도록, 이, 勇氣가, 衰토록, 물고, 씻고쮜고, 놀며, 싸호고, 즐기다가, 이 늬목숨, 다ᄒ거든, 고기몸을, 버서나서, 無窮無限, 이空間과, 渾然, 冥合ᄒ 리니, 이거시이늬天國! 이거시이늬天國!

─ 2부 부분

싣어어라, 네니쌀노, 너를, 얼맨쇠사슬을! 너니쌀이, 다라져서, 가루가, 되도록! 깃더려라, 발톱으로, 너를갓운, 굿은獄을! 네발톱이, 다라져셔가 루가, 되도록! 네니쌀과, 네발톱이다라져서, 업서지고, 네勇氣와, 네의힘 이衰ᄒ며서, 업서지면, 네心臟에, 잇는피를, 쑤리고죽어라!

─ 3부 마지막 부분

위의 인용문은 이광수가 오산학교 시절 부국강병을 위하여 부르짖 던 훈시처럼 서술된다. 웅변조의 구어체, 명령법을 사용해서 역동적 인 목소리를 연출하고 있다. 지시대명사 '이'를 강조하기 위해 끊어 읽도록 쉼표를 적절히 사용해서 3·4, 4·4조의 운율을 파괴한 구어 체를 실현하고 있는 것이다. 이런 운율은 웅변조는 전편에 드러난 특 징으로 긴 시임에도 불구하고 단숨에 읽게 하는 강한 리듬의식이 된 다.[47] 즉 '발톱'과 '이빨'을 대구로 하여 '용기'와 '힘'을 강조한 역동성 을 얻는다. 죽을 때까지 싸워 '자유'를 얻는 것이야말로 노예가 되지 않는 진정한 자유의 길이며, 천국임을 천명한다. 노예는 먹다 남은 음식, 썩은 밥과 뜬물을 얻어먹고 주인에게 고마워하고 주인의 어린

---

[47] 이 작품의 끝에 소앙생(조용은)이 "그림이 진경에서 나온 것처럼 읽어도 긴 것을 깨닫 지 못하겠다(畫出眞境 讀不覺長)"고 하여 단숨에 읽히는 리듬의식을 언급하고 있다.

자식에게 얻어맞고 쫓겨 가는 개와 같은 신세이며, 굴레에 얽매여 명령대로 살아가는 말과 소들처럼 천부의 자유를 빼앗긴 것이라고 서술하여 자유를 향해 투쟁한 안중근의 행적을 드러내고 있다. 이처럼 2부는 논설로 보면 본론에 해당하는 부분으로 이광수의 노예론이라고 할 수 있고, 결사인 3부에는 다시 1부의 서술 시점과 같이 3인칭 서술로 돌아와 연설은 계속된다. 이빨과 발톱이 닳아 가루가 될 때까지 쇠사슬을 끊으라고 호소한다. 마지막에 심장의 피를 뿌리며 죽으리라는 영웅의 의지를 표면화하고 있다.

이와 같은 이광수의 서술을 통해, 식민지 민족의 속박에 적극적으로 투쟁한 옥중의 호걸은 바로 영웅 안중근임을 짐작할 수 있다. 그러므로 대평원을 횡단하던 '호랑이'의 영웅적인 이미지를 강조하여 안중근의 행적을 예찬함과 동시에 당대의 영웅의식을 담아낸 것으로 해석할 수 있다. 작품 속에 등장하는 힘찬 목소리가 연설처럼 들릴 수 있도록 서술한 것은 안중근의 비범한 행위를 강조하기 위한 영웅시의 기법이자 민족의식을 고취하고자 한 청년 이광수의 의지를 표출한 표현으로 볼 수 있다.

5. '사형 당한 안중근'—「곰」

시 「곰」은 안중근의 사형 집행 상황을 시적으로 상상한 것으로 영웅의 죽음을 탄식하는 애가(哀歌) 형식을 취한다. 피 흘리며 무참하게 죽어가는 곰의 이미지를 통해 죽음의 비극성을 극대화한다. 이 작품이 1910년 3월 26일 안중근의 사형 집행 이후인 6월호에 발표되었다는 점에서 안중근의 비극적인 죽음을 형상환 작품으로 볼 수 있다.

한국 현대 서사시의 발흥과 선택

앞장에서 살핀 「옥중호걸」이 옥중 삶을 그린 것이라면, 「곰」은 제목만 바뀌었지 안중근의 사형을 염두에 두고 쓴 것으로 보인다.

「곰」에 대한 기존의 논의에서 이 시의 주제의식을 민족사상으로 보는 견해에는 동의하지만 곰의 죽음을 '대결'이나 '도전'에 '패배한 인물'로 보는 것에는 이의가 있을 수 있다. 그것은 시적 주인공이 안중근을 모델로 한 것으로 인정한다면 '패배' 아니라 '자유'를 성취한 '희생'으로 볼 수 있기 때문이다.

기존의 존의에서 먼저 김학동은 바위를 '자연의 거대한 힘'으로 보고 그 앞에서 무력해지는 인간 생명의 허무의식[48]으로 보았고, 김윤식은 "의연한 바위를 보고 그 오만함에 도전하여 피투성이가 된다"[49]고 하여 '오만한 바위'로 해석하였으며, 최동호는 "무모할 만큼 저돌적으로 바위에 부딪쳐 죽는 곰의 도전과 패배는 자아의 자유를 극대화시킨 계몽적인 지식인"[50]으로 해석하여 '도전'의 대상으로 보고 있으며, 양왕용은 "바위와의 대결은 곰의 한계성으로 죽음의 불가피성을 말하며 '자아의 상실'이 무엇을 뜻하는가가 분명하지 않아"[51] 작품의 한계라고 지적하였다.

이러한 논의를 종합하면 '바위'에 부딪쳐 죽는 행위를 '무모한 '도전', '자학'으로 보고 죽음의 원인이 분명하지 않다는 것이다. 대표적으로 조동일은 「곰」을 구체적으로 분석하거나 해석하지는 않았지만 작품의 한계성과 의문을 상세하게 제기하고 있어 전문을 인용하며

---

48 김학동, 앞의 책, 140면.

49 김윤식, 앞의 책, 267면.

50 최동호, 「춘원 이광수 시가론」, 『현대문학』, 1981. 2.(동국대학교 한국학연구소 편, 앞의 책), 600~601면.

51 양왕용, 앞의 책, 64면.

따라가 본다.

> 「곰」에는 험한 환경에서 서식하는 ①곰이 자아를 위협하며 자유를 억압하는 바위와 대결하다가 마침내 죽음에 이르는 사건을 설정했다. ②「옥중호걸」에서의 범처럼 곰이 분노를 하는 데 공감을 하도록 유도했는데, 그래야 할 이유가 분명하지 않다. 「우리 영웅」에서의 ③이순신이나 된 듯이 곰이 투쟁을 하고 패배를 한다는 것이 무슨 의미를 가지는가 납득할 수 있게 부각되지 않았다. ④바위를 상대역으로 설정했으니 성격이 모호할 뿐만 아니라, ⑤곰의 패배를 기정사실로 만들어 놓은 결함이 있다. 무언가 웅대한 구상을 갖춘 대단한 작품을 창작하고자 하는 의욕을 가지기만 하고, 착상과 표현을 정리하지 못해서 여러모로 파탄을 드러냈다 하겠다.[52]

한국 현대 서사시의 변용과 선택

위의 지적을 종합하면 곰의 분노와 죽음의 의미, 투쟁의 의미가 분명하지 않고, 바위를 상대로 설정한 것 자체가 납득이 가지 않아 모호하여 작품성이 떨어진다고 하였다. 그러나 '곰'을 '안중근'으로 해석해서 죽음의 상황을 강조한 것으로 본다면 위에서 제기한 문제를 어느 정도 풀 수 있다. ①처럼 곰의 죽음은 바위와 대결한 '패배'가 아니다. 안중근의 죽음을 일본에 저항한 투쟁의 결과로 보면 패배가 아니라 '희생'이기 때문이다. 그래서 ②의 '범'(「옥중호걸」)처럼 곰이 분노하는 것에 공감할 수 있고 분노의 이유가 설명되며, ③의 '이순신'처럼 투쟁하다가 죽기 때문에 '패배'가 아니라 '희생'이 된다는 것이다. 따라서 ④의 언급처럼 바위를 상대역으로 설정한 것이 아니라 '희생'의 원인으로 설정했다고 해석해야 한다. 그리고 ⑤에서 '곰의 패배를 기정사실로 만들어 놓은 결함'이라고 했는데 안중근의 죽음

---

52 조동일, 앞의 책, 413면.

은 누구나 알고 있는 기정사실이기 때문에 그것을 결함이라고 보기 어렵다.

그러면 이 시의 서사구조를 간단히 보면서 논의를 진행한다.

1~2연 [서사] 우뚝한 바위의 묘사와 곰의 죽음 암시
3~6연 [본사] 바위에 부딪혀 죽는 영웅의 최후 과정을 세밀하게 전개
7~8연 [결사] 죽음의 해석과 영웅의 죽음에 대한 찬미

1~2연은 태고 때부터 내려온 수풀에 부엉이의 울음으로 침묵이 깨지고, 오랜 풍상을 견뎌온 숲 속의 높은 바위가 등장하며, 무한한 시간에 비하면 짧은 한 목숨을 가진 주인공이 탄식한다. 2연 마지막 행에 "죽음을 만난 이 얼마나 보았는가!"라고 한탄하며 3연부터 전개될 죽음을 암시한다. 3연부터 6연까지는 '죽어가는 과정'만 상세하게 묘사하고, 7연과 8연에서는 죽음의 원인과 함께 죽음을 예찬하며 마무리한다. 7연에서 목숨이 아까워 자아를 꺾지 못한 것은 비겁하며 기계와 같은 것이라고 질타하고, 8연에서 영웅의 죽음은 "자아의 권력을 최고점에까지 신장한" 것이라는 죽음의 이유를 설명하며, 그의 죽음은 짧은 목숨이었지만 "완전한 자유"를 성취한 것이라고 예찬한다.

그래서 이 시의 핵심은 곰이 바위에 부딪혀 비극적으로 죽어가는 과정을 세밀하게 묘사하는 데 있다.

또 흐윽—피ㅅ바래……쌕드득 니 가난소래,
머리엣 고기는 써러저서 頭骨이 나타나고,
홰ㅅ불 갓흔 그 두눈에는 붉은안개 돌도다.
또한번 흐윽—피ㅅ바래……頭骨은 쌔여저,
흰 腦漿이 비죽히 나타나도다—아아!

　　　　　　　　　　　　　　　　　—5연 전문

四肢가 나른해 썩쑤러 지도다,

숨ㅅ소래만 놉히 殺氣는 勝勝하야,

고기ㅅ몸은 이미 調節을 일헛스니 웃지해 웃지해,

心臟ㅅ속에 끌난피가 創口로 퍼붓난듯.

부릅썻든 눈도 次次 가느러지고,

목숨업난 고기ㅅ덩이만 痙攣으로 썰녀,

이것이 이 英雄의 最後로다 이것이—

— 6연 부분

위의 장면에서 알 수 있듯이 곰이 죽어가는 과정을 처참하게 묘사하고 있다. 연신 바위에 부딪혀 머리가 깨어지고, 흰 뇌장이 튀어나오고, 머리에 흐르는 피와 심장 속의 피가 입으로 흘러나와 피바다를 이뤄 바위돌과 흙을 물들이면서 사지가 꺾인다는 사실적인 장면 묘사는 3~6연까지 이루어진다. 전체 분량에서 가장 많은 부분을 할애한 것은 죽음의 비극성을 극대화하려는 창작 의도를 반영한 것이다. 비록 동물인 곰으로 묘사되었지만 이처럼 사실적으로 형상화한 것은 사형장에서 마지막 숨을 거둔 안중근의 비극적인 죽음을 독자에게 전달하려는 수사적 기법으로 볼 수 있다. 죽음의 이유를 구체적으로 서술하는 것보다 '죽음의 현장', '죽음의 비극성'에 무게를 둔 것이다.

곰이 바위에 부딪히는 것에서 '바위'를 '도전'의 대상으로 해석하는 경우가 많다. 그러나 바위는 오랜 역사성을 가진 '민족의 자아' 개념으로 해석할 수 있다. 이 시에서 바위는 '하늘에 닿을 듯 높고, 기천 년 동안 풍상에 견뎌온'(2연) 것으로 묘사되고, '저 높은 바위를 보니 그의 자아가 압박을 받는 듯해서 목숨을 내어놓고 싸우기'(7연) 때문에 도전의 상대로 보기 어렵다. 그것은 영웅이 최후를 맞이했지만 '바윗돌은 의연(自然은 다아)'(5연)하고, '自然의 법칙 이외에는 자

한국 현대 서사시의 변용과 선택

아를 꺾은 적이 없다'(8연)는 것에서 '바위'와 '자연'은 동격으로 보고 있기 때문이다. 영웅의 목숨은 "무한에 비하면 공이나 다름없는 시간"(2연)을 가진 존재로 죽음을 맞이하지만 "바위는 의연히" 영속적으로 존재하는 상징물이 된다.

바위는 시간의 영속성을 상징하며,[53] 대지의 뼈로 신화에서는 영험과 신격화된 인물이 태어나는 생명력을 상징하고, 민간신앙에서는 숭배의 대상이 되기[54] 때문이다. 즉 이 시에서 바위는 자연과 같이 변하지 않는다는 시간의 영속성을 뜻하는 민족의 역사를 상징하고 신격화된 민족의 자아 개념으로 볼 수 있다.

안중근의 죽음은 민족의 자아를 성취한 영웅의 죽음이기에 다음과 같이 애가로 찬송된다.

> 다시 말하노라 그는 決코 成功을 期함은 안이오,
> 다만 自我의 權力을 最高點에까지 伸長함이라.
> 그는 죽엇도다 그럿도다 그는 죽엇도다.
> 그가 이리하지 아니엿든들 그의 목숨은 더좀 길엇스리라.
> 그러나 좀 더긴 그목숨은 목숨이 안이라 機械니라.
> 그가 비록 短命하게 죽엇스나 그러나 그러나,
> 그의 그 짧은 一生은 全혀全혀 自由니라
> 그는 일찍 自然의 法則以外에는 自我를 쩍근적 업나니라.
> 곰아!곰아!
>
> ― 8연 마지막 부분

인용 부분은 이 시의 마지막 부분이다. 영웅의 죽음을 예찬한 영

---

53 이승훈 편, 『문학상징사전』, 고려원, 1996, 189면.
54 한국문화상징사전 편, 『한국문화상징사전』, 동아출판사, 1992, 222면.

웅서사시처럼 웅장한 가락으로 읊어진다. 그는 성공을 기하기 위하여 죽은 것이 아니라 '자아의 권력을 최고점에까지 신장하기 위하여 죽었기' 때문이다. 자아의 권력을 위해 죽지 않고 목숨을 좀 더 연장했다면 그것은 진정한 목숨이 아니며 한낱 '기계'에 불과하기 때문에 그의 짧은 목숨은 오히려 온전한 '자유'의 실현한 죽음이 된다는 것이다. 그는 일찍이 '자연의 법칙 이외에는 자아를 꺾은 적이 없'는 영웅이다. 여기서 '자연의 법칙'은 다시 말하면 변하지 않는 진리, 조국에 대한 마땅한 자유, 조국의 자아를 의미하며 이 조국의 자아를 최고점에까지 신장하기 위해 개인의 자아를 희생한 것으로 해석된다.

위의 마지막 부분은 영탄법과 반복법, 점층법을 썼음에도 전혀 어색하지 않게 행을 구분하였고, 격정적인 감정을 담았음에도 경건하고, 절망적인 정서임에도 탄식으로 일관하지 않은 단호한 목소리를 장중한 문체로 노래하고 있다. 무모한 도전에 패배한 인물이라면 위와 같이 예찬할 수는 없다. 안중근은 32세를 일기로 짧은 생애를 다했다. 그는 죽음으로 민족 자아의 권력을 최고로 신장해 놓았으며 조국의 권력을 최고로 높여 놓고 비극적인 죽음을 맞이했다. 이광수는 안중근의 거룩한 죽음을 민족의 상징인 '곰'이라는 이름으로 호명하면서 죽음을 애도한 것이다.

6. 영웅서사시의 가능성

이광수의 시 「옥중호걸」을 전집에 실으면서 '브엄'을 '부엉이'로 오기한 텍스트로 연구된 기존의 연구에 문제를 제기한다. 이로 인해 시 자체에 대한 올바른 평가가 이루어지지 못했기 때문에 시문학사 기술에서 정당한 평가를 받지 못했다. 「옥중호걸」의 '브엄'을 '부엉이'로 해석하여 해석의 오류를 낳았을 뿐만 아니라 「곰」의 희생을 실패한 도전으로 해석한 점도 문제가 있다. '곰의 죽음'이 '안중근의 죽음'으로 비유된 시적 장치를 충분히 검토하지 못한 해석의 오류로 볼 수 있다. 따라서 이 글은 「옥중호걸」과 「곰」은 안중근 사건을 소재로 쓴 영웅시라는 점을 밝히는 데 주목하였다.

영웅서사시는 민족의 역사를 후대까지 전달하려는 의도에서 창작되기 때문에 불굴의 의지로 국가의 운명에 맞서 싸워 이긴 영웅이 주인공이 된다. 서사시의 주인공은 역사적 사건과 밀접하게 연관되어 있으며 누구나 알고 있는 인물이므로 이를 통해 민족 공동체의 운명을 극복할 수 있다. 안중근은 역사적인 인물이며 국가의 운명에 맞서 불굴의 의지로 싸워 희생된 영웅이라는 점에서 영웅서사시의 비극적인 인물이 될 수 있다.

이광수가 문학의 출발에서 안중근을 소재로 한 영웅시를 선택한 것은 그의 민족사상과 무관하지 않다. 그는 문학의 힘만이 식민지 민족의식을 고취시킬 수 있다는 확고한 믿음이 있었고, 이를 실천한 것이 「옥중호걸」과 「곰」이다. 「옥중호걸」은 전통적인 가사체의 율격을 지닌 운문성과 옥중에 갇힌 영웅의 이야기를 담으려는 서사성을 지니고 있었고, 「곰」은 비극적인 영웅의 죽음을 사실적으로 묘사하면서 장중한 문체로 찬미한 애가 형식을 취하고 있어 전통적인 영웅서사시의 성격을 발견할 수 있었다.

그동안 이들 시의 주인공이 '호랑이'와 '곰'으로 은유되어 이 영웅의 모델에 대한 논의는 없었다. 민족을 상징하는 호랑이와 곰으로 해석해도 주제의식은 달라지지 않지만 안중근으로 해석한다면 그 평가는 달라질 수 있음을 알 수 있었다. '투옥된 안중근'을 '감옥에 갇힌 호랑이'로, '사형당한 안중근'을 '죽어가는 곰'으로 형상화하여 안중근의 수난과 고통을 형상화한 창작 의도를 발견할 수 있었다. 또한 시 「곰」에 대한 기존의 논의에서 곰의 죽음을 무모한 '도전'이라거나 바위와의 대결에서 실패한 '패배'로 해석하는 것에는 논란의 여지가 있을 수 있다. 안중근의 죽음은 민족의 자아를 성취한 '희생'으로 해석하면 그 의미가 보다 풍성해지기 때문이다.

작품의 본질적 의미를 해석할 때에는 텍스트에 한정할 필요가 있지만 다양한 해석을 위해서 저자의 환경이나 의도를 배제할 수도 없다. 텍스트 전체의 의미와 궁극적으로 표현하고자 한 최초의 문맥을 발견하는 일도 해석학적 차원에서 중요한 일이기 때문이다. 결국 이광수 문학의 출발점에서 창작된 「옥중호걸」과 「곰」은 친일문학에 대한 논의와는 별개로 제대로 해석 평가될 필요가 있다. 이 두 작품은 1909년 안중근이 이토 히로부미를 저격한 역사적인 사건을 형상화하여 식민지 민족의 적극적인 저항의지를 표현한 영웅서사의 미학적 장치를 마련했다는 점에서 1910년대 근대시의 지평을 넓혔을 뿐만 아니라 영웅서사시의 가능성을 열었다는 시사적 의미가 있다고 하겠다.

이광수의 장시 「극웅행」의 상호텍스트성

1. 서론

「극웅행」(『학지광』 14호, 1917. 12)은 소설 『무정』의 연재를 마치고 12월에 발표한 작품이다. 이때는 이광수가 2차 유학[1] 중이었고 『학지광』 편집위원으로 활동하던 시기이다. 『학지광』은 1914년 유학생들이 창간하여 과학, 종교, 철학, 역사, 문학 등 새로운 문물에 대한 관심을 담아낸 잡지이다. 이때 주로 참여했던 문학인들이 이후 국내에 들어와 1920년대 근대시의 주역이 되었다. 이런 이유로 이 잡지에 실린 1910년대 시는 1920년대 근대시의 형성 과정을 이해하는 데 중

---

1 이광수는 1차 유학을 마칠 무렵 「옥중호걸」을 발표하고 1910년 3월 졸업과 동시에 오산학교에 부임한다. 이때 「옥중호걸」과 같은 계열의 영웅시 「우리 영웅」(3월)과 「곰」(6월)을 발표한 후 오산학교에 근무하던 4년 동안에는 거의 시를 발표하지 않았다. 1913년 9월 오산학교를 그만두고 세계여행길에 올랐고, 1914년 9월 다시 오산학교에 근무하면서 『청춘』에 참여하여 그해 12월 『청춘』 3호에 시 「새아이」를 발표한다. 이후 본격적으로 시와 수필, 기행문, 논설 등을 발표하였고 1915년 2차 유학길에 오르고 1916년부터 『학지광』 편집위원으로 활동한다.

요한 자료가 된다. 당시 일본 유학생들은 서양의 문학작품과 이론을 접하여 신문학에 대한 열망이 매우 컸을 것이다. 국내에 외국 문학이론이 본격적으로 소개된 것은 3·1운동 전후에 이루어진 것을 감안하면 일본 유학생들에게는 이보다 빠르게 서구문학을 접했을 것이다. 그런 점에서 『학지광』에 실린 1910년대의 시들에서 근대적 문학 장르로서의 현대시를 가능하게 한 미학적 태도를[2] 발견할 수 있으며, 자유시과 줄글시를 실험함으로써 기존의 율격으로부터 벗어난[3] 시를 창작할 수 있게 된다.

『학지광』의 편집위원이었던 이광수도 예외는 아니었다. 그는 최초의 문학론인 「문학의 가치」에서 문예부흥과 프랑스 혁명, 남북전쟁의 승리도 모두 문학의 힘에서 비롯된 것이라[4]고 믿을 만큼 문학과 교육의 힘을 강조하였고, 졸업 후 곧장 오산학교 교사가 된 것도 그 연장선으로 볼 수 있다. 「옥중호걸」을 쓸 무렵 「금일아한청년의정육」(『대한흥학보』, 1910. 2), 「문학의 가치」(『대한흥학보』, 1910. 3)에서 문학의 힘을 강조하였고 문학은 마음의 심리를 드러내는 '情'이 담겨야 한다는 문학관을 펼쳤다. 힘의 문학은 계몽주의 문학의 출발점이 되고, 정의 문학에서 감성을 중시하는 낭만주의 문학관이 이때 발아된다. 초기 이광수의 시에서 낭만성을 발견할 수 있는 작품이 바로 장시 「극웅행」이다.

「극웅행」의 서사구조는 소설의 담론인 서사무가, 단군신화, 환몽

---

2 노춘기, 「근대시 형성기의 창작주체와 장르의식 : 1910년대 『학지광』지의 시작품을 중심으로」, 『어문논집』 54권, 2006, 226면.

3 강희근, 「『학지광』에 나타난 시인들의 의식과 시의 모습에 대하여」, 『배달말』 4권, 1979, 96면.

4 이광수, 「문학의 가치」, 『대한흥학보』, 1910. 3, 18면.

서사의 서사를 수용하거나 패러디하여 새로운 시적 담론을 형상한 상호텍스트성을 갖는다. 상호텍스트성은 기존의 형식을 파괴하고 새로운 형식을 창조하는 과정에서 패러디와 밀접하게 연관되며 진보된 문학의 장르를 제시한다.[5] 이광수는 서구문학의 서사시 개념과는 무관하게 한국 전통의 서사 장르를 서정 장르에 수용하여 현대적 의미의 서사시를 창작한 것이다. 영웅의 이야기를 중심으로 전개하는 과거 서사시의 형식이 아니라 하나의 사건, 즉 '상황'에 초점을 둔 서사시로 전개한다는 점에서 탈장르적 성격을 지닌 상호텍스트성을 갖는다.

그동안 「극웅행」에 대한 깊이 있는 논의는 거의 없었다. 문학사의 한 자리에서 개괄적인 신체시의 범주에서 초기 시와 연관하여 제목 정도만 언급되었을 뿐 주목받지 못했다. 그것을 작품의 미숙성으로 의미를 둘 수 있지만 서사시의 출현에 무게를 두고 새로운 시형의 모색이라는 점을 인정한다면 새롭게 평가할 여지는 충분히 있다. 이 작품에 대한 기존의 연구에서 먼저 김학동은 '환몽적 요소의 낭만성'[6] 지닌 작품평으로 간단히 언급했고, 조동일은 '상황 설정만 거창하고 관념적인 언사만 늘어놓고 정신적인 방황의 증후만 더 드러냈을 따름'[7]이라고 부정적인 평가를 내렸으며, 최근에 발표한 홍경표는 '곰'의 상징성을 민족의 웅호(熊虎)로[8] 분석하여 비교적 깊이 있게 다루었다. 그러한 가운데 민병욱은 이 작품의 서사성에 무게를 두고 '단군신화·몽유록계 소설의 변형구조와 당대의 현실구조를 동시에 지닌

5   여홍상 편, 『바흐친과 문학이론』, 문학과지성사, 1997, 210면.
6   김학동, 『한국 개화기 시가연구』, 시문학사, 1981, 141면.
7   조동일, 『한국문학통사』 4권, 지식산업사, 1994, 40면.
8   홍경표, 「춘원의 초기 시 「범」 「곰」 시 세 편」, 『한국말글학』 24집, 2007, 150면.

작품'[9]으로 평가하여 주목할 만하다. 민병욱이 지적한 바와 같이 서사시라는 장르의 관점에서 살핀다면 당시로서는 새로운 시형식을 모색한 실험작으로 볼 수 있다. 새로운 장르를 실험했다는 의미에서 문학사적으로 탈장르로 파악할 수 있기 때문이다.

따라서 본고에서는 「극웅행」이 지닌 서사구조의 여러 층위에서 살필 수 있는 구조적 특징과 리듬구조를 동시에 살펴 단군신화의 서사와 환몽서사, 판소리 양식이라는 장르 간의 상호텍스트성을 고찰하려 한다. 이로써 「극웅행」은 장편이라는 서사적 요소와 개인의 서정을 담아낸 서정적 요소를 판소리 가락에 담아낸 복합적인 양식이라는 점을 밝혀 장르 복합 또는 탈장르의 실험성을 돋보인 텍스트의 성격을 구명하여 1910년대 시적 담론의 의미를 검토하는 데 기여할 것이다.

2. 서사무가와 단군신화의 상호텍스트성

「극웅행」은 1910년대의 서정 장르 유형으로 파악할 수 없는 독창적인 작품이다. 전통 구비문학 유형의 서사담론들의 여러 모티브를 통해서 서로 내적으로 연관된 텍스트의 담론을 형성하고 있기 때문이다. 「극웅행」의 서사는 서사무가의 창세신화, 단군신화의 여러 모티브, 몽자류 소설의 환몽구조를 서로 혼합한 상호텍스트성을 갖는

한국 현대 서사시의 변용과 선택

---

9 민병욱은 「극웅행」을 신체시에 있어서 서사시의 가능성을 지닌 작품으로 평가하고 단군신화의 서사구조와 현실의 구조를 분석하면서 몽유록계 소설의 구조적 연장선상에 있음을 계기적 모티브를 통해 상세히 분석한 바 있다(민병욱, 『한국 서사시의 비평적 성찰』, 지평, 1987, 63~69면).

다. 작품의 인물과 배경은 서사무가의 「창세가」와 단군신화의 서사를 차용하고 있고, 중심 내용은 전형적인 몽자류 소설의 액자형식을 차용한 환몽서사로 되어 있다. 또한 21연 315행의 서술방식은 시적 화자의 독백인 주관적 서술을 취하면서 부분적으로는 민요와 무가를 삽입한 형식으로 서술된다. 작품 줄거리의 전반부는 작품의 배경과 주인공 극웅의 탄생 과정을 장황하게 서술하고, 후반부에는 꿈속의 사건으로 극웅이 신선이 되어 하늘에서 내려온 선녀와 사랑하는 애정서사로 전개된다. 작품의 서사구조는 아래와 같이 나눌 수 있다.

> 1연~2연 : [창세신화] 카오스의 상태에서 북극이 탄생되는 과정
> 3연~13연 : [단군신화] 주인공 극웅의 탄생과 북극 생활
> 14연~21연 : [환몽서사] 극웅과 선녀의 만남을 꿈으로 설정

위에서 볼 수 있듯이 작품의 배경은 천지창조 신화의 모티브를 수용하여 '지구별'인 '북극'의 공간을 설정하고 단군신화의 '곰'[10]을 패러디하여 '극웅'의 탄생 배경을 묘사하고 있다. 주인공 '극웅'의 탄생 과정은 민족의 역사성을 반영하듯이 '곰'과 '환웅'의 이름을 패러디한 '극웅'으로 이름지어 단군신화의 주인공을 패러디하고 있으며, 상상 속의 여행을 꿈으로 처리하여 몽자류 소설의 환몽소설을 차용하고 있다. 먼저 1연과 2연에서는 서사무가에서 볼 수 있는 천지창조 신화와 같이 카오스의 상태에서 북극이 탄생하는 과정을 서술하고 있다.

이광수의 장시 「극웅행」의 상호텍스트성

---

10 「극웅행」의 주인공이 '곰'인 것은 앞서 발표한 「옥중호걸」의 '범(호랑이)'과 '곰'의 '곰'과 상호 연관성을 갖는다.

우리 사는곳에서

北편으로 北편으로 限定업시 가다가

큰 山脈을 지내서

큰 벌판을 지내서

三月이라 삼짇날 봄가지고 날아오는

제비보다 더가서, 훨씬훨씬 더가서

안해 함께 親舊함쎄 空中놉히 쓰고쓰고셔

너름가는 쏫까지 가보고야만다는

기럭이쎼보다도 훨씬훨씬 더가서

얼음世界 만나니 北極이란 世界라.

— 1연 전문

(전략)

하나님이 별들을 빚어내실 그쌔에

쓰고남은 부스럭을 새로 반죽하여서

더운元素 찬元素 밝은것 어두운것

分量대로 석거서 地球별을 한뒤에

남아지 찬元素를 둘곳이 업서서

달이라는 별에다 데덕데덕 발느고

그러고도 남은것 들고 빙빙 돌다가

火를 내어 北極에 발라노코 말앗다

그때에 메와들에 발라노흔 얼음이

갈사록 얼뿐이오 녹을줄을 몰라서

얼고 얼고 또얼어서

몟千尺 몟萬尺 짠짠하게 얼엇다.

— 2연 마지막 부분

위의 1연은 작품의 배경으로 북극의 탄생 과정을 묘사하고 있다.
북극은 지구의 가장 끝에 위치해 있고, 봄이나 여름과는 아주 멀리 떨어져 있음을 강조한 얼음 세계이다. 1연의 9행까지는 10행의 '북극'을 집약적으로 묘사하여 얼음 세계를 강조한다. 이러한 북극은 2연에서 '풀이나 나무, 꽃 한송이 자라지 않는' 얼음 세계로 생명이 자라지 않는 장소이며, '1년의 낮과 1년의 밤을 모아 오직 밤 하나와 낮 하나만 있는 곳'으로 지상의 시간대와는 다른 시간성을 가지고 있다. '다른 세상 한 해가 이곳에서 하루라'로 묘사한 신화적 시간이며 '사계절이 없이 오직 겨울 하나만 존재해서 눈만 내려 온통 하얀 얼음이 단단하게 얼어 있는' 신화적 공간이다. 이 북극의 장소는 태곳적 공간과 무시간대의 시간, 아무것도 자라지 않는 카오스의 공간으로 설정하여 천지가 창조되기 이전의 상황으로 묘사된 신화적 공간이다.

오직 눈만 있는 카오스의 세계인 '雪白色'의 땅에 하느님이 각 원소를 가지고 지구별인 북극을 만드는 과정을 천지창조 신화의 한 장면처럼 묘사하고 있다. 하느님이 별들을 빚어서 더운 원소와 찬 원소, 밝은 것과 어두운 것을 섞어서 지구별을 만들고 남은 찬 원소를 달에 발라 북극을 만든다. 이러한 묘사에는 「창세가」의 서두[11]와 같이 천지창조 신화가 연상될 만큼 우주적인 상상력이 발휘되어 있다.

신화에서 천지창조 신화 이후에 인간창조 신화가 이어지듯이 3연에 주인공인 '극웅'의 탄생 배경이 나온다.

> 이世上에 主人으로 내몸이 태어나니
> 北極에 산다하야 極熊이라 일컷더라.
> 내아버지 아버지, 그아버지 또아버지
> 맨처음 祖上은

---

11 서대석 · 박경식 역주, 『서사무가 1』(한국고전문학전집 20권), 고려대학교 민족문화
연구소, 1996, 18면.

어대가 本이든지,

무슨 생각 잇서서

무슨 지랄이 나서

제비보다 더멀리, 기러기보다도더 멀리

이世界로 왓던지, 흘러들어왓던지

그무슴 罪를 지어 구향으로 왓던지

心術을 부리다가 쫓겨나서 왓던지

세상이 귀찬아서 죽으려고 왓던지

엇재서 왓던지 이世上에 들어와

아들 나하 죽고, 아들 나하 쏘 죽고

죽고 나고 나고 죽고 멧百番 한긋헤

엇지히서 낫던지 내란것이 낫것다.

— 3연에서

　　북극에 태어나 '극웅'이라 이름짓게 되었고, 조상으로부터 대물림된 북극의 삶을 한탄한 서술이다. 북극으로 오게 된 것은 '죄를 지었거나', '심술을 부리다가' 쫓겨왔거나 '세상이 귀찮아서 죽으려고' 왔을 것이라는 것이다. '심술을 부리다가 쫓겨온 것'은 현실에 대한 불만을 표시하다가 귀양 온 것과 같은 뜻으로 해석되며 '세상이 귀찮다'는 묘사에서는 현실 도피의식이 담겨 있다. 김만중이 유배를 떠나기 전에 쓴 「구운몽」에서 주인공 성진이 죄를 지어 지상의 인간으로 태어났다는 내용과 유사하며 '세상이 귀찮아서 죽으려고 왔다'는 것에서 조선시대 유배문학에 나타나는 현실 도피의식을 발견할 수 있다. 즉 북극을 정상적인 삶을 살 수 없는 유배지로 인식하는 유배문학의 특징을 발견할 수 있다.

　　이광수가 이 작품을 유학지인 일본에서 발표했다는 점에서 홀로 고향을 떠나 있는 개인적인 정서를 짐작할 수 있다. 1910년대 한 지식인이 가진 역사적 상황을 어둠으로 인식하면서 개인의 실존을 첨예하게 드러내고 있는 것이 '극웅의 존재'이다. 시적 주인공인 '나'는 '이 세상의 주인으로 태어났지만' 하필이면 북극에 태어난 이유를 유배와 같이 생각한다. '아버지의 아버지로부터' 받은 역사적인 유산은 현실적으로 어둡고 차갑지만 여전히 '뜨거운 심장'을 가지고 있는 존재로 식민지 민족의 현실을 직시하고 있다. 주인공 '흰곰'은 '백의 민족'을 상징하고 '북극', '빙세계', '어둠' 등의 배경에서 알 수 있듯이 한 개인의 실존적 자아와 식민지 현실의 어둠을 은유적으로 드러내고 있다.

한편 단군신화의 모티브를 패러디한 상상력은 이 작품 전반에 발견되는 대표적인 특징이다.

	단군신화	극웅행
공간	조선(朝鮮, 밝음)	북극(氷세계, 어둠)
주인공	곰	극웅(흰곰)
변신	웅녀(여성)	신선(남성)
조력자	환웅(신성/남성)	선녀(주술사/여성)
하강 모티브	하늘에서 내려옴	하늘에서 내려옴
통과 제의	어둠(동굴), 쑥과 마늘, 100일	어둠(겨울), 빙세계
결합(결혼)	환웅과 결혼(현실)	선녀와 합일(상상, 꿈)
성취	단군왕검을 낳고 고조선 건국	극웅으로 돌아옴(현실, 좌절)

위에서 살필 수 있듯이 단군신화의 모티브를 상당수 차용하고 있다. 그것은 '곰'이 '극웅'으로 대치되고, '웅녀'가 '신선'으로 변신하는 과정이 차용되면서 여성과 남성으로 바뀌는 부분은 차이가 있으나

결합의 관계라는 점에서도 비슷하다. 또한 조력자 부분에서도 '환웅'에서 '선녀'로 치환되는 하강 이미지가 그대로 수용된다. 천상의 환웅과 지상의 웅녀가 결합하는 하강 모티브[12]를 「극웅행」에서는 지상의 남성과 천상의 여성이 결합하는 구조로 변용시켰다. 또한 작품의 통과제의는 '어둠'이라는 공통점으로 수용하고, '쑥과 마늘'을 먹고 '100일'이라는 시련의 매개체는 '빙세계'를 견디는 것으로 치환된다.

작품의 주인공은 '극웅'으로 '북극에 산다'고 하여 붙여진 이름이다. 극웅은 5천 년의 역사를 가진 민족의 후예로 차디찬 빙세계에 '홀로 뜨거운 피'를 가지고 있는 인물이다. '맨 처음 아버지의 가슴에 놓였던 그 더운 피'(9연)가 '아들에게 흘러서' 홀로 살아 있는 존재다. 아직까지 '뜨거운 심장'을 가졌지만 아무것도 하지 못하는 현실을 자탄하는 동물로서의 곰으로 그려진다. 그러나 이 곰은 입몽 후에 선녀를 만날 때는 잠시 신선이 되기 때문에 사람이 된다. 각몽 후인 현실에서는 다시 곰으로 돌아온다.

꿈속에만 등장하는 '선녀'는 중요한 인물이다. 하늘에서 내려온 선녀인데 따뜻한 모성의 이미지와 함께 아름다운 여성으로 묘사되며 주술사의 역할도 한다. 그것은 선녀의 주문으로 주인공인 곰을 '신선'으로 만들어 주었고, 지상에 내려와 강가에서 주문을 외는 장면에서 신성한 인물로 묘사된다. 단군신화에서 환웅이 하늘에서 내려운 신성한 인물인 것과 같이 '선녀'도 하늘에서 내려와 곰을 신선, 즉 사람으로 만들었다. 또한 환웅과 웅녀가 결합한 것과 같이 이 작품에서도 천상의 여성(선녀)과 지상의 남성(곰/신선)을 결합한 것은 단군신

한국 현대 서사시의 변용과 선택

---

12 하늘에서 선녀가 내려오는 하강 모티브는 설화 「나무도령과 홍수」, 동화 「나무꾼과 선녀」 등에도 나오는 모티브이다.

화의 남녀 결합구조와 같은 모티브로 전개되어 있다.

「극웅행」의 특징 중의 하나는 남녀의 사랑을 담은 애정서사를 통해 낭만주의 경향을 드러내고 있다는 점이다. 상실에 대한 관념의 세계를 제시하여 낙원에의 회귀를 동경하는 이야기로 그린다. 낭만주의에서 동경은 과거를 지향하고, 먼 이국을 지향하며, 내면적으로 사랑의 표현으로[13] 나타나는 것이 일반적이다. 이 시에서도 현실로부터 멀리 떨어져 있는 먼 신화시대로의 회귀와 상실된 자아의 사랑이 성취되는 것을 꿈의 세계로 펼치는 데서 낭만성이 발휘된다. 즉 낭만주의 원칙에 따라 관념적인 동경의 세계를 비현실적인 꿈으로 변형하여 환상적인 세계로 이끌어 놓고 있는 것이다. 현실의 초월과 관념의 세계에 대한 동경을 전제로 신화적 상상력과 환몽서사가 낭만적인 상상력으로 구축되고 있다.

그리고 단군신화에서는 곰이 웅녀로 변신하여 '단군왕검'을 낳아 소원을 성취하고 단군왕검이 고조선을 건국하지만, 극웅은 신선이 되어 선녀와 결합만 하고 이상을 성취하지 못한다. 선녀와의 결합을 꿈으로 설정한 것에서 성취하지 못함을 상징한다. 다만 낙원 상실 의식을 드러낸 장치로는 해석할 수 있다.

이와 같이 「극웅행」은 한국 창세신화의 「창세가」와 단군신화의 기본 구조를 시적으로 수용한 상호텍스트성을 갖는다. 이를 통해 태초의 시공간을 현재화하여 남녀 간의 애정서사를 낭만적으로 그린 신화적 상상력이 돋보인 작품이라고 할 수 있다. 이광수는 현재로부터 멀리 떨어져 있는 원초적인 신화의 세계를 복원하려는 동경의 세계를 통해 낭만주의자의 이상을 실현하고 있는 것이다.

---

13 오세영, 『문예사조』, 고려원, 1992, 114면.

3. 환몽서사와 환상여행의 낭만성

조선조의 환몽구조 소설은 당시의 시대적 상황이 수용되어 소외계층이 현실세계를 체험하면서 자신의 이상이나 욕구를 분출하였고, 사회 현실과 위정자를 비판하기 위한 양식으로 변모되어 소외계층의 의식을 표출하는 문학으로 발전되었다.[14] 몽유록 소설에서 꿈은 현실세계의 갈등과 이상을 해결하기 위한 하나의 장치로 인식되어 온 것이다. 몽유록 소설은 여타의 고대 소설류와는 대조적으로 자아와 환경 간의 대결이라는 작가의 문제의식이 작품 내에 투영되어 역사와 현실의 모순을 비판하는[15] 입장이 반영된다. 즉 꿈의 형상화를 통해 현실의 욕망을 펼칠 수 있는 공간으로 낭만적인 세계를 구축하여 환상적인 세계를 펼치게 되는 것이다.

이 작품의 인물과 배경은 모두 허구로 관념의 세계이다. 극중 인물인 '극웅'이나 작품의 배경이 되는 '북극'은 허구라는 뜻이 함의되어 있어 현실이 아닌 허구의 세계, 또는 상상의 세계이다. 이 '상상의 세계'를 '꿈의 세계'로 형상화하였기에 이 시의 제목을 '극웅행'이라고 붙인 이유가 된다. 즉 '극웅의 여행'은 '꿈속의 여행'이며 상상 속에만 있는 환상의 세계가 된 것이다.

이 작품 속 주인공의 욕망은 홀로 있는 어둠의 빙세계를 벗어나는 것이다. 그래서 꿈속의 계절은 봄이고 하늘에서 내려온 아름다운 선녀를 만나 사랑의 춤을 추며, 봄노래를 부르는 사건으로 설정된다. 이 '꿈속의 사건'은 액자소설의 형태로 아래와 같이 삽입되어 전개

한국 현대 소서스의 변용과 선택

14 양언석, 『몽유록소설의 서술유형 연구』, 국학자료원, 1996, 60면.

15 유종국, 『몽류록소설 연구』, 아세아문화사, 1987, 14면.

된다.

구분	입몽 전(도입부)	입몽 중(꿈 이야기)	각몽 후(종결부)
연	1연~13연	14연~20연	21연
시제	현재	꿈(상상)	현재
계절	겨울(비극)	봄(여름, 로만스)	겨울(비극)
인물	극웅	신선	극웅

　환몽소설에서 몽중 사건의 서술이 중요한 목적인 것과 같이 '꿈 이야기'는 앞뒤의 도입부와 종결부가 치밀하게 연결되어야 한다. 이 작품은 도입부인 1연~13연에서는 작품의 배경과 주인공의 성격이 서술되고, 14연~20연에서는 꿈의 내용이 펼쳐지고, 21연에서는 다시 현실로 돌아오는 치밀한 구조로 짜여졌다.

　몽유록의 도입부는 시간과 공간을 한정할 뿐만 아니라 '인물 소개 모티브', '주인공의 자탄 모티브', '환경과 분위기 조성 모티브'가 상호 유기적인 구조를 구축[16]하여 작품의 성격을 알 수 있게 한다. 「극웅행」의 도입부에서 배경인 북극이 1연~2연에 묘사되는데 계절은 겨울이고, 공간적으로는 지상에서 가장 멀리 떨어진 곳으로 눈만 내리고 어두우며, 풀 한 포기 자라지 않는 불모의 땅인 얼음 세계로 그려진다. 이 북극은 해가 비치지 않고 사계절도 없는 무화된 공간이다. 이처럼 입몽 전의 현실은 빙세계인 북극이었지만, 입몽 후의 계절은 봄이며, 꿈을 깬 후에는 다시 북극으로 돌아온다. 비극적인 세계를 겨울로, 희극적인 세계를 봄으로 형상화하고 있는 것이다.

---

16 유종국, 앞의 책, 23면.

전통적인 환몽서사는 '잠 속의 꿈'으로 설정하는 데 비해 「극웅행」은 입몽과 각몽의 과정을 매우 자연스럽게 구성하고 있다. 극웅은 빛도 없는 얼음 세계에서 아무것도 하지 못하고 매일 골똘히 '생각'만 한다. 자신이 왜 혼자 얼음산에 있게 되었는지, 오랫동안 '아버지의 아버지로부터' 내려온 뜨거운 가슴을 가진 존재라는 것만 인식하고 있을 뿐이다. 이러한 관념적인 세계는 11연까지 서술되어 구체적인 사건은 나타나지 않는다. 그러다가 12연에 '극광'의 출현으로 사건이 전개되면서 꿈속으로 진입하는데 그 과정이 매우 자연스럽다.

> 곱고고운 극광의 여러줄기 그중에
> 第一고운 한줄기 그줄기의 한긋이
> 虛空지나 별지나 구름까지 지나서
> 펄렁펄렁 날아서 휘휘친친 감겨서
> 어름山을 넘어서 어름벌을 지나서
> 닭차랴는 소록이 닭을 싸고 돌드시
> 처음에는 멀다가 차차차차 갓갑게
> 열바퀴 스므바퀴 同心圓을 그려서
> 마침내 내가슴에 바로압헤 박혓다.
>
> ― 12연 전문

> 나는 무서워서
> 무엇인지 몰라서
> 몸을 벌벌 썰리며
> 눈이 둥글해지며
> 야릇한 그줄기가
> 도는양을 보다가
> 眩氣가 나서
> 그줄기가 내 가슴에 박힐째에는

기절하고 말앗다. 그後는 이랫다─

─ 13연 전문

위의 예문 중에 12연과 13연은 입몽 직전의 과정을 서술한 부분이다. 어둡고 차가운 빙세계에 아주 강력한 '빛'이 등장하는 것에서 사건이 발단되고 꿈으로 진입하는 매개가 '기절'로 묘사된다. 이 강력한 빛은 '천만 줄기 무지개 깃발같이', 그중에 '제일 고운 한 줄기' 빛이 극웅에게 강력하게 비친다. 그 빛의 강도와 속도를 '소록이 닭을 채갈 때 닭을 싸고 돌듯이 여러 바퀴의 동심원을 그리다가 주인공의 가슴에 박히는' 것으로 묘사하여 역동적인 이미지를 낳고 있다. '빛'의 시각적 이미지에 마치 강력한 회오리바람이 부는 것과 같이 역동성을 주고 있는 것이다. 그 강한 빛이 가슴에 박히자 주인공은 기절하고 꿈의 단계로 진입하게 된다.

여기서 '기절'의 사건은 이 작품에서 꿈으로 진입하는 '잠'의 또 다른 장치로 치밀하게 작동된다. 꿈은 잠을 통해 이루어지는 것이 일반적인데 기절의 상태로 설정하여 앞으로 전개될 사건이 '꿈속의 일'이라는 것을 독자가 알아차리지 못하게 하는 기능을 한다. 즉 입몽의 과정을 자연스럽게 연결하고 있는 것이다. 꿈의 단계로 진입하는 의식의 상태를 빛의 속도에 비유하여 무의식으로 진입하는 상황을 매우 환상적으로 그리고 있다.

입몽한 후 꿈속의 사건은 낭만적인 사랑으로 그려진다. 꿈속의 일은 제목에서 암시한 것과 같이 '극웅의 여행'인데 '세계여행의 모티브'와 '선녀와의 사랑 모티브'로 나눌 수 있다. 선녀와 함께 여행한 곳은 올림푸스 산정부터 시작한 세계의 큰 산과 강들이다. 티그리스, 유프라테스 강을 거쳐 애굽의 나일강, 센강, 라인강, 다뉴브강 등을 구경한 다음에 대서양을 건너 금강산, 한강, 대동강 등을 두루 여행한다. 이 14연 마지막 행을 "쿨투르(文化) 쿨투르 쿨투르!"로 마무리한 것은 세계여행 모티브는 세계문명에 대한 이광수의 문화의식을 나타낸 것으로 볼 수 있다.

꿈속에 등장한 '선녀'는 주문을 외워 주인공을 '신선'으로 변신시켜 주고, 세계 여행을 실현시켜 주는 매개로 사건 진행을 극적으로 전환시키는 역할을 한다. '하늘에서 내려온 선녀'는 어머니, 주술사, 애인의 이미지로 변모된 복합적인 인물이다. 이 선녀는 극웅의 영혼을 가슴에 품고 하늘을 넘나들며 세계의 곳곳을 여행시켜 줄 때는 모성적 이미지를 나타내다가, 여행을 마친 후 강가에서 주문을 외운 뒤에 극웅을 '신선'으로 만들어 줄 때는 주술사 이미지로 나타나고, 마지막 부분에서 신선이 된 극웅과 함께 춤을 출 때는 극웅을 사랑하는 아름다운 여성 이미지로 변모한다.

신선이 된 극웅과 아름다운 선녀와의 결합을 '낭만적인 사랑'으로 볼 수 있는 부분이 바로 '남녀 간의 사랑'으로 형상화된 다음의 장면에서 확인된다.

> 내몸이 변하야신선이 되어서
> 한손은 마조잡고 한팔로 마조안고
> 봄바람을 마시고 새소리에 발마쳐
> 내가 노래하거든 그가 和해 부르고
> 그가 먼저 웃거든 내가 따라 웃으며
> 붉은꼿내가꺽거 그머리에 꼿즈면
> 흰꼿을 그꺽거 내 가슴에 꼿고서
> 억개가웃슥하고 발이 들니니
> 어느덧 어울어져 춤이 되엇다,

— 16연 뒷부분

이 부분은 사랑의 절정을 환상적으로 서술한 부분이다. 하늘 여행을 마치고 지상에 내려와 선녀가 축문을 외우자 극웅은 신선이 된 이후의 장면이다. 신선과 선녀가 손을 마주 잡고 봄바람을 마시며 새소리에 발맞춰 춤을 추고, 서로에게 붉은 꽃과 흰 꽃을 머리에 꽂아 주고 마주 보고 웃는 장면은 사랑의 축제에 다름 아니다. 그래서 선녀와 함께 화답하며 주고받는 노래는 '봄노래'가 되며 '사랑가'가 된다. 차디찬 북극의 현실을 전복시킨 꿈속의 상황은 꽃, 봄노래, 춤, 술이 한바탕 어우러진 사랑의 절정으로 낭만성이 가장 두드러진 부분이라고 할 수 있다. 이처럼 16연을 남녀 간의 사랑의 놀이로 전개하면서 17연부터 20연까지 삽입된 '봄노래'와 '사랑가'는 사랑의 절정을 더욱 고조시키는 역할을 한다.

봄이 왔고나 봄이 왔고나
하늘에도 봄이 오고
쌍에도 봄이 왔다,
닙봉오리 닙히 피고
꼿봉오리 꼿이 피고
生命의 가슴에는 사랑이 피엇다.

— 17연 전문

젊은 生命의 쎄는 抱擁은
하늘우에 星辰들도
메와들에 草木들도
바다속에 고기들과
하늘우에 신선들도
부러워한다더라 그더운 킷스를

— 19연 전문

'생명' '가슴' '사랑' '포옹' '키스' 등의 어휘 선택과 꽃피는 시적 분위기에서 전형적인 낭만주의를 발견할 수 있다. 하늘과 땅에 봄이 돌아와 꽃과 잎이 피고 생명의 가슴에 사랑이 충만한 남녀의 춤이 어우러지는 카니발적인 상황이 연출된다. 두 남녀의 결합은 하늘과 땅, 바다와 산, 들판의 초목이나, 하늘의 별과 신선까지도 부러워할 정도로 낭만적인 사랑의 현장으로서 묘사되어 있다.

그러나 마지막 각몽의 장면에서 이와 같은 낭만적인 사랑이 환상이었음을 알게 된다.

> 한잔 두잔 마셔서
> 취하려고 할째에
> 아아 바로 그째에
> 봄노래의 씃節을 다부르려할째에
> 거의다 부른째에 아아 바로 그째에
> 어느덧 내영혼은 빙세계에 돌아와
> 어름에 쎄위잇는 내몸쑹이 차잣다
> 어지야 드지야차 어름에서 쏩아서
> 털에 무든 얼음조각 투두럭턱 떨어저
> 차듸찬 그 形骸에 다시 들어박히니
> 악가와다름업는 빙세계에 北極곰
>
> —21연 전반부

마지막 각몽의 장면은 21연으로만 짧게 전개된다. 입몽 전과 꿈속의 상황과는 달리 매우 짧다. 꿈에서 깨어나는 장면을 '술에 취하려할 때', '봄노래의 끝절을 다 부르려 할 때', '바로 그때'의 시간성을 묘사하여 꿈속에서 깨는 장면은 한순간임을 잘 드러내고 있다. '~할 때'를 반복한 각운의 사용으로 빠른 시간의 속도를 느낄 수 있게 한

한국 현대 서사시의 반응과 선택

다. "아까와 다름없는 빙세계의 북극곰"으로 깨어나는 시간성을 묘사하고 있다. '아까와 다름없는'이라는 표현에서 조금 전에 일어났던 장황했던 사건이 '찰나의 순간'에 일어난 꿈이었음을 독자로 하여금 알게 한다. 작품 전체의 길이를 비교해서 각몽의 장면을 짧게 전개하여 꿈이야말로 한순간에 지나지 않는다는 '일장춘몽'의 주제의식을 충분히 반영하고 있는 서술방식으로 전개되어 있다.

이와 같이 「극웅행」은 환몽서사를 통하여 낭만주의적인 상상력을 충분히 반영하고 있는 작품이다. 꿈을 통하여 시인의 이상을 실현하는 것이고 그것은 낭만적인 사랑의 성취를 통하여 낙원 상실을 반영하고 있다고 할 수 있다. 이런 점에서 이광수의 초기 문학관에서 볼 수 있는 계몽주의를 벗어난 낭만주의의 특성을 발견할 수 있는 작품으로 평가할 수 있다.

4. 판소리 사설의 패러디와 리듬의식

개화가사는 4·4조의 음수율을 철저히 지키며 각 연과의 연관관계가 긴밀하지 않은 특성이 있다.[17] 이런 특성으로 「극웅행」을 개화가사로 보거나 길이가 길다는 점에서 산문시로 보고 신체시의 범주로 넣고 있다. 그러나 「극웅행」은 자유롭게 분연되어 있으며, 각 연과 연이 긴밀하게 연결되어 있을 뿐만 아니라 4·4조의 율격을 철저히 파괴하고 있다는 점에서 개화가사의 형식을 벗어나고 있다고 할 수 있다. 특히 「극웅행」의 기본 율격은 매우 자유로운데 이는 판소리의 율

---

17 김학동, 『개화기 시가연구』, 새문사, 2009, 122면.

격을 수용하여 매우 자유로운 리듬의식과 연관지을 수 있다.

판소리는 장단의 변화가 다채로워 자유로운 율격을 전제로 이야기를 서술하는 장르로 서사시의 원형을 간직하고 있다. 판소리가 창자 1인에 의해 사건을 서술하는 것과 같이 「극웅행」은 1인칭 주인공 시점이지만 객관적 거리를 유지하고 있다. 서사시는 3인칭 객관적 서술로[18] 전개되어야 하는 것이 기본이지만 더러는 1인칭 주인공 시점으로 서술될 수도 있다. 즉 판소리 창자가 1인칭으로 사건을 서술하듯이 이 작품은 주인공의 내면을 '의식의 흐름' 기법으로 서술하면서 사건을 전개시키는 특징이 있다.

판소리 사설은 일상적 어조[19]로 말하기 때문에 '창'의 음악성과는 구별되는 자유로운 율격을 지녀 자유시의 율격과 유사하다. 이 사설은 한 명의 창자에 의해 1인칭으로 서술하면서 장면이나 사건을 해석하는 기능을 하고 있기 때문에 서사시의 나레이터 서술방식과 유사하다. 판소리 창자의 서술방식을 수용하면서 나름대로 판소리의 리듬의식을 활용하고 있다. 21연 315행이라는 긴 시를 생동감 있게 낭송할 수 있는 이유가 바로 판소리 리듬이 전편에 흐르고 있기 때문이다.

먼저 배경이나 장면을 제시하는 부분에서는 판소리 사설과 같은 가락을 느낄 수 있다.

> 우리가 사는 곳에서
> 북편으로 北편으로 限定없이 가다가
> 큰 山脈을 지내서

---

18 오세영, 『문학연구방법론』, 시와시학사, 1991, 94면.

19 김흥규, 「판소리의 서사적 구조」, 창작과비평사, 1984, 116면.

큰 벌판을 지내서
三月이라 삼짇날 봄가지고 날아오는
제비보다 더가서, 훨씬훨씬 더 가서
안해 함께 親舊함께 空中놉히 쓰고써
녀름가는 곳까지 가보고야만다는
기력이쎄보다도 훨신훨신 더가서
① 얼음世界 만나니 北極이란 世界라.

—1연 전문

나무는 말말고 풀한포기 잇스랴,
풀한포기 업거니 쏫이 어이 잇스랴,
(중략)
半年은 나지오 남은 半年 밤이라
삼백육십남은 밤 한데 모혀 밤되고
삼백육십남은 낫 한데 모혀 낫되더니
밤하나 낫하나
② 다른세상 한해가 이세상엔 하로라.

—2연 부분

이 世上에 主人으로 내몸이 태어나니
③ 북극에 산다하야 極熊이라 일컷더라.

—3연 서두

그줄기가 내 가슴에 박힐째에는
④ 기절하고 말앗다. 그 후는 이랫다—

—13연 마지막 부분

위의 예문 1연은 이 작품의 배경을 설명하는 서장이다. 이 부분은
객관적 서술로 주관적 감정이 배제되고 각운이 적절히 사용된 시적

리듬을 지니고 있다. 밑줄 친 부분에서 알 수 있듯이 '~서'의 각운을 적절히 반복하면서 형성한 리듬은 마지막 행의 '북극'이란 장소에 집약된다. 즉 1연에서 9행까지 반복된 '~해서'는 마지막 연의 '~만나니'와 결합하여 '북극이란 세계'와 연결된다. 북극이란 장소가 '우리가 살고 있는 이곳'과 아주 멀리 떨어져 있다는 거리감을 강조하기 위하여 점층법과 점강법을 써서 리듬감을 형성하고 있는 것이다. 즉 1연부터 9행까지 장황하게 전개된 서술은 '~서'로 반복된 각운으로 10행까지 단숨에 읽히게 하는 장치가 된다.

이와 같은 장면에 대한 장황한 서술은 판소리 사설의 기본적인 아니리의 형식이다. 아니리는 장면과 장면의 접속을 담당하며 상황 설정을 위해 요약 서술하기[20] 때문에 종결형 어미에 의해 결정된다. 특히 ①②③④와 같은 문장은 전형적인 판소리 사설의 기법이다. 이와 같은 관용구는 '~것다', '~라', '~랴', '~더라' 등으로 각 연의 서두나 마지막 부분의 종결형 어미로 사용하여 연과 연 사이를 쉬어 가는 역할과 부분창을 가능하게 한다. 이러한 종결형 어미는 매 연마다 등장하는데 이는 앞서 장황하게 서술한 묘사를 장면과 연결시키고 다음 연으로 넘어가도록 하는 기능을 한다.

다음으로 판소리의 구술성이 가장 직접적으로 나타나는 양상은 반복과 열거이다. 반복과 열거를 통해 생성된 운율은 역동적인 리듬감을 준다.

> 이 世上에 主人으로 내몸이 태어나니
> 북극에 산다하야 極熊이라 일컷더라.

---

20 김흥규, 앞의 글, 117면.

내아버지 아버지, 그아버지 또아버지
맨처음 祖上은
어대가 本이든지,
무슨 생각 잇서서
무슨지랄이 나서
제빕다 더멀리, 기러기보다도 더멀리
이世界로 왓던지, 흘러들어왓던지,
그무슴 罪를 지어 구향으로 왓던지
世上이 귀찬아서 죽으려고 왓던지
엇재서 왓던지 이世上에 들어와
아들 나하 죽고, 아들 나하 쏘 죽고
죽고 나고 나고 눅고 몟百番 하긋혜
어지히서 낫던지 내란것이 낫것다.

—3연 전문

그피가 더운피가
아들에게 흐르고
그아들에게 흐르고
그 아들 쏘 그 아들
쏘 그 아들 쏘 그 아들
흘너서흘너서 百千代를 흘러서
내아버지 가슴에
내어머니 가슴에
흘러서, 그다음에 내가슴에 흘러서
차디찬 氷世界에 혼자 이리 덥고나.

—7연 부분

위의 예문 7연은 반복과 열거를 다채롭게 서술하고 있다. '더운 피
가 내 가슴에 흘러서 차디찬 빙세계에 혼자 이리 덥다'를 설명하기

위하여 장황하게 수식된다. '흐르고' '아들' '흘러서' '가슴에'를 두 번 씩 각운으로 반복하지만 정형적인 각운이 아니라 점층법과 함께 사용하여 자유롭고 역동적인 리듬의식을 얻고 있는 것이다. 즉 첫행의 '더운 피'는 흘러서 결국 마지막 행의 '내 가슴을 덥게 한다'에 이르는 긴 사설을 단숨에 읽히게 하는 장치가 되고 있다. 이런 열거나 반복, 점층의 방식은 자유로운 리듬을 창출하는 것과 더불어 시의 의미를 강화하는 기능도 한다. 위의 예문과 같은 서술 형식은 이 작품의 곳곳에 발견되는 구조이며 열거의 내용과 길이를 상황에 따라 신축적으로 변화시키는 작용을 한다.

위와 같이 반복되는 자유로운 리듬 외에 전통적인 4·3, 4·3조의 기본 율격도 등장하여 리듬의 변화를 주기도 한다.

> 어느밤,
> 三百에도 예순밤을 한데 모흔 긴밤에
> 北極光이 보였다.
> 벍엉이 퍼렁이 노랑이와 자짓빗
> 짓흔자지 연자지, 연분홍에 진다홍
> 짓흔초록 연초록 은행색과 연주색
> 타고남은 잿빗이며 가진빗 은갓빗.
>
> ─ 11연 부분
>
>
> 곱고고운 極光의 여러줄기 그中에
> 제일고운 한줄기 그줄기의 한긋이
> 허공지나 별지나 구름까지 지나서
> 펄렁펄렁 날아서 휘휘친친 감겨서
> 어름山을 넘어서 어름벌을 지나서
> 닭차랴는 소록이 닭을싸고 돌드시

처음에는 멀다가 차차차차 갓갑게
열바퀴 스므바퀴 同心圓을 그려서
마참내 내가슴에 바로압헤 박혓다.

— 12연 전문

　위에서 11연은 '북극광'의 모습을 묘사한 부분이고 12연은 그 북극광이 화자의 가슴에 박히는 상황을 서술한 부분이다. 갑자기 출현한 밝은 빛의 속도와 강도를 느낄 수 있도록 현란하게 묘사한다. 북극광의 색깔을 어떤 한 색깔로 정할 수 없을 만큼 온갖 색을 가져다 빠른 장단에 맞추어 늘어놓는다. 4·3조의 율격이 반복되는 리듬의식으로 전개되어 빛의 시각적 이미지를 청각적 이미지로 전달되는 기능을 한다. 그러면서 12연에서는 빛의 역동성이 강화된다. 여러 빛 중에 가장 고운 빛줄기가 허공과 별, 구름, 얼음산, 얼음벌을 지나 지상에 도착하는 역동적 이미지를 연출하고 있는 것이다. 마치 강력한 회오리바람이 동심원을 그리면서 하늘에서 수직으로 내려오는 모습처럼 빛의 속도와 강도를 비유적으로 묘사하고 있다. 마치 멀리 있던 빛이 차츰 가까워지는 속도를 느낄 수 있도록 빠른 장단으로 전개되고 있는 것이다.

　한편 판소리의 '창'과 같이 부분창이 될 수 있는 부분을 따옴표[21]로 표시하여 극적 상황에 따라 기존의 서술과 다르게 변별하고 있다.

　　"봄이 왓고나 봄이 왓고나

113

이광수의 장시 「극웅행」의 상호텍스트성

21　발표 원문은 내려쓰기로 되어 있기 때문에 낫표(「」)로 표시되어 있다. 이 시에서 낫표는 총 4번 나오는데 대화 부분 1번과 주문부분 1번, 그리고 위의 '봄노래'가 이에 해당한다. 굳이 낫표를 사용하여 다른 서술과 차별을 두고 있는 것은 작품의 극적 효과를 높이려는 치밀한 장치라는 것을 알 수 있다.

하늘에도 봄이 오고
쌍에도 봄이 왓다
닙봉오리 닙히 피고
곳봉오리 곳이 피고
생명의 가슴에는 사랑이 피엇다.

— 17연 전문

봄이 왓고나 봄이 왓고나
하늘에도 봄이 오고
쌍에도 봄이 왓다,
어름世界 찬살림을
생각하여 무엇하랴,
生命의 가슴에는 사랑이 피엇다.

— 18연 전문

젊은 生命의 써는 抱擁은
하늘우에 星辰들도
메와들에 草木들도
바다속에 고기들과
하늘우에 신선들도
부러워한다더라 그더운 킷스를

— 19연 전문

봄의 단술을 맑은 玉盞에
늠실늠실 싸랏스라
싸른것을 마셧스라
마시고는 쏘싸르고
싸르고는 쏘마서라
醉토록 마시고서 醉토록 마시고"

— 20연 전문

위의 '봄노래'는 신선과 선녀가 만나서 함께 부른 삽입된 노래이다. 17연부터 20연으로 따옴표로 표시하여 앞서 전개한 서술방식과 다르게 전개되어 있다. 각 연마다 6행씩 반복되어 4절로 부를 수 있도록 전개되어 내용상 '사랑가'의 한 대목으로 부를 수 있는 부분창이 될 수 있다. 17연과 18연에서 3행과 6행이 반복되고, 4~5행에서 '꽃피는 봄'과 '얼음 세계인 겨울'을 대구로 묘사하여 따뜻한 봄 풍경을 강조하고 있다. 19연과 20연에서 1행과 6행의 흐트러진 리듬을 짝으로 하고, 2행과 5행을 4·4조로 정형화하여 리듬성을 살려 놓고 있는 것이다.

이 부분은 「극웅행」의 클라이맥스에 해당한다. 하늘에서 내려온 선녀가 주문을 외워 곰이었던 '극웅'을 '신선'으로 만들어 놓고 손에 손을 잡고 춤을 추는 장면에서 부른 노래이다. 삽입된 노래나 가사에는 두 사람이 포옹을 하고 키스하는 장면, 산천초목이 모두 부러워한다는 묘사를 생생하게 그림으로써 진행되는 사건을 해석하기도 한다. 또한 술을 마시면서 취하는 묘사에서 사랑의 축제인 카니발적 요소도 발견된다. 사랑의 봄노래는 어둡고 차가운 얼음뿐인 겨울을 해체시킨다. 하늘과 땅에 꽃이 피는 생명의 공간인 꿈속 상황을 낭만적이고 환상적인 공간으로 만드는 데 판소리의 리듬이 기여하고 있다고 하겠다.

5. 결론

「극웅행」은 1910년대의 개화가사가 지닌 3·4조, 4·4조의 율격을 벗어난 자유시형의 리듬을 성취함과 동시에 전통적인 서사문학의 여러 장르를 혼용하여 상호텍스트 기법이 풍부히 사용되고 있는 작품임을 살펴보았다.

「극웅행」의 상호텍스트성은 기존에 널리 알려진 구비문학과 관련되기 때문에 전통의 수용이라는 점과 다른 한편으로는 장르의 패러디라는 점에서 주목될 수 있다. 익숙한 이야기인 단군신화에서 하강 모티브와 천상과 지상의 남녀 결합 모티브를 차용하였고, 현실의 좌절을 꿈속에서 이루게 하는 낭만적인 사건을 환몽구조에 담아내었으며, 장시임에도 단숨에 읽힐 수 있도록 판소리 리듬을 다채롭게 수용한 특성이 있었다.

「창세가」의 천지창조 신화, 천상과 지상의 결합, 환몽서사의 구조 등 상이한 여러 모티브들은 상이함에도 이를 변용하여 인물과 사건, 배경을 서로 연관시킨 다성적 구조로 나타난다. 특히 서정적 자아의 관념적인 세계와 환몽의 세계를 이중적인 층위로 전개하여 현실과 비현실의 체험들을 다성적으로 결합시킨 특징이 있다. 이광수는 현실세계의 무한한 욕망을 무의식적인 몽중세계 속에 펼침으로써 의식적인 욕구를 충족한 세계를 구현하고 있는 것이다. 이처럼 다층적으로 얽혀 있는 여러 모티브를 통해 식민지 민족의 어둠 의식과 이상향에 대한 동경, 낙원 상실, 세계문명에 눈을 돌리게 하려는 문화의식을 드러낸 서사적 의도를 발견할 수 있다.

이러한 주제의식과 서사구조 외에도 이 작품의 전편에 흐르는 판소리 사설의 패러디는 장편시임에도 다채롭게 읽을 수 있도록 했으며, 작품의 통일성을 유지시키는 힘으로 작용하고 있다. 판소리의 가락은 정형 율격으로부터 자유롭기 때문에 자유시의 율격을 지향하는 특징이 있는데 「극웅행」은 가사체의 율격으로부터 완전히 벗어날 수 있는 리듬을 구현하고 있다. 판소리는 부분창을 독립적으로 가능하게 하면서 한 편의 서사를 이루듯이 「극웅행」도 각각 독립성을 유지하면서 치밀하게 결합한 서술양식의 특징이 있다.

한편 「극웅행」은 개인의 내면적 갈등과 고뇌를 서정적으로 그리면서 새로운 세계에 대한 동경을 그린 낭만성이 발현된 작품이다. 한국의 창세신화와 단군신화를 패러디하여 원초적인 공간을 잃어버린 낙원의 복원을 염원하는 통로로서 보편적이고 항구적인 전통 서사를 적극적으로 수용하여 민족의 집단 무의식을 통한 민족성의 문제를 제기하면서 서구문학에 대한 반성적 담론의 보여 주었다. 이런 점에서 「극웅행」은 서구의 서사시와는 달리 한국의 전통 구비문학 장르를 복합적으로 수용하여 문학의 변화를 모색하던 1910년대 시적 담론의 양식을 대변할 수 있다.

현대시에서 판소리가 패러디된 경우는 1970년대 발표한 김지하의 「오적」이 대표적이고, 판소리를 패러디한 현대시를 '판소리시'로 명명하여 이에 대한 연구가 진행되기도 하였다. 「극웅행」은 1917년에 발표된 시로 김지하의 시보다는 훨씬 먼저 판소리를 시에 수용한 점을 발견할 수 있다. 「극웅행」은 1인칭 주인공 시점으로 서술되어 판소리의 창자의 서술방식을 취하고 있기 때문이다. 그런 점에서 「극웅행」은 근대시 중에 판소리 사설을 패러디한 최초의 작품이 될 것이다.

따라서 「극웅행」은 1910년대 낭만주의의 관점에서 시인의 감정과 욕망의 세계인 충동의 세계를 낭만적으로 표현했으며, 당대의 현실인식을 반영하여 전통 서사 장르의 상호텍스트성을 실현하고 있다는 점에서 당대의 시와는 구별된다고 할 수 있다. 이 작품이 지닌 텍스트의 복합성에 주목하면 오히려 1910년대의 실험시의 관점에서 열려 있는 작품으로 이해할 수 있다. 또한 1920년대부터 서사시가 출현할 수 있는 기반을 마련한 작품으로 평가할 수 있는 여지를 준다고 하겠다.

「국경의 밤」과 「지새는 밤」의 상호텍스트성

1. 서론

우리 시문학사에서 서사시라는 장르에 관한 논쟁의 중심에는 「국경의 밤」이 있다. 1960년대부터 시작된 서사시에 대한 논쟁은 1990년대 이후 본격적으로 진행되었는데, 장르 규명 문제를 긍정적으로 보는 견해와 장르 실종이라는 부정적인 평가로 「국경의 밤」의 장르를 어떻게 규명해야 하는가에 대한 논의였다.[1] 그 결과 서사시 대신 장시, 서술시, 이야기시, 서정적 서사시 등의 명칭으로 다양하게 규정되어왔다. 그러나 현재도 여전히 서사시란 명칭으로 지속적으로 창작되고 있다는 점에서 서술시, 이야기시, 장시 등으로 지칭하는 것도 익숙하

---

1   홍기삼, 「한국 서사시의 실제와 가능성」, 『문학사상』 1975. 6; 오세영, 「국경의 밤」과 한국 서사시의 문제」, 『국어국문학』 75호, 1977; 염무웅, 「서사시의 가능성과 문제점」, 백낙청 · 염무웅 편, 『한국문학의 현단계』, 창작과비평사, 1982; 김용직, 『한국근대시사』 상권, 학연사, 1986; 민병욱, 『한국 서사시의 비평적 성찰』, 지평, 1987; 김춘수, 「서사시는 가능한가」, 『사상계』, 1965. 9.

지 않다. 따라서 서사시는 소멸의 장르로 보는 것보다 전통 서사를 계
승하면서 변모한 형식으로 보는 것이 타당하다.

시집 『국경의 밤』의 발간 당시 서문에서 김억은 "우리 시단에 처음
있는 장편서사시로 귀한 수확"[2]이라고 하여 시형식에 대한 최초의 평
을 하였다. 김억의 언급대로 시단에 없었던 새로운 시형식이었기 때
문에 높이 찬양하면서 그 자신도 서사시 창작의 열망이 있었을 것이
다. 그래서 김억 자신도 1930년에 '장편서정서사시'라는 표제를 달
고 「지새는 밤」[3]을 연재한다. 「지새는 밤」은 여러 가지 면에서 「국경
의 밤」의 영향을 많이 받아 상호텍스트성에 주목된다. 평범한 인물을
주인공으로 삼은 범인서사시라는 점, 남녀 간의 비극적인 사랑을 만
남-이별-재회의 서사구조를 취하고 있다는 점, 이향-귀향의 모티브
로 전개되어 있는 점, 두만강과 압록강 주변인 국경과 만주라는 변방
지역을 배경으로 선택했다는 점에서 매우 긴밀하게 연결된 특성이 있
다. 특히 「국경의 밤」은 남녀 간의 애정을 소재로 한 통속서사라는 점
때문에 센티멘탈리즘을 벗어나지 못했다고[4] 평가하며 부정적으로 보

한국 현대 서사시의 변용과 선택

---

2 김억, 「序」, 『국경의 밤』, 한성도서주식회사, 1925, 1면.

3 동아일보에 한 달간 연재한 「지새는 밤」은 1947년 개작하여 「먼동틀제」로 출간되
어 기존의 논의에서는 대부분은 「먼동틀제」를 텍스트로 선정한 경우가 많다. 그 이
유는 개작된 부분이 주인공의 이름을 변경하고 민요의 음악성과 정형, 압운을 살리
기 위하여 여러 행이 추가되어 길이가 길었으나 큰 골격은 크게 변하지 않았기 때
문이라고 하지만 「먼동틀제」의 마지막 부분을 대폭 추가해서 영애와 상철이의 우
연한 만남에 뜬금없이 3·1운동과 연관시켜 마무리한 것은 오히려 작품의 인과성
을 떨어뜨리는 역할을 한다. 또한 제목까지 바꾸어 17년이 지난 후에 개작한다는
것은 시인 자신에게는 의미를 부여할 수 있으나, 발표 당시의 시대적 상황을 반영
한다는 시사적 의미는 사라진다. 따라서 본 연구는 1930년 12월에 연재된 「지새는
밤」을 텍스트로 삼는다.

4 오세영, 「「국경의 밤」과 서사시의 문제」, 『국어국문학』 75호, 1977. 5, 102면.

는 견해도 있으나 오히려 이러한 장치가 서정성을 획득할 수 있는 시적 공간을 확보하는 성과로 볼 수 있다.[5] 이 두 작품은 표면적으로는 애정서사로 전개되지만 이면에는 민족애와 조국애를 다룬 주제의식이 깔려 있기 때문이다. 서사시에 애정담이 선택된 것은 독자와 호흡할 수 있는 전달효과라는 제시형식을 감안한 것이다. 제시형식은 독자에 대한 시인의 태도로 정의되기도 하고 서사시가 청중 앞에서 낭송[6]되는 특성이 반영된 것이다. 전달효과와 함께 두 작품의 연희성은 민간에 널리 퍼져 있는 전통 민요를 삽입한 것과 무관하지 않다. 그래서 김동환과 김억이 민요를 삽입하여 남녀 간의 사랑 이야기를 구축한 것은 대중과 호흡할 수 있는 장치로 삼은 것으로 볼 수 있다. 이는 1910년대 애정서사의 대표인 「장한몽」과 「무정」이 대중의 호응을 많이 받았던 시대적 특성과 연결되기 때문이다.

  서사시란 이름으로 최초로 발표된 작품은 유엽의 「소녀의 죽음」(1924)[7]이었고, 본격적인 서사시는 김동환의 「국경의 밤」(1925)에서 시작되며, 김억의 「지새는 밤」(1930. 12)으로 이어진다. 「지새는 밤」은 「국경의 밤」에 영향을 받아 장시를 모색하려 한 의도에서 창작된 것이며,[8] 이들의 애정서사는 당시의 제재적 관습으로[9] 그 이후에도 지속적으로 서사시에 수용된다. 이 두 작품을 비교한 기존의 연구 가운

5 윤여탁, 「1920년대 서사시에 대한 연구」, 『국어교육』 1989, 303면.

6 김준오, 『문학사와 장르』, 문학과지성사, 2000, 15면.

7 「소녀의 죽음」은 현실, 상상의 장치로 '나'와 '소녀'의 만남과 죽음(이별)의 서사로 전개되어 서사성은 약하나 남녀의 사랑을 모티브로 했다는 점에서 김동환은 영향을 받았을 것으로 본다.

8 김은철, 「먼동틀제 연구」, 『영남어문학』 14집 1987. 8, 405면.

9 김홍진, 「애정시련담의 서술시적 변용과 수술의식―김억의 「먼동틀제」를 중심으로」, 한국현대문예비평학회, 『한국문예비평연구』 16권, 2005, 124면.

데 윤여탁은 서사민요의 서술성을 계승하고 귀향 모티브가 드러나 있다는 점과 서술방식의 차이점[10]을 밝혀 1920년대 서사시의 특징을 파악했다는 것에서 의미가 있다.

따라서 이 장에서는 서사시에 대한 장르의 논의는 논외로 하고 역사적 현실과 시적 미의식으로 출현한 서사시 「국경의 밤」과 「지새는 밤」의 텍스트를 중심으로 양식적 특성을 규명하려 한다. 등장인물과 배경, 만남과 이별의 서사구조, 이향과 귀향 모티브 등을 비교하여 민족의식을 고취하기 위한 시적 장치로 1920년대 서사시가 어떻게 구현되었는지를 밝히려 한다. 이를 통해 1920년대 서사시가 1930년대 이후 전개될 서사시에 어떤 영향을 주었는지를 규명하는 데 기여하리라 본다.

2. 김동환과 김억의 거리

김동환과 김억은 서구문학을 접한 시인들로 전통적인 민요를 시에 도입하면서 끊임없이 새로운 시형식을 추구했다. 먼저 김동환은 『금성』 3호에 「적성(赤星)을 손가락질하며」(1924. 5)를 발표한 지 1년 만에 서정시 14편과 서사시 「국경의 밤」을 수록한 시집 『국경의 밤』(1925. 3)을 발간한다. 김동환은 이 시집에 수록한 서사시 「국경의 밤」 이후 「우리 사남매」(1925. 11), 「승천하는 청춘」(1925. 12)[11]을 발간하고, 이

---

10 윤여탁, 「1920년대 서사시에 대한 연구」, 『국어교육』 61권, 1989.

11 서사시 「우리 4남매」는 『조선문단』에 발표된 작품으로 나와 두 여자의 이야기라는 점에서 애정서사로 전개되어 있고, 『승천하는 청춘』은 시집으로 출간한 '장편서사시'로 남녀 간의 애정을 다루거나 평범한 사건을 다뤄 식민지 민족의 비극성을 드

어서 희곡 「불여귀」(1926. 3), 소설 「전쟁과 연애」(1928. 3)로 이어진다. 이와 같이 서정시에서 출발하여 서사시, 소설로 이어진 행보에서 김동환이 서사지향성이 강한 시인이라는 것을 알 수 있다. 김동환은 「국경의 밤」을 시집 『국경의 밤』에 수록할 때는 '서사시'란 명칭을 사용하지 않았다. 사실 이 시집의 서문에서 김억이 '장편서사시'란 명칭을 붙이고, 실제로 김동환은 『승천하는 청춘』을 발간할 때부터 표지에 '장편서사시'란 이름을 붙인다. 이를 통해 그 자신도 처음에는 서사시라는 장르에 대한 분명한 인식이 없었던 것으로 보인다. 다만 김동환은 「서시」에서 아래와 같이 새로운 시형식이라는 점을 밝혀 기존의 서정시와는 차별되고 있음을 밝히고 있다.

> 하펌을 친다,
> 詩歌가 하펌을 친다,
> 朝鮮의 詩歌가 하펌을 친다.
>
> 햇발을 보내자,
> 詩歌에 햇발을 보내자,
> 朝鮮의 詩歌에 再生의햇발을 보내자!
>
> —「서시」 전문[12]

위의 「서시」는 형식과 내용면에서 범상치 않다. 우선 1연에서 '하품을 친다'를 각운으로 3번 반복하면서 '조선의 시가가 하품을 친다'를 강조한 기법을 쓰고 있다. 하품을 '친다'의 현재형인 반복은 강한 울

러낸 점에서 「국경의 밤」의 연장선에 있는 작품이다.

12 김동환, 「서시」, 『국경의 밤』, 한성도서주식회사, 1925, 1면.

림을 주고, 이는 2연의 '햇발을 보내자'의 구조와 같이 '보내자'와 연결된다. 각 연의 첫 행인 '하품을 친다'와 '햇발을 보내자'가 대응 반복되면서 점층적으로 의미를 심화시켜 '조선의 시가에 재생의 햇발을 보내자'에 집약된다. "재생의 햇발을 보내자"로 강조된 청유형에서 느낄 수 있는 강한 반항은 "수리개거든 그저 쏘아라/어쩌면 맞을까 하고 망설이지 말고 먼저 쏘아라(「超人의 宣言」에서)"에서와 같이 '초인의 선언'이자, '시인 김동환의 선언'이 된다. 이런 선언으로 탄생된 시가 바로 「국경의 밤」이며 이 작품으로 문단의 주목을 받는다. 우리 문단을 간략히 소개한 이광수의 글에서는 다음과 같이 평가한다.

金巴人이다. 그는 大正 8년의 XX운동이래 全朝鮮의 청년을 風靡하든 데카단風潮나 「惡의 華」式 詩歌에 대하야 굵고 힘세게 반항의 소리를 높히 질은 시인으로 그 「國境의 밤」이라는 시집은 朝鮮文壇에 크다란 파문을 그리엇다. 굵은 線 野生的 힘 반항—이런 것은 그 정신이나 수법을 지금까지의 耽美派 藝術至上派的 경향에 대하야 어느 의미로서는 崔南善 이전 愛國歌時代에의 廻前이라고 할 수 잇스며 또는 뒤에 푸로詩의 선구가 되엿다고 할 수 잇는 것이다.[13]

이광수는 김동환을 '반항의 소리를 높이 지른 시인'으로 '프로시의 선구'로 높이 평가하고 있다. 물론 선이 굵은 야생적 힘과 반항이 최남선 이전의 애국가 시대의 시로 돌아갈 수 있음을 염려하면서도 프로시의 선구로 평가한 부분은 의미가 있다. 그것은 리얼리즘 시의 초석이 된다는 의미로 해석될 수 있기 때문이다. 춘원의 평가처럼 「국경의 밤」은 주권을 빼앗긴 민족이 국경을 넘나들면서 겪은 수난의 기록

---

13 이광수, 「朝鮮의 文學」(조선의 문학), 『삼천리』, 1933. 3, 14~15면.

이라는 점에서 1920년대 여타의 낭만주의 시와 변별된다.

「국경의 밤」을 보다 구체적으로 평가한 글은 김억의 서문이다.

흰눈이 가득 싸이고 모래바람甚한 北쪽나라 山國에서 生을 밧아, 고
요히 어린째를 보낸 巴人君이 그獨特한 情緒로써 설음가득하고 늣김만
흔 故鄕인 '國境方面'서 材料를 取하야 沈痛悲壯한 붓긋으로 '로맨틱'한
敍事詩와 그밧게 靑春을 노래한 서정시 몟편을, 制作하야 '국경의 밤'이
라는 이름으로 只今 世上에 보내게 되엿스니.

대개 이러한 詩作은 오직 이러한 作者의 손을 거처서야 비로소 참生
命을 發現할 것인 줄압니다. 더구나 이 表現形式을 長篇敍事詩에 取하
게 되엿슴은 아직 우리 詩壇에 처음잇는 일이매 여러 가지 의미로 보아
우리詩壇에는 貴여운 收穫이라 할 것입니다. 그런데 巴人君의 詩에는
엄숙한 힘과 보드러운 '美'가 잇습니다. 그래서 그 엄숙한 힘은 熱烈하
게 現實을 '메쓰'하여 마지 안으며, 보드러운 美는 다사한 '휴-매'의 色
租를 씌여, 놉히 人生을 노래합니다. 한마듸로 말하면 巴人君은 '휴맨이
스트'적 色彩를 만히 가진 詩人입니다. (이하 생략)[14]

김억은 김동환의 첫 시집 『국경의 밤』에서 서정시와 서사시를 구분
하고 있다. 북쪽에서 어린 시절을 보낸 정서를 표현한 시를 서정시,
설움 가득한 국경을 소재로 침통 비장한 붓끝으로 쓴 시를 로맨틱한
서사시로 구분한 것이다. 이 '로맨틱한 서사시'가 형식적인 측면에서
우리 시단으로는 최초의 '장편서사시'라는 것이다. 김억의 평에서 주
목할 수 있는 것은 '장편서사시'와 '로맨틱한 서사시'라고 규정한 부분
이다. 작품의 형식과 성격을 한마디로 가장 잘 표현하고 있다. 즉 김
동환의 서사시는 '엄숙한 힘'과 '부드러운 미'가 드러나 있는 작품이라

---

14 김억, 「서문」, 김동환, 『국경의 밤』, 한성도서주식회사, 1925, 1~2면.

는 것이다. '엄숙한 힘'은 어두운 현실을 담아낸 시 정신이고, '부드러운 미', '로맨틱한 서사시'라는 것은 남녀 간의 사랑을 담아냈다는 것을 의미한다.

김억은 「국경의 밤」의 출현에 신선한 충격을 받은 것으로 보이고 그런 이유에서 그 자신도 서사시 창작의 열망을 가진 것으로 보인다. 「국경의 밤」 이후 김억이 1930년 12월에 '장편서정서사시'라는 이름으로 「지새는 밤」을 동아일보에 연재하고, 이 작품을 훗날 「먼동틀제」로 개작해서 발표할 만큼 서사시에 깊은 관심을 갖기 때문이다. 연재를 시작하면서 쓴 글에서 서사시의 형식과 내용에 대한 그의 태도를 살필 수 있다.

① 詩歌로의 基本的意義를 잃지 않기위하여 作者는 敍事詩는 쓸망정, 될수잇는대로 한首한首가 독립하야 存在할수잇도록 또는 抒情詩로의 價値도 잃지않도록 힘쓰랴합니다. 그러나 역시 敍事詩이매, 다시 말하면 小說을 詩로 쓰지안니할수 없으매, 事實의 敍述같은 것은 엇지할수없이, 가다가는 詩로의답지못한것도 적지안을거이외다.[15]

② 詩歌의領土가 小說과 戱曲에게 눈부신蠶食을 當하는現代외다. 이것으로 보면 敍事詩란 것이 존재할價値가 잇을가조차 대단히 疑心되는 일이외다. 그러나 朝鮮에는 自由詩形의로의것은 잇은상하나 아직껏 定型詩로의押韻表現의옷을 입은敍事詩는 없었습니다.

③ 노래란 귀로 들을 것이요, 눈으로 읽을 것이 아니외다. 그러기에 노래에는 響으로서의 音樂的效果가 切實이 要求되니, 그러타면 이것을 어의서 求할것입닛가, 自由롭은 自由詩形에설가 또는 拘束많은 定形

---

15 김억, 「序」, 『국경의 밤』, 한성도서주식회사, 1925, 1면.

押韻詩에설가, 이것이 남겨진 問題외다.[16]

위의 서문은 시기적으로 3번 나눠 쓴 것으로 김억이 갖고 있는 서사시에 대한 견해가 어떻게 변모되고 있는지 알 수 있다. ①은 1930년 「지새는 밤」을 동아일보에 연재하기 시작하면서 첫 회에 쓴 글로 "서사시는 서정시와는 달라야 하면서도 서정시의 가치를 잃지 않아야" 함을 강조하고, "소설을 시로 쓸 수밖에 없어 시답지 못할 수 있다"고 하였다. 즉 시를 소설처럼 쓰는 것에서 어려움을 토로하고 「국경의 밤」이 소설처럼 쓰인 것에 불만이 있었던 것으로 보인다. 왜냐하면 ② 에서[17] "詩歌의 영토가 소설과 희곡에게 잠식을 당하는 시대에 서사시의 존재가 의심된다"고 하였기 때문에 서사시는 소설과 희곡처럼 쓰면 안 된다는 생각을 가지고 있었다. 자유시형의 서사시 「국경의 밤」을 인정하지만 자신은 "정형시로서의 압운 서사시를 최초"로 쓰고 싶었다는 것을 밝히고 있다. 소설과 희곡과는 다른 시의 리듬을 강조한 정형과 압운의 서사시를 쓰겠다는 것이다. 그것은 1947년에 쓴 글 ③ 에 잘 나타나 있다. "시는 노래되어야 하기 때문에 음악적 효과가 요구되어 자유시형보다는 정형압운으로 써야 한다"는 것을 구체적으로 밝혀 '정형압운서사시'를 강조한다.

이 세 편의 서문을 통해 서사시에 대한 김억의 견해가 구체화된다. 그것은 제목을 「먼동틀제」로 바꾸고 그에 대한 장르를 '정형·압운· 서사시'라고 수정한 것으로 알 수 있다. 김억은 「지새는 밤」을 17년이

「국경의 밤」과 「지새는 밤」의 상호텍스트성

---

16 김억, 「卷頭辭」, 『먼동틀제』, 1947(박경수 편, 『안서김억전집』 1권, 1987, 665면 재인용).

17 ②부분은 1930년 연재를 마치고 출판하려했으나 검열로 출판되지 못했는데 그때 써둔 '서문'을 임을 밝히면서 「먼동틀제」 권두사에 전문을 소개하였다.

지난 후에 개작하면서 출간할 정도로 서사시에 집착이 매우 컸다. 이러한 열정은 「지새는 밤」이후 서사시 「홍길동전」을 『매일신보』[18]에 연재한 것에서도 알 수 있다. 그러나 김억은 김동환의 서사시와 차별하기 위하여 리듬성을 강조한 정형압운서사시에 집착하여 본격적인 서사시로 발전하지 못한 한계점이 있다.

3. 「국경의 밤」과 「지새는 밤」의 상호텍스트성

1) 만남-이별-재회의 서사구조와 귀향 모티브

「국경의 밤」의 사건 구성은 추리소설의 기법처럼 독특하게 전개된 특징이 있다. 총 3부 72장으로 현재-과거-현재의 시점으로 전개되지만 하룻밤에[19] 일어난 사건이고, 회상 장면을 2부에 삽입하여 8년이라는 시간을 압축해서 전개한다. 즉 1부에서 남편이 국경을 넘어 떠난 후에 8년 전에 헤어진 청년과 극적으로 재회하고, 2부로 넘어간 회상 장면에서 그들의 만남과 이별의 이야기를 상세하게 전개한 후, 3부에서는 다시 1부에서 재회했던 사건을 연결하는 구성으로 전개된다. 그

한국 현대 소서사시의 표상과 선택

---

18 『매일신보』, 1935. 5. 22~9. 18, 122회 연재.

19 민병욱은 3일 동안에 일어난 이야기로 해석하고, 김홍기와 고형진, 곽효환은 하루에 일어난 사건으로 보는 견해의 차이가 있는데 하룻밤 동안 일어난 사건으로 보는 것이 타당하다. 63장의 첫 행에 '이튿날 아침'이란 표현에서 오해의 여지가 있을 수 있는데 '이튿날'은 남편이 떠난 그 전날의 시점에서 본 '이튿날'로 보는 것이 적절하리라 본다. 이와 같이 하룻동안을 다룬 시간적 구성의 미학을 얻고 있는 작품은 「메밀꽃 필 무렵」「삼포 가는 길」 등이 있다.

래서 이 이야기의 실제의 사건은 저녁부터 그 다음 날 새벽까지 일어난 것인데 독자에게는 8년이라는 시간성을 순차적으로 느낄 수 있도록 전개된 독특한 구성이 된 것이다.

이에 비해 「지새는 밤」은 7년이라는 시간성을 순차적으로 전개한다. 총 40회로 만남(1회-14회), 이별(15회-36회), 재회(37회-10회)의 순서로 전개되어 「국경의 밤」과 비슷한 귀향 모티브[20]의 서사구조를 띠어 서사문학의 귀향 모티브를 성공적으로 드러내고 있다.

이 두 작품의 서사구조는 다음과 같다.

구분	「국경의 밤」(1925)	「지새는 밤」(1930)
만남	유년시절부터 사랑을 키워옴	유년시절부터 사랑을 키워옴
이별	신분 차이로 결혼 무산	만주로 이주하여 헤어짐
재회	8년 동안 떠돌다 귀향	7년 동안 떠돌다 귀향

위에서 살필 수 있듯이 두 작품에서 남녀의 결합구조가 만남-이별-재회의 모티브로 설정되어 있다는 점에서 일치한다. 「국경의 밤」에서 순이와 청년은 S촌에서 태어나고 유년시절부터 소꿉동무로 자라다가 사랑을 키운 사이로 발전해서 성년이 되어 결혼하려 할 때 신

---

20 윤여탁은 이 두 작품의 '귀향 모티브'를 소설 쪽의 성과만큼 시 쪽에서는 이룩하지 못하고 '패배적인 삶의 연속으로 떨어졌다'고 하여 귀향의 의미는 축소된다고 하면서 현실을 극복하여 새롭게 살아가는 모습을 제시하지 못해 귀향의 의미를 획득하지 못했다고 해석하고 있다(윤여탁, 「1920년대 서사시에 대한 연구」, 한국어교육학회, 『국어교육』61권, 1989, 317면).
　그러나 '귀향 모티브'는 1960년대 상실된 자아를 찾는 「삼포 가는 길」이나, 잃어버린 자아'를 찾는 「무진기행」 등에서 좌절과 허무를 그려내는 것과 같이 「국경의 밤」과 「지새는 밤」도 고향 상실을 드러낸 미학적 장치로 볼 수 있다.

분의 차이로 결혼할 수 없게 되고 청년은 고향을 떠난 지 8년 만에 돌아와 재회한다. 「지새는 밤」에서도 명순과 영애는 사포라는 고향에서 자라면서 사랑으로 발전했지만 남자 주인공 명순이 만주로 이주하여 헤어진 후 7년 만에 다시 재회하는 구조로 전개된다. 이처럼 큰 틀에서 전개된 내용의 서사구조는 매우 비슷하나 구체적인 사건 전개에서는 차이가 있다. 이별의 원인과 이향한 장소, 재회한 후의 만남을 전개하는 방법에는 차이가 있다.

「국경의 밤」에서의 이별은 신분의 차이로 설정된다. 2부의 중심서사에서 이들이 이별할 수밖에 없는 사연이 구체적으로 전개되어 비극적인 역사를 식민지 민족의 비애와 연결시키고 있다. 재가승의 딸이라는 신분을 드러내기 위하여 두만강변에서 여진족의 후예로 살아온 역사적인 이야기를 끌어온다. 이에 비해 「지새는 밤」에서는 명순의 가족이 만주로 이주하여 이별하는 것으로 설정된다. 농사를 지으며 평화롭게 살던 사포마을에 큰 해일이 일고 일본인들이 들어와 예전처럼 살 수 없게 되자 명순이네 가족은 만주로 이주하게 되고 영애와 헤어지게 된다. 이와 같이 「국경의 밤」에서는 같은 종족끼리 결혼하는 오랜 전통으로 이별이 전개되기 때문에 역사 속에 놓인 개인의 운명에 초점을 두고 전개되었다면, 「지새는 밤」에서는 일제에 의한 토지수탈정책으로 고향이 파괴된 사회의 현실문제로 이별이 전개된다.

한편 「국경의 밤」과 「지새는 밤」의 공통점은 '이향–귀향 모티브'로 전개된다는 점이다. 작품의 귀향 모티브에서 드러난 시간성도 매우 비슷하게 설정되어 있는데 「국경의 밤」에서 청년은 8년 만에 돌아오고 「지새는 밤」에서는 7년[21] 만에 고향으로 돌아오는 시간 구성을 하고 있

한국 현대 서사시의 반응과 선택

---

21 연재 당시 「지새는 밤」에는 "가는세월 덧업다 발서다섯해"(16회), "가는세월 물이라

다. 「국경의 밤」에서 청년이 고향을 떠나는 떠돌이 삶인 '이향 모티브'
가 등장한다면, 「지새는 밤」에서 명순이가 만주로 가는 것과 영애가
고향을 떠나 평양으로 가는 두 개의 이향 모티브로 구성된다는 차이가
있다. 이는 「지새는 밤」이 경제적인 궁핍으로 고향을 떠난 두 주인공
들의 '떠돌이 삶'을 강조하려 한 의도가 반영된 것으로 볼 수 있다.

'이향 모티브'는 고향을 떠난 다음에 전개되는 '떠돌이의 삶'의 주제
의식과 밀접하게 연결되기 때문이다.

> ① 八년동안
> 　서울가서 학교에 단녓소 머리깍고,
> 　그래서 世上이 엇지 도라가는 것을 알고
> 　'쩨스타롯치'와 '룻소'와 老子와莊子와
> 　모든 것을 알고 諺文아는선비가 더 훌늉하게 되엿소.
> 　　　　　　　　　　　　　　　　— 「국경의 밤」 58장 부분

> ② 世上樂土 滿洲라 찾아왓건만
> 　쓸쓸하다 이꼴은 참 못보겟네.
> 　보습이란 한번도 대인적업는
> 　예대로 눕어자는 거츤荒蕪地
> 　　　　　　　　　　　　　— 「지새는 밤」 15회 '만주' 부분

①에서 순이와 헤어진 청년은 서울로 가서 '머리를 깎고', '공부'한
개화된 신지식인이다. 「국경의 밤」의 주제의식이 국경지역의 현실을
고발하는 성격도 지니지만 청년의 역할에서 개화사상을 강조한 김동

발서다섯해"(19회), "살고나니 일곱해 정들어오네"(20회)와 같이 5년, 7년으로 발표
했던 것을 「먼동틀제」(1947)에는 5년을 모두 7년으로 수정했다. 7년이라는 시간 단
위는 신세 한탄하는 장면에서 상당히 많이 나오는데 만주 생활을 강조하기 위한 것
으로 보인다.

환의 사상을 볼 수 있다. 사랑을 이루지 못해 방황하는 청년이 아니라 상투를 자르고 새로운 학문을 접한 신지식인의 모델을 제시하고 있는 것이다. 물론 청년이 귀향 후에는 오히려 '수상한 사람'으로 몰려 그의 꿈이 좌절되고, 첫사랑에 매달리는 인물로 묘사되기도 하지만 그 이면에서 구체적인 지식인의 모습을 제시한다는 점도 놓칠 수 없다.

②에서는 만주로 이주한 이주민의 비극적인 삶이 드러난다. 고향보다는 나을 것이라고 떠난 만주도 이주민에게는 외롭고 쓸쓸한 '황무지'나 마찬가지다. 만주의 땅은 매우 거칠어 농사짓는 일도 쉽지 않으며 열심히 농사를 지어도 농사 빚을 내고 나면 세 식구 먹고살기도 힘든 상황이 된다. 결국 아버지 어머니를 차례로 잃고 혼자 남은 명순은 더 이상의 희망을 갖지 못하고 고향으로 돌아오기를 꿈꾸지만 그것도 여의치가 않다. 또한 명순의 첫사랑인 영애도 해일로 아버지를 잃고 돈 벌러 간 오빠와 동생도 죽게 되어 가정이 파괴된다. 영애의 가족에서 모든 남성이 죽고 영애와 어머니만 살아남은 '부 상실 모티브'와 영애가 기생이 되는 것에서 '대지성의 파괴'도 드러난다.

귀향한 후 재회는 제목에서 시사하는 바와 같이 '밤'의 상징성에서도 확인할 수 있다. '밤'은 식민지 시대의 어둠의식을 드러내는 장치로 많이 등장하는 이미지다. 이들의 작품에서 '밤'은 실질적으로 밤에 일어난 현실의 시간을 의미하면서 동시에 식민지 민족의 암울한 현실을 은유적으로 그린 '어둠'을 상징한다. '밤'의 시간성은 어두운 현실을 드러내고 있다는 점에서는 동일하지만 '새벽'에 일어난 사건은 각기 다르게 전개된다.

> "어서 가세요, 동이트면 男便을 마질텐데"
>
> ─「국경의 밤」 58장 부분

움직이는 이世界 거츤물우에
닙과솣이 긋없이 헤매들다가
다시금 만나거라, 明順과英愛
자즌닭은 쇠우요, 밤이지샐졔.

　　　　　　　　　　　　　—「지새는 밤」 40회 마지막 연

　「국경의 밤」에서 순이는 동트기 전에 청년이 떠날 것을 호소하지만 바로 그 새벽에 순이의 남편이 주검으로 돌아오고 장례를 치르는 것으로 대단원의 막을 내려 비극적인 서사로 끝난다. 이에 비해, 「지새는 밤」에서는 영애와 명순이가 만난 바로 그 시간에 닭 울음소리가 나서 날이 새는 것으로 묘사하여 긍정적인 재회를 상징한다. 「국경의 밤」에서는 순이 남편이 죽었지만 청년과 재회할 수 없는 사랑을 묘사하여 비극적인 결말이 되었다면, 「지새는 밤」에서는 영애와 명순의 재회를 동트는 새벽이라는 시간으로 설정하여 희망적인 결말을 암시한다. 김억이 「지새는 밤」을 「먼동틀제」로 제목을 바꾼 의도도 '밤'보다는 만남의 희망을 상징하는 '새벽'의 의미를 강조하기 위한 것이다. 김억이 개작한 「먼동틀제」에 가장 많이 수정한 부분이 이 마지막 부분이다. 특히 이 부분을 3·1운동과 연결시켜 놓은 것도 희망을 상징하기 위한 것으로 볼 수 있다.

　이와 같이 만남-이별-재회의 갈등구조를 통해 김동환은 신분차이라는 표면적인 이유를 내세운 이별의 모티브로 민족의 비극성을 드러내고 있고, 김억은 만주로 밀려난 이주민의 실상을 부각시켜 식민지 민족의 현실인식을 반영하고 있다는 공통점을 발견할 수 있다.

2) 운명적인 남녀의 사랑 모티브

1920년대 민요시의 주제는 전통적 서정민요의 본질 그대로 연인과의 이별이나 님의 상실 등 비극적인 사랑이 대부분이다.[22] 이와 같이 「국경의 밤」과 「지새는 밤」의 서사에서 중요한 것은 청춘남녀의 운명적인 사랑 이야기를 담은 애정담이라는 점이다. 문학 속의 애정담은 주로 비극적으로 드러나 독자의 심금을 울린다. 그런 점에서 이 두 작품의 사랑 이야기는 운명적인 이별이라는 장치를 통해 비극적으로 전개된다는 공통점이 있다. 이 두 작품의 애정서사는 국경지역의 가난한 농촌과 어촌에 살고 있는 평범한 인물들의 사랑으로 설정된다. 이와 같이 평범한 등장인물들은 근대 서사시가 범인서사시로 출발하고 있음을 잘 보여 주는 것이라고 할 수 있다.

우선 실연의 정서가 남성 주인공들에게 부각된다는 특징이 있다. 「국경의 밤」에서의 '청년'은 상대방인 여성의 출생의 비밀을 알고 나서 이별하게 되고, 「지새는 밤」에서의 '명순'은 경제적인 이유로 가족이 이주하면서 사랑하는 사람과 헤어진다. 그래서 실연의 정서가 여성 주인공에게 부각되지 않고 남성 인물에 의해 드러난다. 소월과 만해를 비롯한 이별의 정서는 대부분 여성 화자를 통해 드러나는 것이 일반적인데 그에 비하면 남성 화자를 선택하여 비극적인 이별의 정서를 드러낸 점이 독특하다고 할 수 있다. 즉 김동환과 김억은 1920년대 남성 화자를 통한 사랑의 비애와 허무를 무게 있게 서술한 대표적인 시인이 된다.

「국경의 밤」과 「지새는 밤」의 등장인물은 평범한 인물로 다음과 같

---

22 오세영, 『한국낭만주의 시 연구』, 일지사, 1991, 60면.

이 사랑의 관계를 설정하고 있다.

구분	「국경의 밤」(1925)	「지새는 밤」(1930)
인물	순이 : 청년의 첫사랑 　　　병남의 아내	영애 : 명순의 첫사랑 　　　소꿉동무 → 기생
	청년 : 순이의 첫사랑 　　　언문아는 선비 → 지식인	명순 : 영애의 첫사랑, 　　　농부 → 광부
	병남 : 순이의 남편 　　　밀수꾼	남편 : 영애의 남편 　　　술주정꾼

위에서 알 수 있듯이 두 작품에 등장하는 인물들의 대립 항이 매우 비슷하게 설정되어 있다. '순이와 청년', '영애와 명순', 그리고 그들의 남편들로 설정되어 있는 것이 바로 그것이다. 또한 첫사랑이라는 낭만적인 사랑의 결합관계와 남편의 역할이 부각되지 않는 점 등도 일치한다. 「국경의 밤」에서의 순이와 청년, 「지새는 밤」에서의 영애와 명순의 사랑은 같은 고향에서 유년시절부터 보내면서 키운 사랑이다. 순이는 마을 '나뭇군들이 콩쌀금'²³을 남모래 갖다 줄 만큼 '백두산 천지에서 내려온 선녀같이 몹시도 어여쁜' 처녀이다. 영애와 명순의 사랑도 사포해변을 배경으로 아름답게 전개된다. 이 두 작품의 애정서사가 한 편의 연애소설처럼 낭만적으로 전개되지만 실연의 정서는 주로 남성 화자에 의해 서술된다.

　① 열흘이 지나도 順伊는 그림자도 안 보엿다

---

23 '콩쌀금'은 함경도 방언으로 몰래 훔친 콩이라는 '콩서리'를 뜻함.

그래서 하늘에 기도를 올녓다,

"하느님이시여! 이게 무슨즛심닛가

팔목에 안기어 풀싸홈하던

단순한 녯날의 기억을 이럿케 쌔드러놋슴닛가?"

"아, 順아, 어디 갓늬 녯날의愛人을버리고 어듸 갓늬?

너는 참새처럼 아버지품막에서 날아오겟다더니,

너는 참새처럼 내품안에서 날어갓구나.

順아, 너는 물동이 이어줄째,

諺文아는집 각시된다고 자랑하더니만

諺文도 내버리고 선비도 업는 어듸로 갓니?"

— 「국경의 밤」 49장 부분

② "아아이몸 이대로 죽어나지고,

南北滿洲 좃대도 난못가겟네"

하늘엔별 총총이 반듯러릴제

울며불며 명순이 마을써낫네.

— 「지새는 밤」 14회 '이향' 부분

위의 부분은 남성 화자를 통해 서술된 이별의 정서이다. ①은 「국
경의 밤」에서 순이와 결혼 말이 오고가던 중 이별 소식을 듣고 소년
이 하소연하는 부분이다. 순이와 청년은 '아침 저녁으로 만나면서' 사
랑을 키우고 '왕녀와 왕자가 되어 사랑의 성을'(46장~47장) 쌓았지만
①처럼 사랑을 잃은 청년의 아픔을 실감나게 하기 위하여 1인칭 주관
적 서술을 취한다. 이 부분을 따옴표로 처리하여 실연당한 청년의 아
픔을 더욱 실감나게 한다.

이 남성 화자의 절절한 목소리는 이별의 정서를 직설적으로 전달하
는 장치가 된다. 그것은 청년의 순수한 사랑을 극대화함과 동시에 비
극적인 이별의 정서를 고조시키는 서사전략이 된다. 그래서 이 시는

신분 제약으로 이별할 수밖에 없었던 상황과 재회하지만 윤리적 관습으로 다시 결합할 수 없는 두 가지 층위의 비극성을 드러내게 되는 것이다. 재가승의 딸이라는 점과 남편이 있는 아내라는 것이 재회할 수 없는 이유로 드러나 비극성은 고조된다. 물론 이 작품에서 사랑은 표면적인 장치일 뿐이다. 여진족의 후예로 살아온 민족의 설움과 변방으로 쫓겨나 비참한 죽음을 맞이한 이주민의 삶을 드러내기 위한 것이 이면적인 주제이기 때문이다.

②는 「지새는 밤」의 이별 대목의 한 부분이다. 어릴 때부터 키워 온 명순과 영애의 사랑은 '눈덮인 북녘에도 뜨거운 맘으로 애달픈 그 사랑을 소군거렸지만'(7회) 가족을 따라 고향을 떠날 수밖에 없는 명순의 아픔을 드러내고 있다. "남북만주 좋다지만 난못떠나겠네"를 따옴표로 처리하여 주관적인 서술로 명순의 갈등을 보여 주며, 이어진 3인칭 서술로 '울며 떠나는' 명순의 모습을 객관적으로 표현하여 이별의 상실감을 고조시킨다.

위와 같이 명순의 내적 갈등으로 전개되는 것에서 「지새는 밤」의 실제적인 주인공은 명순이라고 할 수 있다. 이별한 이후의 사건은 8회부터 36까지 '몰락-이향-만주-귀향-영애-이향'으로 소제목을 붙이고 전개하여 명순이의 행적에 초점을 두기 때문이다. 고향 마을이 '몰락'하고 명순네 가족도 만주로 야간도주하는 '이향'부터 '귀향'하는 서사가 구체적으로 장황하게 전개되고 '영애'(29~36회)의 서사는 명순의 서사보다는 매우 짧게 전개된다. 영애는 명순이 떠난 후 동생과 아버지를 잃고 어머니를 부양하기 위하여 결혼을 한다. 그러나 술주정꾼인 남편은 집을 나간 지 3년이 넘어도 돌아오지 않아 결국 고향을 떠나 품팔이 떡장사를 하다가 금광 근처의 술집에서 매화라는 기생이 되고 만다. 이 이야기를 통해 서민계층의 경제적 궁핍을 구체적으로 드러내려 한 김억의 의도를 발견할 수 있다.

　이 두 작품의 마지막을 '재회'로 설정한 부분도 매우 비슷하다. 「국경의 밤」에서 두 남녀가 8년 만에 다시 만났지만 결합될 암시는 없다. 그날 새벽에 순이의 남편은 시체로 돌아오고 장례를 치르는 장면에 병남을 가르쳤던 훈장의 "그래도 조선의 땅에 묻힌다"는 비장한 목소리를 배치하여 청년과 순이의 사랑이 어찌 될 것인지에 초점을 두지 않는다. 다만 청년 자신에게 다시 돌아와 주기를 바라는 청년의 호소와 그렇게 하지 못한다는 순이의 갈등을 장황하게 전개함으로써 비극적인 사랑으로 끝을 맺는다는 암시를 줄 뿐이다. 그러나 「지새는 밤」에서는 명순과 영애의 결합을 암시하는 장면으로 끝난다. 명순과 영애가 만나는 시간 설정을 닭이 홰를 치는 바로 그 시간에 두고 있기 때문이다. 닭이 홰를 치는 시간으로 설정한 '먼동이 트는 시간'은 두 사람의 만남을 희망의 이미지로 예고하여 「국경의 밤」에서의 재회와는 다른 결말[24]을 형성하게 된다.

---

24 김억이 「먼동틀제」로 개작하면서 심혈을 기울인 부분이 바로 마지막 부분이다. 37~40회가 '재회'의 부분인데 연재 당시 24연이었던 것에서 20연을 추가하여 44연으로 늘려 놓은 의도에서 알 수 있듯 두 사람이 다시 만나는 장면에 초점을 두고 있다. 36회까지는 거의 번호를 연재 당시와 같이 붙였는데 이 부분에는 민요시가 많이 추가되고 일련번호도 변경된다. 「지새는 밤」의 마지막 소제목이 '재회'였던 것을 '갖은닭은 꼬꾸요 꼬꾸요 울제'로 개작하였고, 마지막 1연인 "내일날은 기미년 3월 초하로/어둡은 이강산에 동이 튼다고"를 추가하여 3·1운동과 연관시키려고 하였다. 그러나 두 남녀의 만남과 3·1운동을 연계한 인과성은 작품 전체에서는 찾을 수 없다. 오히려 개작하지 않은 「지새는 밤」의 마지막 장면에 등장한 닭의 울음을 주인공들의 재회를 암시하는 상징적인 의미로 삼는 것이 자연스럽다고 할 수 있다.

3) 두만강과 압록강 : 국경지역의 공간적 배경

시인의 상상력으로 만들어진 문학적인 배경은 상징성을 얻어 높이 평가될 수 있다. 그런 점에서 「국경의 밤」과 「지새는 밤」의 공간적 배경이 '떠돌이 삶'의 양식과 1920년대의 현실을 이해할 수 있는 과정이 된다. 이것은 이들 작품이 '이향'과 '귀향'의 문제를 다루고 있기 때문에 등장인물들의 구체적인 이동과정의 지리적 배경에 대한 이해를 필요로 한다.

구분		고향 → 이향 → 귀향
「국경의 밤」	순이	S촌(산촌, 농촌) → 두만강변(S촌 강촌)
	청년	S촌(산촌, 농촌) → 서울 → 두만강변(S촌 강촌)
「지새는 밤」	영애	사포 → 평양 → 삭주
	명순	사포 → 만주 → 삭주

위의 도표에서 보면 두 작품 속의 남성은 모두 고향을 떠났다가 돌아온다. 순이의 첫사랑 청년은 서울 등지를 떠돌다 고향이란 장소에서 재회하고, 영애의 첫사랑 명순도 만주에서 떠돌다 귀향하여 영애와 재회하는 장소도 고향이다. 그러나 영애와 명순이 만난 장소는 고향 '사포'라는 지명에서 '삭주광산촌'으로 변경된다. 명순이 고향에 왔지만 예전과 같지 않아 떠돌다 삭주금광촌까지 온 것으로 설정되어 있고, 영애 또한 어머니와 함께 고향을 떠나 평양 기생 '매화'가 되었다가 명순을 만난 것이 탄광촌인 삭주로 설정된다. 즉 사포라는 지역명 대신 '삭주'가 새롭게 등장되는 것이다. 이것은 「국경의 밤」에서도 마찬가지로 순이가 결혼한 남편 따라 이사한 곳이 두만강변이기 때문

에 산촌에서 강변으로 이동함을 알 수 있다. 따라서 이들 재회의 장소가 유년시절 살았던 고향에서 벗어난 장소의 이동이 보인다.

이러한 과정을 구체적으로 살펴보면, 먼저 「국경의 밤」에서 순이와 청년의 고향은 'S촌'이다. 10장과 11장에서 이 마을 이름이 'S촌'이라는 것이 밝혀지는데 'S촌=두만강'이라고 보기 어렵다. 왜냐하면 'S촌'은 '山谷마을'로 묘사되기 때문이다. '산곡'[25]은 순이가 태어나고 결혼해서 이사하기 전까지 살았던 곳으로 농촌이면서 산촌이라고 할 수 있다. 즉 회상 장면으로 서술되는 2부의 배경 'S촌의 산곡마을'이 '머루 따는 산'으로 여러 번 묘사되는 것으로 보아 유년시절 살았던 장소는 무산령이 보였던 산촌마을로 보인다. 왜냐하면 순이가 이사를 간 곳이 아래에서 볼 수 있듯이 "강변인 이 마을"이기 때문이다.

한국 현대 서사시의 변용과 선택

멫해 안가서
茂山領上엔 火車通
검은 문명의손이 이마을을 다닥처왔다,
그래서 여러사람을 田土를 팔어가지고 차츰 써나낫다.
혹은 간도로 혹은 서간도으로

—「국경의 밤」54장에서

마을사람이 거이 써날째
出嫁한 순이도 남편을 짜라
이듬해여름 江邊인 이마을에 옴겨왓다.
아버지집도 東江으로 가고요

—「국경의 밤」55장 전문

---

25 '山谷'은 '산골짜기'의 한자어라 지명이 아님을 밝혀 놓았다(민병욱, 앞의 책, 83면).

위의 54장에서 볼 수 있듯이 "무산령 위에 화차통/검은 문명의 손이 이 마을"에 닥쳐왔기 때문에 순이는 이사를 하게 된다. 이를 통해 볼 때 순이의 고향 S촌은 무산령 근처인 산골짜기 마을이라는 것을 알 수 있다.[26] '머루 따는 산곡에는 토지조사국 기수가 다니더니/ 웬 삼각 표주가 붙는(56장)' 사건이 발생해서 마을 사람들은 전답을 팔고 간도로 이사를 갔고, 순이도 이듬해 여름 남편 따라 '강변인 이 마을에 옮겨' 오기 때문이다. 그가 산골짜기에서 두만강변으로 이동하여 고향 S촌을 벗어난 것은 아닌 것이다. 그래야 청년과 만나는 장소가 고향 S촌이 될 수 있다. 사실 재가승인 순이와 남편은 본래 집성촌을 떠날 수가 없는 사람들이기 때문에 다른 지역으로 이사를 갈 수 없다는 점을 감안하면 두만강변은 산촌마을인 산곡에서 멀리 떨어진 곳이 아님을 알 수 있다. 1부에서 순이의 남편이 두만강을 건너고 마을에 '수상한 사람이 서성거린' 그날 밤 청년이 "달빛에 파래진 S촌아!(10장)"라고 부르짖는 모습에서 그들의 재회가 일어난 곳 역시 그들의 고향 S촌이면서 두만강변 순이네 집이라는 것이다. 이와 같이 주인공들의 이동과 지명의 혼란으로 "순이의 공간적 이동이 명확하게 서술되지 않아"[27] 서사의 미숙성으로 평가될 수도 있다. 순이가 이사를 했는데 고향 S촌에서 재회한다는 설정에 문제가 있을 수 있기 때문이다. 즉 일본이 토지조사를 시작하면서 산촌마을이 파괴되어 유년시절 살았던 곳을 떠나 강변으로 이사한 것으로 해석하는 것이 타당하다.

이와 마찬가지로 「지새는 밤」에서도 배경의 혼란이 있을 수 있다.

---

26 이 작품에서 구체적인 지역명이 두 번 나온다. "회령서는 벌써 마지막 차고동이 텄는데(6장)"와 "무산령 우엔 화차통(54장)"인데 개발 때문에 직접 이사한 것으로 보아 작품 S촌은 회령시 무산동일 가능성이 크다.

27 민병욱, 앞의 책, 83면.

영애와 명순이 만난 곳은 '사포'가 아니라 '삭주'이기 때문이다. 사포
와 삭주의 배경을 구체적으로 보면 다음과 같다.

> 여긔는 漁村, 西海바다 밀물은
> 바람에 쓴풀인가, 東西南北을
>
> — 「지새는 밤」 1회, '沙浦村' 1회 부분

> 반갑고나 鴨綠江 예대로의물
> 건너서니 信義州 여긴 내나라.
>
> — 「지새는 밤」 14회, '귀향' 1회 부분

'사포'에 대한 묘사는 3회에 걸쳐 설명할 만큼 상세하나 실제의 지
명이 아니다.[28] 사포는 '모래가 많은 바닷가, 또는 강'을 비유한 상징
적인 이름으로 쓰인 것으로 볼 수 있다. 영애와 명순이 사랑을 키웠던
고향 사포는 어촌으로 어부들의 삶과 아름다운 바닷가 풍경이 실감나
게 묘사되기 때문이다. 사포가 서해바다인 어촌이라는 것만 제시하다
가 명순이가 만주에서 고향으로 돌아올 때 신의주라는 구체적인 지명
이 나온다. "반갑고나 압록강 예대로의물/건너서서 신의주 여긴내나
라(15회 '귀향')"로 묘사되어 있기 때문이다. 또한 명순과 영애가 재회
하게 된 장소도 '삭주금광촌'인 것을 보면 사포는 신의주와 삭주 근처
로 볼 수 있고 압록강변임을 알 수 있다.

결국 「지새는 밤」의 작품 배경은 압록강변이 되어 「국경의 밤」의 두
만강과 쌍벽을 이루게 된다. 삭주, 신의주 등의 지명을 통해 작품의

---

28 북한 지도에서 '사포(沙浦)라는 지명은 함흥에 있지만 동해이고, 바닷가와 가까이에
있지 않다.

무대는 압록강변이 되기 때문이다. 1920년대 평안북도 산악지대는 황금광 시대를 연 땅이었고 근대의식까지 겸비했던 서북 사람들의 정치적 욕구가 일제에 의해 제재를 받으면서 민족주의 운동이 일어났던 곳이다.[29] 김억의 고향이 정주이고 「먼동틀제」를 수정하면서 3·1운동과 연관지으려고 했던 의도도 그런 장소적 의미가 반영된 것으로 보인다.

> 살수없어 故鄕을 등진身世
> 죠타마다 할것은 못된다해도
> 힘에넘는 일을 어이當하고,
> 먹어갈길 當場에 氣가막히네.
> (중략)
> 農事라고 빗내여 덥은여름에
> 피쌈흘려 간신이 지워낫건만
> 가을되야 農債를 갚고나서니
> 남은것이 무엇고, 고생뿐이라.
>
> ― 「지새는 밤」 16회, '만주' 2 부분

위의 부분은 명순네 가족이 만주로 와서 거친 땅에서 농사를 열심히 지었지만 세 식구 밥 먹기도 힘들고 농사 빚에 고생만 하고 있다는 내용이다. 만주로 이주한 이유는 해일이 마을에 덮치고 일본의 자본이 들어오면서 어업도 실패로 돌아갔기 때문이다. 그래서 「지새는 밤」의 배경은 고향과 이향을 대구로 하여 사포/만주, 사포/삭주라는 이항대립을 만들어 유토피아 공간 대 현실의 공간으로 대립시켜 놓고 있다. 즉 '사포'라는 원초적인 '물'의 공간과 개발로 파괴된 '대지'의

「국경의 밤」과 「지새는 밤」의 상호텍스트성

---

29 「한국 근대사 숨은 풍경들―2. 평안·황해도 ④저항도시들」, 『문화일보』, 2002. 2. 21.

공간성을 대립시켜 놓고 있다. 파괴된 대지의 상징성은 순수했던 '영애'가 술집 작부 '매화'가 되는 것과 같이 황폐화된 여성성을 나타낸 것이다. 이는 명순이 어부 → 농민 → 광부로 변화되는 것과 같은 의미로 해석될 수 있다.

이와 같이 김동환의 「국경의 밤」과 「지새는 밤」의 작품 공간이 두만강과 압록강[30]이라는 장소성을 통해 생명의 공간인 물의 상징성을 잘 보여 주고 있으며, 이를 통해 고향상실 의식을 잘 드러내고 있다. 작품 속의 고향은 순순한 남녀의 사랑이 아름답게 꽃피는 유년의 장소로 낭만적인 공간으로 설정되지만, 이와 대비적으로 강바람 부는 차가운 겨울밤의 국경, 황량한 만주 벌판, 탄광촌이라는 어두운 현실의 공간으로도 그려진다. 결국 두 작품은 두만강과 압록강이라는 살벌한 국경을 작품 무대로 삼아 1920년대 민족의 실상을 서사시라는 장르를 통해 문학적인 상징성을 얻는 데 성공하고 있다고 할 수 있다.

4. 결론

김동환과 김억은 1920년대 새로운 시형식을 끊임없이 모색한 대표적인 시인이다. 이들이 5년이라는 차이를 두고 발표한 서사시 「국경의 밤」과 「지새는 밤」은 서사구조와 인물들의 행적, 주제의식 등에서 밀접하게 연관된 특성을 발견할 수 있었다. 김동환은 「국경의 밤」을 시와 소설의 중간 단계쯤으로 파악하고 통속적인 소설의 형식을 도입

한국 현대 서사시의 반영과 선택

---

30 두만강, 압록강 등은 유인민의 비극적인 현실을 시적으로 떠받쳐주는 강력한 시적 상관물이 된다.(윤영천, 『한국의 流民詩』, 실천문학사, 1987, 25~26면 참조)

하여 당대의 이주민의 설움을 통해 민족의식을 고취한 리얼리티 시의 가능성을 제시하였다. 이는 봉건시대의 윤리적 관습이나 사회적 관습 등을 극복할 때 쓰인 전통적인 애정서사를 도입하여 1920년대 식민지 민족의 수난과 갈등을 소재로 낭만적인 서사를 구축하였기 때문이다. 이러한 애정서사는 5년 후에 발표된 김억의 「지새는 밤」에 가장 큰 영향을 주었고, 향후 전개될 현대 서사시의 한 방향을 제시하는 데에도 기여한다.

김동환과 김억의 고향 상실은 두 서사시에 공통적으로 청춘남녀의 사랑과 이별이라는 애정서사로 잘 드러남을 알 수 있었다. 단지 「국경의 밤」에서는 신분 갈등으로 이별의 장치를 삼았고, 「지새는 밤」에서는 일본의 토지수탈정책으로 희생된 소작농이 만주로 이주하는 것을 이별의 장치로 삼았다는 차이점이 있다. 그러나 한편 「국경의 밤」에서는 신지식인인 청년의 활동과 순이 남편의 비참한 죽음을 통해 당대의 현실을 비판하고, 「지새는 밤」에서는 만주로 이주한 이주민들의 비참한 현실과 광부와 술집 작부로 전락할 수밖에 없었던 당대의 비극성을 강조하고 있다는 점은 공통점이 될 수 있다.

「국경의 밤」과 「지새는 밤」은 제목에서 볼 수 있는 바와 같이 '밤'의 상징성에서 일치할 뿐만 아니라 평범한 인물과 특별한 사건, 당대를 배경으로 창작된 애정서사를 통해 민족 공동체의 운명을 드러냈다는 점에서 범인서사시라는 유형적 공통점이 있다. 이런 범인서사시를 전통적인 영웅서사시를 계승하지 않았다고 하여 소멸된 장르로 볼 것이 아니라 근대 이후 전개될 새로운 양식을 제시하고 있다는 점에 의미를 둘 수 있다.

또한 「국경의 밤」의 배경이 두만강이라는 사실에서 현대 서사시의 창작 배경에 대한 새로운 지표를 발견할 수 있다. '두만강'은 백두산과 연결되어 민족의 생명을 상징하는 강이다. 평범한 인물들의 낭만적인 사랑을 가꾸는 두만강변을 배경으로 설정하여 유토피아의 지향성과 고향상실을 상징하는 시적 매개체로 삼고 있었다. 두만강에 영향을 받은 「지새는 밤」의 배경인 사포, 삭주는 압록강 주변에 있기 때문에 실질적인 배경이 압록강인 점을 감안하면 「국경의 밤」의 두만강에 영향을 받은 것이라고 할 수 있다. 「지새는 밤」의 사포는 서해라는 점과 주인공이 압록강을 건너는 장면 묘사 등의 작품 분석에서 압록강변임을 확인할 수 있었다. 두만강과 압록강은 '국경'이라는 공통점이 있고, 만주와 간도와 연결되는 지점으로 일본인에 의해 도시의 변화가 빠르게 진행된 곳이다. 이처럼 두만강과 압록강이 작품 배경이 된 것은 김동환의 고향이 함경북도 경성이고 김억의 고향이 평안북도 정주라는 사실과 무관하지 않다.

따라서 「국경의 밤」과 「지새는 밤」은 서정시의 낭만성을 대표하는 센티멘털리즘을 서사시에 수용하면서 이를 통해 1920년대 서사시는 서구 개념의 서사시에서 영향을 받았다기보다 한국 전통시를 계승 발전한 현대 서사시로서 출발점을 마련한다. 두 작품에 나타나는 낭만적인 사랑, 귀향 모티브. 국경 이미지 등에서 상호텍스트성을 발견할 수 있었다. 특히 서사시의 배경으로 선택된 두만강, 압록강을 통한 '강'의 이미지는 1930년대 이후 한국문학사에 전개되는 서사시의 배경에 영향을 주었다는 점에서 시사점이 있다.

제 2 부

「오적」의 판소리 패러디 양식

1. 서론

1980년대부터 포스트모더니즘 논의가 시작되면서 문화창조의 새로운 지평이 마련되었고, 이에 부흥하는 문학 창작의 방식에서도 패러디라는 장치를 사용하는 수가 늘어나게 되었다. 1990년대 이후에 본격적으로 부각된 패러디는 우리 문학에서 현대소설뿐만 아니라 현대시에도 그 영역이 확대되었으며 패러디 시학이라는 중심 시학이 자리하게 된다. 패러디는 전통의 모방에서 비롯되는 것이기에 전통 단절이 아니라 계승의 차원에서 또다른 이름으로 시학의 원리로 작용하고 있다.

패러디는 '반대'와 '모방' 또는 '적대감'과 '친밀감'이라는 상호모순의 양면성을 띠면서 모방과 변용의 기본개념을 구성원리로 삼고 '원전의 풍자적 모방' 또는 '원전의 희극적 개작'으로 정의되어 골계적인 것, 희극적인 것을 강조하여 모방, 변용, 골계의 3요소를 지니며, 풍자와 희극이라는 장치를 목적으로 삼는다.[1] 그래서 패러디는 조롱하거나 우습게 만들려는 의도를 지닌 채 하나의 텍스트를 다른 텍스트와 대조시켜 상호텍스트성을 갖는 풍자성을 갖는다. 풍자는 어떤 대상을 우스꽝스럽게 만들고 그것에 대하여 재미있어하는 태도나 경멸, 분노, 조소의 태도를 불러일으킴으로써 그 대상을 깎아내리는 문학상의 한 기교이다. 풍자는 재미있어하는 우스운 것과 달리 웃음을 수단으로 삼아 '조롱하여' 작품 외에 존재하는 목표물을 공격하는 무기로 사용한다.[2] 풍자를 하는 작가는 웃음을 즐기면서 그보다 중요한 목적을 가지고 있다. 존슨은 풍자를 '사악이나 우행이 문책당하는 시'라고 하고, 드라이든은 '풍자의 진정한 목적은 악의 교정'이라고 했으며, 디포는 '풍자의 목적은 개심시킴에 있다'고 하였다.[3] 이처럼 패러디는 풍자성을 기반으로 한 장르로서 해체 시대의 문화적 화두로서 작가의 선택에 따른 작가의 의도를 드러내는 기호로서 등장한다.

포스트모더니즘이 부각되기 이전인 1960년대는 순수와 참여문학 논쟁이 활발히 진행되던 시기였다. 특히 참여문학에 대한 논의는 1970년대로 이어져 시의 현실참여 문제가 본격적으로 진행되고, 이에 김지하는 시인의 현실참여를 강조한 민중문학론을 펼치면서, 작품을 통한 실천적 의지를 담은 작품을 민중문학론과 함께 연이어 담시를 발표한다. 그의 민중문학론은 1980년의 민중문학을 꽃피게 하는 계기를 마련하면서 그의 작품은 포스트모더니즘의 도래로 빛을 보게 된다.

한국 현대 서사시의 변용과 선택

---

1   김준오, 『시론』, 삼지원, 1982/2005, 235~236.
2   이상섭 편, 『세계문학비평용어사전』, 을유문화사, 1989, 493면.
3   Arthur Pollard, 『풍자』, 송락헌 역, 서울대학교 출판부, 1986.

김지하는 판소리를 패러디한 담시 「오적」을 1970년 『사상계』 5월 호에 발표했다. 이는 시대를 앞선 장르의 해체와 탈근대, 혼성모방 등의 이론에 부합한 작품으로 평가받는다. 그는 「오적」을 '담시'라 명명하면서 기존의 시와는 다른 새로운 장르임을 선언하고 민중문학 의 실천적 의지를 드러내었다. 「오적」과 같은 해 월간 시 전문지 『詩 人』에 발표한 「諷刺냐 自殺이냐—故 김수영 추억시론」은 그의 대표 적인 '민중문학론'이라고 할 수 있다. 이 글은 70년대 민중문학론의 효시로, 창작방법론 차원의 논의로서 거의 유일한 것[4]으로 평가받고 있다. 김지하의 시론이자 민중문학론인 「풍자냐 자살이냐」에 담긴 창작법은 「오적」이후 「蜚語」 「五行」 「櫻賊歌」 「아주까리 神風」 「똥바 다」 「김흔들 이야기」 「고무장화」 등에 반영되어 판소리를 패러디한 작품을 연이어 발표한다.

김지하가 판소리를 패러디한 담시를 선택한 것은 70년대의 역사적 수난기를 겪으며 시대의 폭력정치에 맞서 싸울 수 있는 문학적 전략 전술로 서사시 양식을 택하여 그 공격무기로서 민족문학의 오랜 전 통인 민담류의 풍자정신, 즉 풍자와 해학을 활용한 것이다.[5] 그의 풍 자는 민중의 오랜 전통 시가문학에서 찾은 것으로, 형식적으론 전통 적인 판소리에서, 내용에서는 현실 비판의 풍자정신과 민중의 실천 적 참여를 담아 민중문학의 전범을 마련하였다. 그래서 그의 문학은 기존의 시창작 방법에 새로운 도전이면서 창작 마당극의 연희성[6]까

---

4 성민엽, 「형성 과정 속의 민중문학론」, 『민중문학론』, 문학과지성사, 1983.

5 김재홍, 「반역의 정신과 인간해방의 사상」, 『작가세계』 가을호, 1989, 111면.

6 「오적」은 1994년 소리꾼 임진택에 의해 판소리로 창작되었다. 고수 이규호와 함께 〈김지하 창작 판소리 1〉 공연 CD가 서울음반에 의해 만들어졌다. 판소리 「오적」은 약 35분 분량으로 공연되었으며, 6개의 부분창이 될 수 있도록 소제목을 달아 녹음

지 염두에 두고 창작한 것이다.

1990년 초까지 김지하에 대한 연구가 많지 않았던 시기에 「오적」을 장르 패러디로 연구한 것은 고현철[7]이 처음이다. 그는 「오적」을 중심으로 장르 패러디의 여러 문제를 다루면서 포스트모던 패러디가 아닌 모던 패러디의 개념으로 봐야 하며, 장르 패러디의 혼합 양상과 카니발적 장르 성격을 지닌다고 규정하고, 판소리의 비동일화 담론을 반동일화 담론으로 변용한 것으로 파악하였고, 담론의 이중성을 통해 사회체제에 대한 비판적인 담론이 있음을 밝혔다. 고현철의 이러한 논의는 1990년대 초까지 김지하 문학에 대한 연구가 미비한 가운데 이루어진 깊이 있는 논문이라고 할 수 있다.

김지하가 '담시'로 명명하였지만 그동안의 연구자들은 이 명칭에 대하여 여러 가지 견해를 가지고 다양하게 규정짓고 있다. 먼저 염무웅은 판소리의 계승으로 간주하고,[8] 고현철은 장르 패러디로 보아 '판소리시'로 보고,[9] 오세영은 장르 규정을 해야 한다면 전통 판소리와 다른 점을 들어 '단편 판소리'로,[10] 정끝별은 전통장르에 대한 '혼성모방적인 패러디'로,[11] 진순애는 현대성의 현대시가 아니라 운문에

한국 현대 서사시의 변용과 선택

되어 있다. 여섯 부분으로 나눈 소제목은 '오적의 사회적 배경을 이야기하는 대목', '도둑시합하는 대목', '포도대장이 애꿎은 괴수만 닦달하는 대목', '포도대장 출도 대목', '오적의 작태 대목', '괴수가 가막소로 끌려가는 대목'으로 원작의 내용에 따라 만들어졌다.

7 고현철, 「장르 패러디로 본 김지하의 「오적」」, 문창어문학회, 『국어국문학』 30집, 1993. 12.
8 염무웅, 「서사시의 가능성과 문제점」, 『한국문학의 현단계 1』, 창작과비평사, 1982.
9 고현철, 『현대시의 패러디와 장르이론』, 태학사, 1997, 181면.
10 오세영, 「장르실험과 전통장르」, 『작가세계』 가을호, 1989, 151면.
11 정끝별, 『패러디 시학』, 문학세계사, 1997, 127면.

의한 이야기시로서 탈현대성을 특징으로 하여 '판소리계 담시'로[12] 규정하고 있다. 이와 같이 「오적」에 판소리시, 패러디시, 담시 등 다양한 명칭의 수식어가 붙는 것은 작품의 형식과 내용이 지닌 모호성에서 비롯됨을 알 수 있다.

　패러디가 기존의 것을 전복하면서 새로움을 추구하는 기본 정신을 반영하는 것이라면 김지하가 명명한 '담시'가 가지는 의미는 바로 정끝별이 지적한 '혼성모방 패러디'의 형식이라고 할 수 있다. 「오적」은 시인이 썼기 때문에 시라고 할 수 있고, 판소리로 공연되기를 염두에 두고 창작된 작품이다. 이 작품은 발표 이후 20년 만에 판소리로 공연된 바 있는 점을 고려하면 판소리 대본이라고도 할 수 있다. 따라서 본고에서는 장르 명칭에 대해 논의하기보다는 시인이 명명한 담시로 규정하되 판소리 패러디에 중점을 두어 전통적인 판소리를 어떻게 반영하고 있는지, 판소리의 양식적 특징과 어떻게 연관되는지를 구명하고자 한다.

2. 김지하의 민중문학론과 판소리 패러디

　김지하의 민중문학론이 본격적으로 발표된 것은 김수영 시의 민중문학을 예를 들어 드러낸 「풍자냐 자살이냐」(1970)와 강연 "민중문학의 형식 문제"(1985)에 잘 나타나 있다. 이 글들을 통해 그는 시의 주체와 형식에 대한 새로운 모색을 해야 함을 강조하고 그에 따른 시형식을 보여 주었다. 특히 「풍자냐 자살이냐」는 「오적」을 발표할 당시에

12　진순애, 「김지하 시의 카니발적 지평」, 『한국문예비평연구』, 2005, 240면.

발표한 글로서, 1960년대 김수영의 실천문학론에 대한 비판으로 시작하여 1970년대 민중문학으로 변모를 해야 한다는 이론을 펼쳤다.

김지하의 「풍자냐 자살이냐」는 김수영의 시 「누이야/풍자가 아니면 자살이다」의 구절을 인용하면서 그의 시에 드러난 폭력 표현이 풍자의 방법 속에 자기 자신과 더불어 자기가 속한 계층에 대한 부정, 자학, 매도의 방향을 보여 준 것에 김수영으로서 가치가 있지만 그의 풍자성은 소시민의 속물성, 비겁성을 폭로함으로써 민중에 칼날을 맞세운 아이러니가 되었기에 한계점이 있다고 지적하였다. 민중 위에 군림한 특수집단에 대한 공격이라면 그의 풍자는 위험하다는 것이며 특수집단에 대한 풍자정신을 발휘하여 민중으로서의 자기긍정에 이르는 폭력을 집중시켜 민중을 각성시켜야 한다는 논리를 펴고 있다. 또한 60년대 후반기보다 70년대의 현실상황의 변화에 따라 민중의 의식형태가 급변하리라는 것을 예상해야 한다[13]고 하였다. 특히 김수영 문학의 풍자에는 시인의 비애가 바닥에 깔려 있고, 그가 시적 폭력으로 사용한 풍자를 민중에만 집중하고 민중 위에 군림한 특수집단의 악덕에 돌리지 않은 것은 올바르지 않다고 비판하고 있다.[14] 시인의 비애와 민중의식의 자각만이 풍자되어서는 안 된다는 것으로 억압의 주체가 되는 지배계층을 향한 풍자가 있어야 한다는 것이다.

김지하는 지배계층에 대한 풍자로 당대를 비판한 판소리 정신이야말로 민중의 담론으로 지배계층을 비판할 수 있다고 믿는 것이다. 그래서 그가 선택한 것은 장황한 이야기를 담을 수 있고, 음악적 요소를 지닌 시로 표현할 수 있는 전통 장르인 판소리 양식이다. 판소리

한국 현대 서사시의 변용과 선택

---

13 김지하, 「풍자냐 자살이냐」, 『생명』, 솔, 1992, 254면.
14 김지하, 위의 책, 254~255면.

의 예술성은 이야기의 진지성뿐만 아니라 풍자가 있기 때문에 독자들의 흥미를 유발할 수 있고, 현실의 모순을 날칼롭게 비판할 수 있는 대담성이 있다. 17세기에 발생한 판소리라는 새로운 양식의 출현도 그 공간과 시간상 그와 근접한 문화양식과 관련해서 출발하였고,[15] 민중문화가 크게 일어나면서 민중문화의 집약적 표현의 하나로서 판소리가 나타난 것이다.[16] 이를 감안하면 1970년대라는 상황에서 판소리 양식이 선택된 것은 시대적으로나 사회적인 요구에 의해서 탄생된 것이라고 할 수 있다.

특히 김지하가 주목한 것은 현실에 대한 비판적인 풍자정신이다. 그는 풍자정신만이 현실을 전복할 수 있는 것이며, 그것이 민중의 힘을 대변할 수 있는 장치라고 생각한 것이다.

> 시인이 민중과 만나는 길은 풍자와 민요정신 계승의 길이다. 풍자, 올바른 저항적 풍자는 시인의 민중적 형연을 창조한다. 풍자만이 시인의 살 길이다. 현실의 모순이 있는 한 풍자는 강한 생활력을 가지고, 모순이 화농하고 있는 한 풍자의 거친 폭력은 갈수록 날카로워진다. 얻어맞고도 쓰러지지 않는 자, 사지가 찢어져도 영혼으로 승리하려는 자, 생생하게 불꽃처럼 타오르려는 자, 자살을 역설적인 승리가 아니라 완전한 패배의 자인으로 생각하여 거부하지만 삶의 고통을 견딜 수가 없는 자, 삶의 역학(力學)을 믿으려는 자, 가슴에 한이 깊은 자는 선택하라. 남은 때가 많지 않다. 선택하라, '풍자냐 자살이냐'.
>
> ― 「풍자냐 자살이냐」 마지막 부분[17]

---

15 정병헌, 『판소리와 한국문화』, 역락, 2002, 67면.

16 조동일, 「판소리의 전반적 성격」, 조동일 · 김흥규 편, 『판소리의 이해』, 창작과비평사, 1978, 15~16면.

17 김지하, 앞의 책, 259면.

위의 글은 자살과 풍자를 같은 자리에 놓고 선택해야 할 만큼 비장한 물음으로 마무리를 했다. 민중이 살아남을 길은 풍자여야 한다는 강한 주장이다. 현실에 모순이 있는 한 풍자만이 강한 생활력을 가지고 날카로운 무기가 된다는 것이다. 자살은 승리가 아니라 패배이며 삶의 고통을 견디는 자가 영혼의 승리를 할 수 있다는 논리다. 스스로 죽임을 당하는 자살[18]이 아니라 풍자와 민요정신만이 시인과 민중이 만나는 길임을 강조한다. 현실의 모순을 풍자의 거친 폭력으로 날카롭게 대응해야 한다는 것은 곧 시인이자 예술가의 책무로 본 것이다.

풍자와 패러디는 시와 자연스럽게 친숙하다. 풍자는 비록 문학의 규범들을 패러디하여 합법화하지만, 그렇다고 해서 사회규범들을 합법화하는 것이 아니라 그 위반을 조롱할[19] 수 있는 것이기에 1970년대 판소리를 패러디한 것은 민중이 주체가 되는 장르 인식의 소산에서 나왔음을 알 수 있다.

> 민중의 삶이 주체가 되는 새로운 문제, 민중의 삶이 그 형성주체가 되는 새로운 형식, 양식, 새로운 장르의 창조가 요구됩니다. 동시에 기존 장르의 새로운 방향으로서의 변용, 변혁, 재활성화가 요구됩니다. 뿐만 아니라 아까도 말씀드린 바와 같이 민중문학에 있어서 매우 지배적인 형식으로 등장하고 있는 이야기 구조의 세계사적 시간성의 문제에 대해서도 보다 대담한 시도들이 있어야 할 것 같습니다. 언어와 언어 사이의

---

18 1991년 5월 5일 조선일보 3면에 「젊은 벗들! 역사에서 무엇을 배우는가─죽음의 굿판 당장 걷어치워라」는 칼럼을 발표한 바 있다. 이 글로 세인들에게 많은 비판을 받았지만 자살의 행렬을 막으려는 의도가 반영되어 있다.
19 린다 허천, 『패러디 이론』, 김상구 · 윤여복 역, 문예출판사, 1992, 128~129면.

관계에 역동적인 변형과 그것에 의한 관계 자체의 변화에 대한 문제 역시 마찬가지입니다.[20]

　　김지하가 가지고 있는 민중문학의 형식을 제시한 글이다. 그는 민중의 삶이 주체가 된 새로운 형식이 요구되는 시대이며 민중문학의 형식 문제를 해결할 수 있는 방법을 모색해야 한다고 주장한다. 그 대안으로 전통적으로 내려온 민요나 판소리의 시가문학을 수용해서 풍자문학의 표현방식을 살려 민중문학론을 실천해야 한다는 것이다.

　　1970년은 분단 이후 민족문학에 있어 '정통성' 문제를 비로소 제기했던 시기이며 '민중 주체의 민족문학'[21]으로 민족문학이 민중의 손에 의하여 완결되어야 한다는 목소리가 높았던 시대이다. 그래서 김지하는 민중문학의 형식 문제와 언어에 대한 새로운 인식을 가지고 있었고, 새로운 시도를 해야 한다고 주장했던 것이다. 민중문학의 형식 문제는 '민중의 집단적 신명'을 담아내는 다성적 구조의 타중심화라는 미학적 방법을 통해 가능하다[22]는 것이다. 그것은 우리의 굿이나 탈춤, 부락제 같은 것에서 언어 자체가 '살아 있는 언어'임에 착안해서 새로운 방향으로 나갈 수 있는 미학의 지평을 마련한다고 보았다.

---

20 김지하, 「민중문학의 형식 문제」, 앞의 책, 273면.
21 김경연, 「장르 확산을 위하여」, 성민엽 외, 『민중문학론』, 문학과지성사, 1984, 101면.
22 김지하, 「민중문학의 형식 문제」, 앞의 책, 274면.

3. 판소리 패러디의 「오적」

1) 언어의 유희성

    바흐친은 해학적 형식을 세 가지로 들고 있는데 그것은 방언으로 쓰여진 구어체, 문어체로 된 패러디, 욕지거리나 악담, 저주와 같은 상소리 장르, 카니발 축제나 장터에서 벌어지는 희극 쇼와 같은 의식적인 구경거리[23]라고 하면서 이들은 서로 유기적으로 관련되어 민속 해학의 옷을 만든다고 하였다. 「오적」에서 판소리의 언어 유희성은 판소리 패러디의 절정을 이룰 만큼 중요한 부분이다. 인물의 행동이나 인물의 이름을 비틀어 풍자의 대상을 삼는 것에서부터 판소리의 기법을 다양하게 패러디하고 있다.

    먼저 동음이의어의 한자표기로 언어의 유희성을 얻고 있다. 제목의 '五賊'은 일제시대의 친일파 오적을 연상시키면서 이야기 속의 인물들인 재벌, 국회의원, 장차관, 고급공무원, 장성을 비유하여 당대의 대표적인 도둑 다섯 명을 풍자한 인물들이다. 이 다섯 명은 당대의 대표적인 지배집단의 직업군이다. 이들 직업의 이름은 동음이의어의 한자를 선택해서 이중적인 의미로 비틀어 놓고 있다.

    재벌의 재(財)는 미친 개 제(狾), 국회의원의 회(會)는 간교할 회(獪), 의(議)는 개 으르렁거릴 의(犳), 원(員)은 원숭이 원(猿), 고급공무원의 원(員)은 돌 원(㟼), 장성의 성(星)은 성성이 성(猩), 차관의 차(次)는 개 미칠 차(猚)로, 모두 '犬'을 변으로 하여 '개'를 연상하게 하고, 원숭이 '원(猿)'을 사용하여 원숭이를 비유하고 있다. 모두 '개'와 '원숭이'를

---

23 김욱동, 『대화적 상상력』, 문학과지성사, 1988, 237면.

통하여 당대의 최고층을 조롱하는 웃음을 만들었다. 이러한 한자음 차 표기의 언어유희는 일련의 판소리에서 발견할 수 있다. 대표적으로 춘향이와 이 도령이 서로 통성명하는 과정에서 成春香과 李夢龍의 성씨에서 "李成之合, 二姓之合이라 천생연분이구나" 하는 장면에서 한자음의 언어유희가 있고, 몽룡이라는 이름 또한 춘향모의 용꿈과 연관지어 이름을 짓는 방법을 패러디한 것이다.

「춘향전」의 또다른 패러디는 포도대장이 오적으로 잡아들인 전라도 갯땅쇠 꾀수를 문책하는 과정에서 잘 나타난다. "그럼 내가 무엇이냐"에 대한 대답으로 꾀수는 '날치기'로 답을 하면서 부정하고, 연이어 '펨프' '껌팔이' '거지'로 실토하며 주고받은 언술은 「춘향전」에서 춘향이 '죽어서 될 것이 있다'에 대한 대답을 하고 나서 부정하고, 질문과 답을 나열하는 기법과 같다. 오적의 대척점에 있는 '꾀수'도 '괴수'의 역설적인 표현이다. '꾀수'는 좀도둑이라는 의미지만 이시에서는 '괴수'의 발음을 된소리로 표현한 도둑의 우두머리, 큰 도둑이라는 비유적인 표현이다. 「수궁가」에서 나약한 서민을 대변하는 토끼의 상징성이 '꾀'에 있었고, 그 꾀로 토끼는 위기에서 탈출하지만 좀도둑 '꾀수'는 오적의 소굴을 고발했는데도 감옥으로 간다는 꾀가 많은 '꾀수', 즉 '괴수'를 풍자한 것이다.

"간뎅이가 부어 남산만 하고" "큰 황소불알만 한 도둑보가 곁붙어 오장칠보"를 가졌다는 오적의 묘사는 「흥부전」의 놀부를 패러디한 것이고, '귀거래사 꿍얼꿍얼', '요순시절', '공자님 당년' 등과 사자성어 섞어 쓴 언어, 육담적인 묘사들은 기존의 판소리에서 묘사된 언어적 유희를 패러디한 것이다. 「오적」에서 포도대장 출도 장면 묘사는 「춘향전」의 어사 출도 장면과 비슷하고, 오적의 소굴인 정원과 집안의 물건을 묘사하는 장면을 장황하게 4면 이상의 분량으로 할애하고 있는데 이는 춘향이 집과 방 안 풍경을 묘사한 것과 비슷하다. 이처럼 「오적」은 기존의 판소리 문학을 부분적으로 고루 반영하며 언어의 유희성을 풍부하게 차용하고 있다.

2) 판소리 패러디의 서사적 구조

판소리의 서사구조는 일반적인 서사물인 소설이나 극처럼 잘 짜인 서사구조가 아니라는 것이 특징이다. 장황한 수사, 전체적인 흐름에 비해 불필요하게 부연된 사설, 모순되는 에피소드, 서술의 관점 및 태도의 혼란이 있어 '통일성의 결여'라는 판단[24]을 내릴 수 있을 만큼 독특한 양식적 특징을 가지고 있어서 문학론에서 언급하는 '플롯'과는 다르다. 고대 그리스 비극에서부터 정립된 작가의 치밀한 서사 구성력이 그대로 적용될 수 없는 것이 판소리의 독특한 특징이다. 그래서 판소리를 이야기가 있는 '서사적 구조'를 지닌 양식쯤으로 이해할 필요가 있다. 그것은 판소리가 구비서사문학이면서 음악이기 때문에 연희성에 중점을 둔 장르라는 점으로 이해할 수 있겠다. 그래서 판소리는 일반적인 플롯의 원리와 구별되는 양상을 지니고 있기에 판소리가 추구하는 미적 가치가 무엇인지를 파악하는 것이 더 중요하다고 할 수 있다.

「오적」의 서사구조는 프롤로그와 에필로그를 사용하고 있는 특징이 있다. 소설에서는 액자소설이라고 하는 것처럼 서술자의 시점을 드러내고 있는 것이다.

한국 현대 서사시의 대응과 선택

---

24 김흥규, 「판소리의 서사적 구조」, 조동일, 앞의 책, 103면.

① 詩를 쓰되 좀스럽게 쓰지말고 똑 이렇게 쓰랐다.
　　내 어쩌다가 붓끝이 험한 죄로 칠전에 끌려가
　　볼기를 맞은지도 하도 오래라 삭신이 근질근질
　　방정맞은 조동아리 손목댕이 오물오물 수물수물
　　뭐든 자꾸 쓰고 싶어 견딜 수가 없으니, 에라 모르겠다
　　볼기가 확확 불이 나게 맞을 때는 맞더라도
　　내 별별 이상한 도둑 이야길 하나 쓰겠다.
　　　　　　　　　　　　　　　　　—「오적」 첫부분

② 이때 행적이 백대에 민멸치 아니하고 人口에 회자하여
　　날같은 거지시인의 싯귀에까지 올라 길이길이 전해오겄다.
　　　　　　　　　　　　　　　　　—「오적」 마지막 부분

　　판소리 대본에서도 시간과 공간을 아니리로 시작하는 것이 일반
적이다. 그럼에도 위의 맨 앞부분인 ①의 서술과 맨 뒤의 ②를 첨부
한 것은 에필로그와 프롤로그의 역할을 하면서 '제시형식'을 분명하
게 드러내는 독특한 형식이 된다. 제시형식은 청중에 대해서 예술가
가 독자에게 어떻게 제시되느냐 하는 효용론적 관점에 속한다.[25] ①
은 시인의 사명을 명명한 것으로 '맞을 때는 맞더라도 할 말을 해야
것'이라는 선언문적 성격을 지닌 서술이다. 판소리 창자의 어투로 서
술되어 구비서사시의 형식적 특징을 패러디한 것이다. 이것은 앞으
로 전개할 이야기의 전달 효과를 드러낸 장치라고 할 수 있다. 이는
객관적 거리를 둠으로 해서 전하려고 하는 이야기에 대한 신뢰감을
주고자 청중을 염두에 두고 쓴 부분이다. 이러한 구조는 김지하의 일
련의 다른 담시에는 없는 부분이면서 기존의 판소리를 패러디했지만

---

25 김준오, 『현대장르비평론』, 문학과지성사, 1990, 17면.

창의적인 발상이 돋보이는 차별성을 갖는다.

「오적」의 서사구조를 '서사—본사—결사',[26] '외화—내화—외화'[27]로 구분하고 특징을 살핀 기존의 연구들도 위의 에필로그와 프롤로그의 특성 때문이다. 외적인 형식으로 이와 같이 서사구조를 파악할 수 있지만 실제 이야기의 서사는 '본사', '내화'라고 하는 부분에 있다. 「오적」의 서사구조를 인물과 사건을 중심으로 보면 다음과 같다.

① 에필로그
② 발단 : 서울 장안에 다섯 도둑 등장
③ 전개 : 오적을 잡아들이라는 어명으로 포도대장 등장
④ 위기 : 전라도 갯땅쇠 꾀수 등장
⑤ 절정 : 동빙고동에 오적을 잡으러 갔지만 꾀수만 가막소로 감
⑥ 대단원 : 오적의 개집 속에 살던 포도대장과 오적은 벼락 맞아 죽음
⑦ 프롤로그

편의상 이야기를 소설의 다섯 단계로 살펴보면 위와 같이 나누어 살펴볼 수 있다. 이야기의 전개상 무리가 없는 듯이 보이지만 실제로 서술된 부분은 사건이 중심이 치밀하게 구성되어 있지 않다. 서울 장안에 오적이 살고 있고, 갑자기 어명으로 도둑을 잡으러 포도대장이 나서서 전라도에서 올라온 좀도둑을 잡아 문책하다가 큰 도둑인 오적을 잡으러 갔다가 오히려 좀도둑만 감옥으로 가고, 오적에게 회유 당한 포도대장과 오적은 벼락을 맞아 죽는다는 굵직한 상황만 전개된다. 서사의 기본은 치밀한 사건의 나열인 것에 반하면 오적을 잡으

26 오세영, 앞의 글, 110면.
27 고현철, 앞의 책, 181면.

라는 명령이 내린 부분과 좀도둑 꾀수가 오적의 소굴을 밀고했음에
도 꾀수만 감옥에 가는 사건이나 갈등이 구체적으로 드러나지 않는
다. 즉 위의 작품에는 포도대장, 꾀수, 오적의 갈등이 선명하게 드러
나지 않는다. 단지 각 등장인물의 화려한 수사와 과장된 장면 묘사만
이 작품의 전체를 차지한다. 그래서 긴밀하고 압축된 서사의 통일성
은 불필요하다. 이것이 바로 판소리가 갖는 특징이다.

「오적」의 각 등장인물들의 장황한 묘사만 있지 사건의 인과성은
없다. 장황한 묘사는 오히려 치밀한 구성을 방해한다. 판소리가 지향
하는 것은 기교와 효과가 긴밀하게 연결되는 구성을 갖는 것이 아니
기 때문이다. 플롯이 중시되는 문학양식에서는 '부분이 전체를 위해'
봉사하지만, 판소리에서는 '사건의 흐름이 부분을 위해' 봉사하기 때
문에 상황 자체의 흥미와 감동을 위해 확장 세련하여 어떤 상황이나
부분이 제공 또는 허용하는 의미와 정서[28]를 흥겹게 연출하는 특징이
있다. 사설, 음악, 연기의 결합이라는 연희성으로 판소리는 성립되기
때문에 단순한 구성만 있다. 사건의 맥락보다는 상황의 전개에서 감
흥을 더 중시한다.

3) 창과 아니리의 음악성

「오적」은 판소리가 가지고 있는 '창'과 '아니리'의 연속적인 형식을
패러디하고 있다. 창과 아니리가 교체·연속되는 것으로 창은 상황
적 의미·정서가 강화·확장되어 길고 화려한 운문으로 대사, 서술,
묘사를 표현하는 반면에 아니리는 산문으로 된 요약 서술로 간혹 한

---

28 김흥규, 앞의 글, 113면.

두 마디의 짤막한 대사를 포함한다.

① 옛날도 먼옛날 상당 초사흘날 백두산아래 나라선 뒷날
　　我東方이 바야흐로 단군이래 으뜸
　　으뜸가는 태평 태평성대라
　　그 무슨 가난이 있겠느냐 도둑이 있겠느냐
　　포식한 농민은 배터져 죽는 게 일쑤요
　　비단옷 신물나서 사시장철 벗고 사니
　　고재봉 제 비록 도둑이라곤 하나
　　공자님 당년에도 도척이 났고
　　부정부패 가렴주구 처처에 그득하니
　　요순시절에도 사흉은 있었으니
　　아마도 賢君良相인들 세 살버릇 盜癖이야
　　여든까지 차마 어찌할 수 있겠느냐
　　서울이라 장안 한복판에 다섯도둑이 모여 살았겄다.

② 남녘은 똥덩어리 둥둥
　　구정물 한강가에 동비고동 우뚝
　　북녘은 털빠진 닭똥구멍 민둥
　　멋은 산 만장아래 성북동 수유동 뾰쪽
　　남북간에 오종종종 판잣집 다닥다닥
　　게딱지 다닥 코딱지 다닥 그 위에 불쑥
　　장충동 양수동 솟을대문 제멋대로 와장창
　　저 솟고 싶은 대로 솟구쳐 올라 삐까번쩍
　　으리으리 꽃궁궐에 밤낮으로 풍악이 질펀 떡치는 소리 쿵떡

③ 키크기 팔대장성, 제밑에 졸개행렬 길기가 만리장성
　　온몸에 털이 숭숭, 고리눈, 범아가리, 벌룸코, 탑삭수염, 짐승이 분명쿠나
　　금은 백동 청동 황동, 비단공단 울긋불긋, 천근만근 혼장으로 온몸

을 덮고 감아
시커먼 개다리를 여기차고 저기차고
엉금엉금 기어나온다 장성놈 재조봐라

위의 부분은 이야기의 서두 부분인데 아니리와 창으로 연속해서 구별할 수 있다.[29] ①은 산문으로 서술된 '아니리'에 해당하고 ②와 ③은 의태어, 의성어, 비속어, 조롱조, 반복법, 반어법 등을 써서 리듬감을 가진 '창'에 해당한다. ①의 아니리는 즉흥적인 이야기처럼 가락을 붙여 얘기하듯이 설명하는 부분으로 작품의 배경을 판소리조로 나레이터의 역할로 설명하고 있다. 아니리의 기능은 창자의 호흡을 조절하면서 발림과 너름새를 통하여 극형식의 지문과 해설의 역할을 한다. 아니리는 긴장을 완화하는 역할을 하면서 묘사되는 과정을 보고 잠시 여유를 가지고 웃을 수 있도록 하여 작중 현실에 대한 거리를 얻도록 한다. 태평성대이기에 가난과 도둑이 없겠지만 '포식한 농민은 배터져 죽고', '부정부패 처처에 가득하다'는 역설적인 풍자는 대상의 비리나 약점을 폭로하는 웃음이기에 비판적 거리를 형성한다. 풍자는 환상으로의 몰입을 차단하기 때문에 더 현실을 인식할 수 있게 된다.

이에 비해 창은 음악적 요소가 있어 3·4조, 또는 4·4조 음보의 리듬을 보이며, 의성어, 의태어, 비속어 등 자유분방한 시장터의 민중언어를 사용한다. 공격해야 할 대상을 향해 그들을 전복하기 위해 역설의 언어, 조롱의 언어를 사용하고 있다. 조롱 섞인 웃음으로 상황과 인물을 비속하게 비틀어 놓는다. 반복되는 음보로 중중모리, 자

「오적」의 판소리 패러디 양식

---

29 임진택이 부른 판소리에서도 이 부분은 아니리와 창으로 불렀다.

진모리, 휘모리 장단으로 부자들이 살고 있는 집과 벼슬아치의 생김새와 행동을 동물로 묘사하면서 해학적으로 그려 그들의 교활함을 풍자한다. 아니리에서 이완되었던 정서를 빠른 창이 해학적인 웃음으로 전이시켜 '이완/몰입'의 정서를 반복하게 한다. '신명나는 웃음'으로의 풍자이다. 그렇다고 모든 창이 '몰입'의 역할만 하지는 않는다. 느린 진양조의 창은 '이완'의 대표적인 역할을 할 때도 있다.

> 때는 노을이라
> 서산낙일에 客愁가 추연하네
> 외기러기 짝을찾고 쪼각달 희게 비껴
> 강물은 붉게 타서 피흐르는데
> 어쩔꺼나 두견이는 설리설리 울어쌌는데 어쩔꺼나
> 콩알같은 꾀수묶어 비틀비틀 포도대장 개트림에 돌아가네
> 어쩔꺼나 어쩔꺼나 우리꾀수 어쩔꺼나
> 전라도서 굶고 살다 서울와 돈번다더니
> 동대문 남대문 봉천동 모래내에 온갖 구박 다 당하고
> 기어이 가는구나 가막소로 가는구나
> 어쩔꺼나 억울하고 원통하고 분한 사정 누가 있어 바로잡나
> 잘가거라 꾀수야
> 부디부디 잘가거라

「오적」에서 가장 비극미를 연출한 부분이다. '어쩔꺼나, 어쩔꺼나'가 반복되어 진양조나 느린 중모리 장단에 계면조의 가락으로 전개될 수 있는 부분이다. 「오적」의 전체에서 가장 비극미를 자아내는 장면이다. 앞부분에서 오적과 포도대장의 묘사를 자진모리, 휘모리로 흥겹게 해학적으로 그려 '통쾌한 웃음'을 자아내었다면 이 부분에 와서는 처연함이 묻어나는 '울음'을 자아내어 비극미를 극대화시키고,

슬픈 감정을 '몰입'하게 하여 '이완'시키면서 카타르시스를 느끼게
한다. 꾀수는 전라도에서 농사로는 밥을 못 먹어서 돈을 벌려고 서
울에 왔고, 죄가 있다면 배고파서 국화빵 한 개 훔쳐 먹은 죄밖엔 없
는 인물이다. '콩알 같은 꾀수'를 '포도대장 개트림'에 '가막소'로 가
게 만드는 비극적인 현실의 상황이다. 그래서 「오적」의 절정은 꾀수
가 감옥으로 가는 장면이라고 할 수도 있다. 큰도둑이 잡혀야 하지만
반대로 좀도둑만 잡힌다는 현실의 리얼리티를 살리기 위하여 꾀수가
감옥으로 가는 상황은 비장미를 자아낼 만큼 서정적으로 묘사하고
있다.

　「오적」의 전체 흐름은 자진모리나 휘모리 등으로 흥겨운 장단이
주가 되는 경우가 많다. 판소리의 서사구조는 치밀한 구성에서 얻어
지는 것이 아니라 '창/아니리'의 장단으로 이루어진다. '창/아니리'는
'긴장-이완, 몰입-해방'이라는 정서적, 미적 체험의 마디를 반복하는
구조이기 때문이다.[30] 각 상황의 부분부분에서 청중의 정서적 체험의
장단이 곧 서사의 구조를 이룬다는 말이다. 판소리가 부분창을 할 수
있는 특징도 서사의 힘보다는 장황한 묘사의 힘에서 발휘되는 것이
기 때문이다. 김지하의 판소리가 기존의 판소리 자체와는 달리 단일
한 사건을 가진 부분적 독립성이 없는 집약적 구성을 취함으로써 풍
자적 거리를 효과적으로 유지하고 있다[31]는 평가를 받는 것은 기존의
판소리처럼 상황과 인물의 묘사에 역점을 두고 있기 때문이다.

　판소리 장단은 묘사의 내용에 따라 느린 진양조부터 빠른 휘모리
를 넘나들며 전체와 부분의 조화를 이루어 청중과 함께 호흡하면서

30　김홍규, 앞의 글, 125면.

31　고현철, 『현대시의 패러디와 장르이론』, 태학사, 1997, 181면.

「오적」의 판소리 패러디 양식

정서적으로 환기할 수 있는 장치가 된다. 그래서 각 부분들은 '긴장/이완', '몰입/해방'으로 작품 전체의 흐름을 따라가는 독특한 서사적 구조의 특징을 이룬다고 할 수 있다.

4. 결론

일반적으로 패러디는 작품을 패러디하는 경우가 많은데 김지하는 판소리라는 장르를 패러디했다는 데 주목할 수 있다. 엄밀하게 말하면 「오적」은 장르 패러디의 시학이면서 판소리의 연희성을 실천한 창작 판소리 문학이다. 문학이라는 정전을 깨뜨린 새로운 장르 '담시'를 창작했다는 점에서 1970년대의 문학사에 기록될 수 있다. 물론 이 작품은 문학의 영역에서 창작 판소리로 연희되어 탈중심, 경계의 모호함을 드러낸 포스트모더니즘의 징후를 1970년대에 일찍이 보여 주었다.

「오적」은 김지하의 민중문학론을 반영한 작품으로 1970년대 민중문학의 형식 문제를 해결하였다. 그 방법으로 판소리의 풍자문학을 계승하여 판소리를 패러디한 담시라는 장르를 실험하였다. 풍자문학으로서의 판소리 패러디는 과거의 작품이나 장르 등에서 현재의 텍스트를 반영하여 언어의 유희성을 「춘향전」「흥부전」「수궁가」 등이 혼용되어 상호텍스트의 변주를 연출했다.

「오적」은 이야기가 있는 서사적 구조를 취하고 있다. 일반적인 문학의 서사구조가 아니라 판소리 서사구조의 특징인 장황한 묘사가 중심을 이룬다. 유기적인 사건의 흐름으로 플롯이 전개되는 것보다 부분의 상황 묘사가 중심이 된다는 것이다. 이러한 특징은 판소리의 연희성을 강조하여 흥겹게 연출하려는 의도가 반영되었기 때문이다. 한편으로 판소리가 창과 아니리의 반복적 구조를 통해 청중을 웃기고 울게 한 연희성 구조를 갖는 것이 특징이다. 창과 아니리는 '긴장/이완'의 정서를 반복적으로 흐름으로써 청중과 함께 호흡할 수 있는 장치를 마련하는 서술구조의 특징을 가지고 있다고 할 수 있다.

또한 프롤로그와 에필로그를 삽입함으로써 기존의 판소리의 구조와는 다른 서사적 구조를 보여 준 시도가 돋보였다고 할 수 있다.

1970년대 민중문학의 형식을 반성하는 시점에서 판소리가 가지고 있는 연희성과 패러디 문학으로서의 풍자성을 살려 민중문학의 신명을 담은 담시의 출현이라는 점에서 의의가 크다고 할 수 있다.

작가는 끝없는 창조자이다. 예술은 기존의 형식을 유지하면서 새로운 형식을 모색하는 창조자의 위치에서 실험적일 수밖에 없다. 그런 면에서 김지하의 장르 인식은 우리 문학사와 판소리 창작사에 새롭게 기록될 수 있다. 그의 문학을 전통과 단절된 새로운 형식으로 보는 것보다는 포스트모던 시대를 앞서 혼성모방의 전형인 문학과 음악의 경계, 전통과 현대를 넘나들 수 있는 장르의 경계를 무너뜨리는 창조자의 정신에서 찾을 수 있겠다.

「오적」의 판소리 패러디 양식

「황룡사구층탑」의 연희성

1. 서론

모윤숙(1909~1990)은 1931년에 문단에 등단하여 6권의 시집을 발간하였지만 그의 대표시가 「국군은 죽어서 말한다」와 「렌의 애가」(1937)에서처럼 호흡이 긴 장시에서 장점을 발휘한 시인이다. 그래서 그의 장시에서는 시적 담화구조가 있거나 이야기가 있는 서사시의 가능성을 찾을 수 있으며 서사시의 방법적 특징을 살피는 일은 의미가 있다.

그의 시력 40여 년 동안 후기 시에 해당하는 말년의 시세계는 서사시의 세계라고 할 수 있다. 1974년 서사시집 『논개』를 발표한 이후 1978년 서사시집 『황룡사구층탑』[1]을 발표한 것은 그의 서사시에 대

---

1 「논개」가 현대시학에 13개월간 연재한 후 단행본으로 출간된 것에 비해, 「황룡사구층탑」은 문학지에 발표하지도 않고 단행본으로 출간하지도 않았다. 1978년 『영운 모윤숙전집』(지소림출판사)을 출간하면서 전집 5권에 수록해서 「논개」에 비해 잘 알려지지 않았다.

한 열정을 알 수 있는 부분이기도 하다.[2] 서사시집 『논개』와 『황룡사 구층탑』이 발표되던 1970년대는 서사시가 풍미하던 시대였다. 한국 근대시 이후 장시, 서사시라는 이름으로 긴 시의 양식은 중요한 한 형식으로 자리 잡아 왔다.[3] 이러한 시사의 흐름에 따라 모윤숙은 서 사시를 창작했지만 서사지향적인 기법을 사용한 기량은 일찍이 선 보인 바가 있다.

그는 이미 희곡과 콩트, 장편소설을 발표할[4] 만큼 서사양식과 극양 식에 대한 능력을 가지고 있었기에 말년에 쓴 두 권의 서사시는 모 윤숙의 개성이 잘 반영된 작품이라고 할 수 있다. 여성이라는 시인 의 장점을 살려 서사시의 주인공을 모두 여성으로 하여 역사 속에서 여성영웅을 찾아 현대화한 특징이 있다. 즉 '논개'와 '선덕여왕'을 현 재화한 1970년대의 역사의식을 반영하고 있다. 1970년대라는 시대

한국 현대 서사시의 빵용과 선택

---

2 모윤숙은 서사시집 「황룡사구층탑」(1978)을 발표한 이후 1981년 병마로 쓰러지기 전까지도 그다음 서사시인 「성상문」을 집필하고 있었지만 완성하지 못했다. 이 작품 에서는 성상문의 아내 '윤씨 부인'의 삶을 통해 새로운 한국의 여성상을 정립해 보려 했다는 의도를 밝힌 바 있다(「서울신문」, 1979. 2. 17; 「서울경제신문」, 1979. 4. 12).

3 유춘섭의 「소년의 죽음」(1924, 금성 2호), 김동환의 「국경의 밤」(1925) 이후 지속되 면서 1960년대 김구용의 「九曲」(1960), 전봉건의 「속의 바다」(「춘향연가」, 1967), 신동엽의 「금강」(1967), 김해성의 「영산강」(1968), 김소영의 「어머니」(1969) 등으 로 이어지면서 1970년대의 한국 시단에서는 서사시가 위세를 떨치게 되어, 김지 하의 「오적」(1970), 「양적가」(1971), 「비어」(1972), 모윤숙의 「논개」(1974), 양성우 의 「벽시」(1977), 윤영춘의 「栢香木」, 고은의 「갯비나리」(1978), 신경림의 「새재」 (1978), 문병란의 「호롱불의 역사」(1978), 이성부의 「전야」(1978), 김성영의 「백의 종군」(1979), 이동순의 「검정버선」(1979), 정상구의 「잃어버린 영가」(1979) 등이 있 다(김재홍, 「한국 근대 서사시와 역사적 대응력」, 「현대시와 역사의식」, 인하대학교 출판부, 1990, 3~4면).

4 희곡 「온달전」(「이화」 3집, 1931), 콩트 「청춘메시지」(「동아일보」, 1937. 10. 1~3), 소설, 「계승자」(「이화」 3집, 1931), 「전화」(「동아일보」, 1938. 5. 21), 「미명」(「문장」, 1940. 3), 장편소설 『그 아내의 수기』(일문서관, 1959)가 있다.

적 특성에 맞게 「논개」와 「황룡사구층탑」은 모윤숙의 서사성이 발휘된 대표적 작품이라고 할 수 있다. 특히 「황룡사구층탑」에 나타난 서사시의 방법적 특징은 극양식의 형식을 통한 무대상연이라는 연희의 가능성을 제시해 준다는 점에서 「논개」와도 변별되는 작품이다.

김준오는 그의 서사시론인 '전달의 미학과 장시의 연희화'에서 '연희화의 제시 형식'이라는 장시의 실험성을 새롭게 제시한 바 있다. 그는 김지하의 작품들을 비롯한 7, 80년대의 장시들은 의도상으로 순수한 문학적 차원에만 머물러 있지 않으며 이들 작품은 문학이 독자에게 어떻게 제시되느냐 하는 '제시 형식'의 문제를 던지고 있기 때문에 현대시의 장형화가 시대적 요청의 당위적 장르로 선택되고 실험되고 있는 문학의 목적 및 기능면의 문제를 검토할 수 있다고 전제하고 '연희화의 제시 형식'에서 장시의 기능적인 면을 고려한 연희화될 수 있는 가능성을 제시하고 있다. 이렇게 연희되는 제시 형식을 의도했기 때문에 7, 80년대 장시들은 서구의 대서사시와 비교해서 길이가 짧게 마련이며 오랜 연희 시간을 요할 만큼 긴 장시의 경우는 어느 대목에서나 끊어 제시되어도 지장이 없는 '병렬적' 구성이 되기도 하여 김지하의 담시가 판소리의 제시 형식으로 연희화된 것이라고 하였다. 그래서 제시 형식의 변혁으로 전통 장르가 해체 내지 변형될 뿐만 아니라 새로운 미학을 구축할 가능성이 있게 된 것이라[5]며 개방적이고 다원적인 비평 태도를 요구하고 있다.

모윤숙이 「황룡사구층탑」의 서문에 '청탁을 받은 서사시였기에 길이의 제한을 받아 길게 쓰지 못했다[6]고 밝힌 것으로 보아 앞서 김준

---

5 김준오, 『한국현대장르비평론』, 문학과지성사, 1990, 190~194면.

6 모윤숙, 「황룡사구층탑의 서문」, 『영운모윤숙전집』 5권, 지소림출판사, 1978, 9면.

오의 언급처럼 연희되는 제시 형식을 의도한 작품임을 할 수 있다. 그런 점에서 「황룡사구층탑」보다 앞서 발표한 서사시 「논개」는 서술자의 시점이 통일을 이루지 못한 미숙함이 발견되는 서사구조였다면[7] 이 작품은 3인칭 객관적인 시점으로 통일하여 보다 진보한 작품의 특징을 지니고 있다. 즉 인물과 사건의 치밀한 구성, 대화체 사용, 서술자와 무대 지시문과의 구별, 다양한 사건의 전개, 설화를 차용하고 있는 삽화 구성, 등장인물의 적절한 배치, 역사적 사실에 대한 해석 등의 다양한 특징을 지니고 있어 서사시의 틀을 벗어나지 않으면서 연희성을 드러낸 특징이 있다. 특히 각 인물의 대화기법에서 보이고 있는 다성적 화자, 인물의 행동과 사건을 지시하는 지문, 철저한 3인칭의 시각 등의 특징은 연극의 무대 상연이나 뮤지컬의 극본을 연상할 만큼 연희적 요소를 지니고 있다.

따라서 본고에서는 「황룡사구층탑」을 중심으로 서사시의 방법적 특징을 살펴보려 한다. 이를 위해 담화의 구조의 특성, 극적 양식과 코러스의 가능성, 설화 차용 기법 등 서술방식의 특징을 살펴 일반적인 서사시의 범주를 넘어 무대에서 상연될 수 있는 연희의 가능성을 발견하려는 데에 의의를 둔다.

2. 대화 서술과 무대 지문 서술

「황룡사구층탑」은 철저하게 3인칭 객관적인 시각에서 의해서 쓰여졌다. 해설 부분에 각 등장인물의 이름을 사용하거나 사건의 전개

7 송영순, 『모윤숙 시 연구』, 국학자료원, 1997, 227면.

를 서술하는 해설자의 시점을 정확히 구분했다는 점이 앞서 발표한 바 있는 서사시집 『논개』와는 다른 기법이다. 또한 일반적인 서사시의 서술방법과는 다른 극적 양식을 많이 사용하여 희곡양식을 도입한 연희의 가능성을 열고 있다.

우선 이 서사시에는 따옴표[8]로 표시하여 직접화법을 쓰고 있는 점을 발견할 수 있다. 직접화법은 시적 화자의 태도를 직접 드러내어 주어 역동적인 분위기를 얻을 수 있으며 시의 전반적인 분위기를 결정해 준다. 이러한 형식을 폴 헤르나디는 '인물雙방적 극적 재현'이라고 하였다. '인물雙방적 극적 재현'은 인물시각적인 개념으로 작가의 개입이 없이 인물들에 의해서 스토리가 진행되는 서술 입장을 가리키고 있기 때문에[9] 작가가 개입하는 주석적 주제적 '제시'와는 달리 특수한 화자와 청자의 관계를 확실하게 해 주는 역할을 한다. 이러한 담화 구조는 허구적인 인물을 생생하게 살아 있는 인물로 묘사하거나 구체적인 사건을 묘사하는 데 기여한다. 「황룡사구층탑」에서 보인 이러한 시도는 인물의 상호간의 대화를 분명히 하고, 작중인물의 독백, 작가의 주석적 시점을 구별하여 인물의 행동이나 장면을 구분한 희곡양식을 뚜렷이 볼 수 있다.

　① 골짜기의 흐르는 냇물들이
　　사이사이 피리의 흐느낌을 타고
　　작약나무 가지와

8　「황룡사구층탑」에 사용된 대화 부분을 세 권의 전집에 수록할 때에는 '「」, 「」'으로 구분해 놓았다. 내용상 대화를 구분해 놓은 것으로 인정해서 본 논문에서는 논의의 편의를 위해서 따옴표("")를 사용한다.

9　폴 헤르나디, 『장르론』, 김준오 역, 문장, 1983, 186면.

그 꽃봉오리들을 흔들고
여왕의 앞 머리카락을 날린다.

② 아실아! 여왕은 시녀를 불렀다.
　"이 밤도 나는 잠들 수 없다
　이처럼 조용한 왕궁의 밤이
　호젓하면서도 호젓하지 않고
　꿈을 꾸면서도 꿈꾸지 않는
　나의 밤은 청록색 음률로 맴돌아
　튕기면 만 리라도 울려 갈 것만 같다."

③ 덕만 여왕은 시녀 아실을 다시 불러
　자주색 긴 겉옷마저 그대로 입은 채
　밤을 새워 아바마마의 이야기를 듣고 싶었다.

④ "아실아! 너는 나의 공주 시절
　긴 봄날 저 돌다리 건너
　숲 새로 나를 데리시고 걸으시며
　간간히 들려주신 그 말씀들을
　다 그대로 익혀 두었으리라
　내 아바마마의 성스러운 교훈들을!"

⑤ 아실은 덕만왕의 뜻을 알고
　돌아가신 진평왕의 두고 간 말씀들을
　도란도란 서로 주고받았다.
　홍모란 빛으로 펄럭이는 촛불
　그 긴 촛대 밑에
　아담히 앉으신 덕만 여왕에게
　아실은 공손히 손을 무릎에 얹고
　"아바마마는 이렇게 말씀하셨습니다" 하고

속삭이듯 말문을 열었다.

— 제1장 6, 7, 8, 9, 10연

위에 인용한 부분은 제1장 앞부분으로 연속된 연이다. 서사시의 앞부분은 사건의 발단으로 등장인물과 배경이 소개되고 있다. 위에서 보는 바와 같은 연극의 무대처럼 시간적인 배경을 묘사하면서 여왕과 아실이라는 두 등장인물의 행동과 대화를 구체적으로 제시하고 있다. 즉 시간적으로는 촛불을 켜 놓고 있는 밤이고 시녀 아실이가 여왕 옆에서 함께 대화를 나누고 있는 장면을 세부적으로 묘사하고 있다. 중요한 것은 장 면묘사와 대화가 구별되어 있다는 점이다. 여왕과 시녀 아실이가 주고받는 장면은 구체적으로 따옴표로 구별하고 있고, 인물의 행동과 구체적인 상황을 객관적으로 제시하여 희곡의 지문 역할을 하고 있다는 점에 주목할 수 있다. 옷을 어떻게 입고 있으며 대화를 청하는 여왕의 목소리와 이에 대답을 하는 아실이의 행동과 대답도 객관적으로 그려져 있다. 이처럼 등장인물의 대화와 등장인물의 행동을 구별하여 전개하고 있는 것은 연극을 상연할 때의 무대를 묘사하는 희곡양식을 도입한 것으로 볼 수 있다.

먼저 ①은 작품 서두 장면 묘사의 끝부분으로 작가의 객관적인 시점인 3인칭으로 제시되고 있다. 다음 연에서 이어질 대화 부분과는 엄격히 구분되는 서술이다. 이러한 서술은 ③에서도 비슷하지만 이 부분에서는 3인칭 객관적인 시점과 작가의 주석적 시점이 혼용되어 있다. 1행과 2행은 덕만여왕이 시녀를 부르는 행동과 덕만여왕의 옷차림을 객관적으로 묘사하고 있지만 3행의 '밤을 새워 아바마마의 이야기를 듣고 싶었다'는 인물의 내면을 토로한 것으로 '작중인물의 독백'에 해당하여 작가의 주석적 시점이기 때문이다.

이처럼 ①과 ③에서 장면이나 인물의 행동을 객관적으로 묘사한 부분은 직접화법으로 대화의 앞뒤 부분과 확연히 구분되고 있다. 특히 ②의 1행과 ③의 1-2행, ⑤의 4-7행은 여왕과 아실이의 행동을 객관적으로 제시한 것으로 희곡의 지문과 같은 역할을 한다. 희곡의 지문과 같은 묘사는 '여왕'과 '아실'이라는 두 등장인물의 행동에 대해 3인칭 객관적 시점을 유지하고 있고 있기 때문이다. '여왕의 앞 머리카락을 날린다', '여왕은 시녀를 불렀다', '덕만여왕은 시녀 아실을 다시 불러 자주색 긴 겉옷마저 그대로 입은 채', '홍모란 빛으로 펄럭이는 촛불/그 긴 촛대 밑에/아담히 앉으신 덕만여왕에게/아실은 공손히 손을 무릎에 얹고' 등으로 일관된 객관적 시점을 유지한다. 또한 작가의 주석적 관점이 반영된 부분은 ③의 4행과 ⑤의 1-3행이 전부이다.

한편 ②연과 ④, ⑤연에서 각 따옴표를 한 목소리는 지문 역할을 한 서술과는 확연히 다르다. 물론 따옴표가 없다면 인물의 독백처럼 보일 수도 있지만 앞뒤 지문처럼 인물의 행동을 언급하고 이어지는 대화여서 전형적인 극적 양식인 지문과 대화라고 할 수 있다. 즉 따옴표를 사용함으로써 인물의 생생한 목소리를 전하는 부분이 된다. 이는 ⑤에서 장면 제시의 지문과 함께 아실이라는 인물의 목소리를 명확하게 구분한 것과 같은 서술방식이라고 할 수 있다. 이처럼 인물의 행동과 배경을 적당한 지문으로 처리하고 두 인물이 담화하는 장면을 연출함으로서 극적 효과를 기대한 것이다. 이와 같은 서술양식은 「황룡사구층탑」 전체에서 자주 발견된다.

> ① "왜 왕궁을 옮긴다던 祖父께서는
>   그 터에 황룡사를 지었더냐

이 반월성 궁터는 참으로
그 사방 면적이 적지 않느냐?
조부께서는 어찌된 연유로
궁궐 대신 절을 지으셨을까?"

② 아실은 의아해 하는 여왕 앞으로
다정히 다가오며 아뢰었다.

③ "그때 여왕께선 나시기 오랜 전
그 연유를 말씀올립니다
진흥왕 증조부께서는
(중략)
이런 계시를 받았다 하옵니다."

— 제1장 26, 27, 28연

④ 덕만왕은 미소를 띠고
아비지 공장(工匠)을 바라본다
"즐깁시다. 이 술을 자, 함께
신라와 백제의 영원을 위해
이 술을 듭시다. 아비지 공장!"

⑤ 아비지는 여왕에게 무릎을 꿇고
두 손으로 꽃술을 받아 마셨다.

⑥ "아비지 공장! 이 밤은 흥겹게
신라 처녀들의 길쌈놀이도 구경하시고
풍악과 술을, 그리고 저 달과 별들도
저 궁궐 안과 밖에는
당신을 환영하는 화랑 군대가
그 몸의 안전을 위해

구름처럼 모여들어 둘러싸 있소"

— 제3장 31, 32, 33연

위의 연속된 예문에서도 지문과 대화가 구체적으로 제시되고 있음을 알 수 있다. 먼저 1장의 예문 ①에서 여왕이 조부가 황룡사를 지은 연유를 묻고, ③에서는 그에 대한 대답이 나온다. 증조부인 진흥왕의 꿈 얘기를 전해 주는 부분은 대화로 이어지고 그 대화 사이에 있는 ②는 지문에 해당한다. 이는 3장의 예문에서도 마찬가지이다. ⑨에서 지문과 대화, ⑩의 지문과 ⑪의 대화로 전형적인 희곡의 대본과 같은 형식을 취하고 있다. 특히 지문으로 서술된 '의아해 하는 여왕', '다정히 다가오는 아실이', '덕만왕은 미소를 띠고/아비지 공장을 바라본다', '아비지는 여왕에게 무릎을 꿇고/두 손으로 꽃술을 받아 마셨다'에서는 인물의 행동을 구체적으로 제시하고 있는 부분으로 희곡의 지문처럼 서술되어 있다. 등장인물인 아실이와 여왕, 아비지와 여왕의 행동을 구체적으로 묘사함으로써 생동감을 준다. 즉 연극의 지문에 해당하는 ②, ④, ⑤는 대화가 오고갈 때 각 인물이 취해야 할 행동을 사실적으로 묘사하여 입체적인 상황을 그린 극적 양식이 된다.

이와 같은 극적인 대화 양식은 1장에서 3장까지 자주 발견된다. 대화의 인물로는 주로 여왕과 아실이가 주를 이루면서 선왕인 진평왕과 증조부인 진흥왕의 목소리까지 등장시키고, 또다른 등장인물인 화랑 지귀(志鬼)와 백제 공인인 아비지, 자장율사의 목소리도 따옴표로 구분하여 직접화법으로 서술된다. 물론 이 작품 전반에 희곡처럼 짧은 대화가 연속적으로 드러나지는 않지만 각 인물의 목소리를 독립적으로 구분짓고 있는 것이 특징이다. 이러한 대화기법은 3장에 이르기까지 지속적으로 이루어지다가 마지막 4장에서만은 따옴표가 없는 서술양식을 쓰고 있다. 4장에서는 단 한 번 사용하지만 그 부분은 대화라기보다는 강조의 효과를 나타내는 부분이어서 3장까지 쓰인 대화의 기법과는 다르다고 할 수 있다.

이와 같이 서사시인 「황룡사구층탑」에 구체적인 인물의 목소리를 구분하여 다성적 기법을 수용한 것에서 그의 서사시에 극시의 성격을 부여하려 한 의도가 강하게 들어 있다는 점을 발견할 수 있다. 대화를 통한 극시의 형식이야말로 전달의 효과가 가장 크기 때문이다. 엘리어트는 시의 화자를 세 가지로 구분하였는데 첫째는 자기 자신에게 말하는 시인의 목소리이고, 둘째는 청중에게 말하는 목소리이며, 셋째는 극중 인물을 창조하여 말하는 목소리로[10] 구분한 바 있다. 뒷부분으로 갈수록 청자에게 향하는 전달의 효과는 달라짐을 알수 있다. 특히 세번째 말한 극중 인물을 통한 목소리야말로 가장 전달 효과가 큰 것이라고 하였다. 물론 일반 서사시에도 여러 등장인물의 목소리가 다성적으로 나타날 수 있다. 주로 직접화법으로 등장인물의 독백인 '작중인물의 독백'으로 서술되어 등장인물의 성격을 부여하면서 사건을 서술하지만 각각의 독립된 화자로 설정하지는 않는 경향이 더 많다.

그런 면에서 「황룡사구층탑」의 인물들은 독립된 화자를 설정하고 있다는 것이 특징이라고 할 수 있다. 독립된 화자는 짧은 대화로 설정되기도 하지만 서사시의 특성인 '작중인물의 독백'으로 길게 서술하여 사건을 풀어 가는 기법을 쓰고 있으면서 그 부분은 작가의 주석적 시점과는 구별되는 독립된 화자의 서술로 따옴표를 쓰고 있다는

「황룡사구층탑」의 연희성

10 T. S 엘리어트, 「시의 세 가지 음성」, 『문예비평론』, 최종수 역, 박영사, 1974, 140면.

점이다. 또한 독립된 화자의 서술이지만 청자를 대동하여 연극의 무대처럼 제시된다는 특징이 있다. 여왕과 아실이, 여왕과 자장법사, 여왕과 아비지의 대화, 여왕과 지귀 등으로 화자와 청자가 함께 공존하는 무대를 연출한다는 것이다. 이처럼 화자와 청자의 거리, 즉 화자와 독자 간의 거리를 생동감 있게 표현함으로써 새로운 서사시의 가능성을 열었다고 할 수 있다. 따라서 서사시에 대화적 기법을 통한 극적인 상황을 연출한 것은 서사시의 일탈을 의미하는 것이 아니라 새로운 기법의 모색이라는 측면에서 긍정적으로 평가될 수 있을 것이다.

3. 다성적 화자와 판소리의 창자

시는 시인의 언어와 타자의 언어가 만나는 자리이다. 타자의 언어에 부딪히지 않으면 시인의 언어는 울림을 획득하지 못하므로 타자의 언어는 사회집단을 대변하는 사람의 언어여서 과거의 언어와 미래의 언어를 포함하는 것이기에 타자의 언어로서 시인의 언어는 다성적일 수밖에 없다.[11] 바흐친은 다성성을 단순히 반대되는 목소리와 관념들이 병치되어 있거나 연속적으로 표현되는 현상 이상의 것을 가리키며 동일한 말을 서로 다르게 표현하는 다양한 목소리들이 동시에 들리는 것을 의미한다[12]고 하면서 소설과 시에도 이러한 속성은 드러난다고 하였다. 즉 이중적 목소리로 두 개 이상의 목소리를 지닌

한국 현대 서사시의 변용과 선택

11 김인환, 『상상력과 원근법』, 문학과지성사, 1993, 12~13면.
12 김욱동 편, 『바흐친과 대화주의』, 나남, 1990, 73면.

담론은 재현되었다는 사실에서뿐만이 아니라, 동시에 두 개의 발화로 연결되어 대화로 이루어진다[13]는 점에서 「황룡사구층탑」의 대화구조는 독립된 화자의 서술로 드러나는 특성뿐만 아니라 한 화자를 통해 두 개 이상의 목소리를 지닌 다성적 목소리가 등장하는 특성이 있다. 이러한 점에서 모윤숙의 시적 언어는 서사시에서 생동감을 획득하여 다성적 화자와 판소리 창자로서의 화자의 목소리를 갖는 특성을 지닌다.

「황룡사구층탑」의 대화적 기법에 대하여 앞장에서 살펴본 바가 있다. 등장인물의 직접적인 대화를 통하여 극적 요소를 지니고 있음에 대하여 논의하면서 구체적인 인물의 대화를 따옴표로 제시하여 독립된 화자의 서술로 이어진 극적 양식의 특성을 이미 발견하였다. 그러나 독립된 화자를 통한 극적 양식의 도입뿐만 아니라 다성적 목소리의 연출은 연희적인 요소를 한층 북돋는 역할을 한다. 즉 독립된 화자의 서술 속에서 또 다른 이중적 목소리를 드러내어 새로운 인물을 등장시키는 기법을 쓰고 있다는 점이다.

> ① 아담히 앉으신 덕만 여왕에게
> 아실은 공손히 손을 무릎에 얹고
> "아바마마는 이렇게 말씀하셨습니다" 하고
> 속삭이듯 말문을 열었다.
>
> "공주 덕만아! 마음 문을 열어라
> 이 새밝음(서라벌) 나라에
> 풍성한 오곡과 달디단 과일들이

---

13 토도로프, 『바흐찐 : 문학사회학과 대화이론』, 최현무 역, 까치, 1987, 106면.

봄 여름을 만족케 하고
겨울 캄캄한 밤에도
추수의 흡족한 양식이 넘치고 차리라.

(중략)

공주 덕만아! 들으라
너는 어엿한 숫처녀,
제일 어려움이 사랑이란 숙명!
사람에게 가는 정은 이기기 어려운 것
그러나 그것은 불꽃으로 일다가
하염없는 재가 되어 가라앉느니,
몸을 따라오는 정은
몸을 따라 꺼지고야 마는 것.

아가 덕만아! 내 왕자 없으므로
네가 왕위에 오름이 아니라
넉넉한 너의 품위와 덕이
이 고행을 삼키고 이기게 하리라.
아비의 뜻에서 태어난 너
큰 자비를 만인에게 두루 펴
버릴 것과 떠나야 할 상대를
너의 낭랑한 기도의 향불로
불살라 버리고 모르게 하라.

일곱 번뇌 가락이 큰 비로 화해
네 침실 문을 적시고 밀려들어도
깊은 동굴에 담긴 과일로 즙을 짜 마시고
업보에서 오는 고행들을
저 높은 신전에 기원하여

佛心으로 이를 진정시키라.

양지 바른 땅에 네 몸을 세우고
눈 먼 자들과 절룩거리는 자들을
팔다리 잃은 이들을 보살펴
너의 사랑으로 고루 퍼지게 하라."

덕만왕은 옷깃을 여미며 아실을 바라본다.

— 제1장 10, 11연 이후

② 아실은 의아해 하는 여왕 앞으로
　다정히 다가오며 아뢰었다.

"그때 여왕께선 나시기 오랜 전
그 연유를 말씀올립니다
진흥왕 曾祖父께서는
지금 황룡사 터에 궁궐을 지으시려고
수많은 인부들께 명을 내리신 날 밤
홀연 꿈속에 큰 용이 나타나
㉠ 백성을 다스림에
그 마음을 다스리지 못하면
황금의 기둥도 천 개의 왕관도 물거품
왕궁 대신 대가람(큰절)을 지으라 하시며
바다에서 솟는 불기둥 같은 용이
왕 앞으로 머리를 조아리며
아나바랍타 용왕이 여기 자리잡아
㉡ 온 나라를 마음의 낙토(樂土)로 이끌어가라
이런 계시를 받았다 하옵니다."

— 제1장 28연(밑줄 필자)

③ 신라의 도(道)가 높은 자장법사는
당나라에 유학하던 때
문수보살의 타이름을 받고
돌아와 덕만 여왕을 알현하였다.

문수보살은 그때 자장법사에게
㉠ "들으라 법사여! 그대 나라 여왕은
인도의 찰리(刹利) 종족의 왕으로
불신을 받았느니라.

산과 들은 장차 메말라
가뭄이 극심하고
변방의 이족(異族)들이
마구 달려들 것이니
너의 나라 산천이 험준하매
사람들도 삿되고 일그러져
나라 안이 내란으로 쑥밭이 되리라.

황룡사의 호법룡은 나의 맏아들
범왕(梵王)의 명으로
그 절을 소중히 보호하고 있으나
난(亂)과 환(患)을 면키 위해선
황룡사 뜰에 구층탑을 쌓으면
팔방으로 몰려드는 적을
능히 몰아내고 이겨내리라.

덕만 여왕은 덕은 있으되
남아다운 위엄이 부족하여
난세를 꿈꾸는
졸개들이 판을 치고

아홉 나라의 운수가 넘보니
부디 돌아가 여왕에게
ⓛ 이 말을 전하라
하더이다."

— 제3장 1, 2연

위의 시에 등장하는 실제 인물은 3명으로 여왕, 시녀 아실이, 자장
법사이다. 그러나 위에 등장하는 화자뿐만 아니라 진평왕, 진흥왕,
용의 화자가 등장한다. 즉 과거 회상법을 통해 새로운 인물의 목소리
를 이중적으로 등장시키는 화법을 구사하고 있다. 이 장면에서는 여
왕을 중심으로 이루어진 대화이지만 실제로 등장하지 않는 선왕인
진평왕, 증조부인 진흥왕, 문수보살, 용왕 등의 인물은 아실이나 자
장법사의 목소리를 통해 새로운 화자로 드러난다. ①은 아실이의 입
을 빌려 직접화법으로 전하는 진평왕의 목소리이며, ②는 증조부 진
흥왕의 이야기를 간접화법으로 전하면서 밑줄 친 부분 ㉠은 진흥왕
꿈속에 나타난 큰 용의 목소리이고, 밑줄 친 ㉡은 큰 용이 전하는 용
왕의 목소리가 직접화법으로 나타난다. ③에서도 마찬가지로 문수보
살의 목소리가 ㉠에서 ㉡까지 직접화법으로 서술된다.

위의 예문에는 모두 아실이라는 화자를 통하여 선왕과 증조부, 문
수보살과 용왕의 목소리가 재현된다. 이들 인물은 모두 무대에 없는
인물들이다. 죽은 사람이거나 용왕처럼 신이한 인물이다. 이렇게 선
왕과 신이한 용의 목소리를 재현함으로써 청자들이 살아 있는 인물
로 교감할 수 있도록 하는 효과를 가진다. 특히 문수보살의 목소리와
용왕의 목소리는 황룡사를 건립하게 되는 당위성을 제공하는 역할을
하기에 신의 계시처럼 신비함과 경건함을 느끼게 한다. 이와 같이 황
룡사라는 절과 황룡사구층탑을 건립하게 되는 내력을 서사시의 해설

자 시점으로 그리지 않고 신이한 전설을 구송하여 전하듯이 아실이라는 시녀와 자장법사의 목소리를 통해 전하고 있다. 이렇게 이중적으로 드러내는 목소리의 연출은 연희성을 보다 효과적으로 드러내는 역할을 한다.

서사시와 연극은 똑같이 청자와 관객이라는 대상에게 화자의 목소리를 직접 전달하는 청자 지향이 강한 장르이다. 청자를 지향하는 이들 양식은 각 인물의 목소리를 통해 사건이 서술되고 행동이 재현된다. 서사시에서 시인은 부분적으로는 화자로서 그 자신의 개성으로 말하고 부분적으로는 그의 인물들로 하여금 직접적인 담화로 말하게 하는 혼합된 서술을 취하고, 희곡에서 시인은 그가 만들어 놓은 인물들의 이면으로 사라진다.[14] 「황룡사구층탑」의 1, 2, 3장에서 뚜렷이 보이는 담화구조는 현재에서 과거, 과거에서 다시 현재의 시점으로 전환한다. 즉 회상기법과 간접화법은 각 인물들의 이중적 목소리를 재현하는 과정에서 다성적인 화자를 통하여 현재화하는 데 성공한다. 가상의 인물에 의해 제시되는 것이 극형식인데 그 가상의 인물을 통한 또 하나의 가상의 인물에 의해서 구술되는 형식은 판소리의 광대의 역할과 비슷하다고 할 수 있다.

판소리에서 창자는 여러 인물의 목소리를 대변한다. 창과 아니리로 이루어지는 부분의 역할 이동과 아니리 부분에서 창자가 여러 인물의 목소리를 재현하는 것에서 다성성을 지닌다. 현대극의 모노드라마도 그 형식은 같다. 배우 한 사람이 여러 목소리를 드러내는 것과 같이 다성적 화자는 연희성과 밀접하게 연관된다. 희곡은 다른 어

한국 현대 서사시의 변용과 선택

---

14 르네 윌렉 · 오스틴 워렌, 『문학의 이론』, 문예출판사, 1989, 338~339면.

느 형식보다도 독자의 참여를 요구하기[15] 때문에 소설과는 달리 상세한 설명을 하지 않고 대사를 중심으로 전달하여 독자는 대사인 대화에 보다 관심을 갖게 된다. 그래서 희곡의 대본은 무대 지문과 대화를 통해서 작가의 의도를 전달한다. 위의 서사시에서 아실이는 중심인물이 아님에도 불구하고 두 선왕과 용, 자장율사의 역할까지 수행하여 판소리의 창자와 같은 연희성을 지니고 있다고 할 수 있다. 아실이가 전해 주는 각 인물의 개성적인 목소리는 바로 극적 효과를 높이는 역할을 한다. 차분한 어조로 죽은 선왕이 살아서 들려주듯이 아실이의 입을 빌려 토로하고 있는 진평왕의 목소리는 신비감, 엄숙함을 동반하면서 극적 긴장감을 연출하게 한다. 그것은 '공주 덕만아!'로 시작하는 선왕의 육성이 긴장감을 주면서 구연자에 의해 설화되는 가운데 '하게 하라' 하면서 명령하듯이 들려주는 목소리는 연극의 입체감을 더욱 살린다.

　이와 같이 한 인물이 여러 인물을 목소리를 연출하는 다성적 기법에서 판소리 창자의 역할을 엿볼 수 있겠다. 이러한 기법은 서정시인 「리별」 「국군은 죽어서 말한다」에서 보인 기법과 같다. 시 「리별」에서 전장으로 떠나는 화랑이 아내에게 남기는 유언의 목소리를 연출하였고, 「국군은 죽어서 말한다」에서도 죽은 육군 소위의 목소리를 드러내어 이중적인 화법을 구사한 적이 있다. 한 편의 시에서 다양한 화자를 등장시키는 것이 모윤숙의 서사지향성을 살필 수 있는 근거가 되겠다. 이러한 작가의 서술방법을 사용함으로써 독자들에게 무의식적 태도로 말하거나 노래하는 내적인 목소리를 엿듣는다는 환상과 현장성을 주는 효과를 지닌다.

「황룡사구층탑」의 연희성

15　오스카 G · 브로케트, 『연극개론』, 김윤철 역, 한신문화사, 1989, 30면.

4. 코러스의 가능성

코러스는 고대 그리스에서 종교적 축제 때 가면을 쓰고 춤 동작을 하면서 춤을 추면서 노래를 부르거나 시를 읊은 것으로 시작되었던 것이 그리스 비극에 수용되면서 연극에서 개막사와 맺음말을 하고 특정한 등장인물을 가리키기도 했으며, 그 극을 해설하고, 주제, 무대 뒤의 사건들, 배경에 대한 설명을 청중에게 전해 주기 위한 작가의 도구로 이용되었다. 현대 희곡의 코럴 캐릭터(choral aharacter)는 연극 속에 있으면서도 거의 사건 진행과는 동떨어진 상태에서 작품을 해설함으로써 독자들에게 등장인물과 사건들을 바라볼 수 있는 특수한 시각을 제공해 주는 인물을 가리키는 데 사용하며, 가끔 한 공동체의 관점이나 한 문화집단의 시각을 대표하고, 다른 등장인물들과 그들의 행위를 판단할 수 있는 기준들을 제공해 준다.[16] 즉 코러스는 작가의 견해를 표방하면서 등장인물의 행동을 심판할 어떤 표준을 세워 주는 역할을 한다.

서사시는 시적 욕망과 극적 소설적 욕망의 복합으로 이루어진다. 여기에서 시적 요소는 율격을 지닌 것이고 극적 소설적 욕망은 사건과 인물의 갈등요소를 가미함으로써 가능하다. 시적 요소의 율격은 노래체의 율문 조건을 가지는데 율문은 고대 서사시에만 적용되는 조건이었다. 고대 서사시의 율문 중에 코러스는 현대적 의미의 뮤지컬, 오페라에 이어져 있는 점을 감안할 때 그 형식적인 면에서 단절된 것은 아니다. 따라서 코러스는 극중에 작품의 분위기와 극적 전개를 암시해 주는 역할을 하는 연극적 요소가 된다. 시극이나 뮤지컬, 오페라

한국 현대 서사시의 변용과 선택

---

16 권택영 · 최동호 편역, 『문학비평용어사전』, 새문사, 1989, 239~240면.

의 음악적 요소를 결합한 율격적 요소가 「황룡사구층탑」에 발견되는
것은 이 서사시가 더욱 극적 요소를 지닌 연희성에 주목할 수 있는 점
이다.

> "겨울 나무는 잠시 휴식을 취할 뿐
> 소생하고 피어나는 내일을 가졌다
> 나고 살다 죽는 것이 패배는 아니다
> 생은 먼 하늘을 지나가는 달밤 같은 것"
> 여왕은 읽던 화엄경 위에 손을 얹었다
>
> ─ 제1장 서두

위의 인용문은 제1장 서두이다. 여왕이 화엄경을 읽으면서 전개
되는 장면을 제시하는데 화엄경의 몇 구절을 따옴표로 처리하고 있
다는 점이 독특하다. 이 따옴표에 이어진 지문은 여왕의 행동을 설
명하는 것이어서 엄격히 구분하고 있다. 그래서 이 부분은 지문이나
대화도 아니고 서술자의 서술도 아닌 것으로 연극의 첫 무대를 열면
서 음악적 배경이 되어 조용히 울려 나오는 효과를 준다. 즉 서술자
의 시점인 주석적 해설과는 구별되는 특정한 목소리로서 강조되는
효과를 가져와 코러스의 가능성을 열어 놓고 있다. 화엄경의 구절은
불경으로 율문 형식을 띠어 자연스럽게 시가 형식과 어울리면서 엄
숙한 숭엄미를 드러낸다. 코러스가 인물의 직접화법 대신 보편적인
사상과 감정을 전달하여 작품 주제를 함축적으로 전달할 수 있는 기
능을 하는[17] 것처럼 작품의 주제가 불교정신이라는 것과 불교정토를
국시로 삼은 통일신라 시대를 암시하는 역할을 충분히 하고 있다.

---

17 폴 헤르나디, 『장르론』, 김준오 역, 문장, 1983, 97면.

또한 작품의 서시를 대신하면서 주제의식을 암시하고 있다는 점에서도 더욱 장중한 분위기를 연출하는 코러스의 역할로 무대의 분위기를 연출한다고 할 수 있다. 무대의 배경은 아실이와 여왕이며 시간적으로 한밤중인 것으로 제1장의 서장은 연극의 제1막처럼 막을 여는 구실을 한다.

① 젊음들은 어깨와 어깨를 비비며
   여왕의 가마 앞뒤로 몰려든다.

② "꽃하늘 꽃구름
   여린 무지개로 화하여
   수줍은 우리 여왕 꽃가마 타고
   철쭉꽃길 구부러진 먼 길로
   향나무 바람 데리고
   천과 천의 가슴 위로
   사랑의 물살 일으키시며
   고이 <u>지나가시네 지나가시네</u>

   아리 아리 아릿나릿벌에
   연꽃 피어 하늘을 여시며
   바라문에 닿으시려고
   달숲에 흐르는 미풍 소리로
   우리 여왕 웃으시며 지나가시네
   <u>선(善)이어라 우리 여왕은</u>
   <u>덕(德)이어라 우리 여왕은</u>
   <u>그분의 선은 우리의 희망</u>
   <u>그분의 덕은 나라의 밑받침</u>
   <u>우리의 선은 덕만 여왕</u>
   <u>우리의 덕은 덕만 여왕"</u>

③ 화랑과 낭자들은 꽃가지를 들고
　가마 앞과 뒤로 원을 그리며
　우리 여왕 만세 만세로 메아리친다.

— 제2장

　제2장에 전개된 위의 부분에서는 작가의 주관적 서술양식과는 변별되게 처리한 따옴표의 역할에 주목할 수 있다. 따옴표는 앞서 살펴본 바와 같이 인물의 쌍방대화를 드러낼 때 주로 사용되었지만 위에서 볼 수 있는 따옴표는 그것과는 다르게 사용하고 있다. 즉 대화 따옴표로 구별한 ②는 그 앞뒤의 ①과 ③에 서술된 방식과 확연히 다르다. 즉 ②는 작가의 주관적 서술방식에서 객관화된 서술로 율격의식이 현저히 드러나고 있음을 발견할 수 있다. 즉 코러스의 가능성이라는 것이다. 이 부분은 여왕이 황룡사로 가는 중에 거리에서 젊은 화랑들과 민중들이 꽃가지를 들고 여왕의 가마를 에워싸면서 "여왕 만세"를 외친 부분이다. ②를 코러스로 가정하면 그 앞의 ①과 ③은 무대 장면을 연상할 만큼 구별되어 있다는 것이다. 특히 ②의 밑줄 친 부분은 반복되는 리듬감으로 더욱 생생한 율격을 지니고 있다. 즉 여왕에 대한 예찬을 표현하는 데 합창이라는 음악적 요소를 지닌 서술방식을 택함으로써 '민중의 함성'이 곧 여왕이라는 인물의 성격을 암시하는 코러스의 기능을 한다고 할 수 있다. 즉 이 부분을 오페라로 가정하면 여왕을 모시고 황룡사로 가는 행렬과 많은 민중들에 에워싸여서 민중들로부터 칭송을 받는 부분으로 그려 볼 수 있고, 많은 민중들의 함성은 ②의 목소리로 코러스의 기능을 하고 있다고 할 수 있다.

　따라서 「황룡사구층탑」에는 직접화법을 대사로 처리하는 서술도 있지만, 직접화법의 대사와도 구별되고 3인칭 작가의 객관적 서술과도 구별되는 서술양식에서 코러스의 가능성을 발견할 수 있다. 즉 군중의 심리를 반영하는 부분이나, 선덕여왕을 짝사랑한 지귀의 내면을 드러내는 부분, 아비지의 내면적 갈등을 드러내는 부분 등에서도 같은 서술양식을 발견할 수 있다. 이러한 코러스의 가능성을 열어 놓고 있는 서술양식을 사용한 것은 사건의 전개나 인물의 성격을 드러내 주는 독특한 기법으로 무대의 연희성을 드러내고자 한 의도를 짐작할 수 있다.

5. 등장인물의 갈등 연출

연극과 소설처럼 서사가 있는 양식이 다른 예술과 다른 점을 찾을 수 있다면 인물의 내면적 갈등이며, 희곡은 갈등의 시초, 갈등의 정점, 갈등의 해소라는 일종의 세모꼴의 기본형식을 갖는다.[18] 「황룡사구층탑」의 대표적인 갈등구조는 아비지의 갈등이다. 아비지는 황룡사구층탑을 건립하기 위하여 온 백제인이다. 아비지는 덕만여왕과 관련된 단순한 인물로서 도입된 것이 아니라 이 시의 주제와 연관된 인물로 허구화된 인물이다. 아비지라는 인물이 갖는 구체적인 갈등의 원인은 황룡사구층탑을 건립하게 되는 결정적인 인물이라는 점이다. 아비지의 갈등을 부각시킨 것은 이 서사시의 중용한 인물로 소설의 허구성을 반영하게 되는 극적 요소가 된다. 즉 아비지는 백제인으로서 신라가 주도하고자 하는 삼국통일의 염원을 담고 있는 황룡사구층탑을 건립해야 한다는 것에서 갈등하는 인물로 설정한 것이다.

---

18 이근삼, 『연극개론』, 문학사상사, 1994, 27면.

삼국 통일을 주도하고 그것을 이루는 인물은 덕만여왕이고 그를 영웅으로 설정하는 것이 이 서사시의 영웅성이다. 그러나 그것을 이룰수 있도록 도와준 핵심적인 인물이 아비지이고, 아비지의 갈등 해소를 사랑으로 설정하고 있는 것에서 문학적인 상상력이 드러난다. 실제로 삼국통일의 주역은 화랑이다. 그러나 이 서사시에서 아비지라는 인물을 부각시키는 것은 삼국통일의 공로를 화랑으로 설정하지않고 백제의 장인인 아비지의 예술혼을 강조하기 위한 것이다. 아비지의 예술혼은 국경을 초월한 사랑에서 완성된다. 그 예술혼으로 황룡사구층탑이 건립되고 통일을 이룬다는 작가의 주제의식을 드러내기 위해 아비지는 허구적으로 부각된 인물임을 알 수 있다.

소설이나 희곡에서 인물의 갈등과 해소방법은 극적 요소에서 핵심이 되는 부분이다. 그 갈등 해소를 어떻게 전개하느냐에 따라 극적묘미는 결정된다. 그런 면에서 아비지의 갈등이 덕만여왕을 흠모한다는 사랑으로 해결되는 부분은 독특한 문학적 상상력이 발휘된 부분이다. 즉 민족의 통일이라는 주제를 표면에 드러내면서 이면에는남녀 간의 사랑이라는 인간적인 면을 부각시켜 서정성을 확보하여서정적 서사시를 선택하고 있다는 것이다.

아비지는 역사적인 인물이고, 탑을 건립하는 데 공헌한 실제 인물이다. 모윤숙은 삼국통일의 주역을 화랑으로 처리하거나 정치적으로풀지 않고 '아비지와 덕만여왕의 사랑'이라는 낭만적 사랑을 연출하면서 1970년대의 통일의 이데올로기를 '사랑'으로 제시하고 있다고할 수 있다. 아비지와 덕만여왕의 이루어질 수 없는 사랑의 설정으로'탑'을 완성하는 예술적 승화야말로 더욱 큰 극적 효과를 얻을 수 있는 부분이 된다. 아비지의 사랑의 대상인 된 덕만여왕은 여왕으로서의 근엄함을 지닌 인물도 아니고 적국의 여왕도 아닌 사랑의 대상으로서의 한 여성이면서 한 인간이다. 그러면서도 적국의 여성이고 여왕이라는 점에서 이루어질 수 없는 사랑인 까닭에 낭만적인 비극미를 발견할 수 있다. 그 비극적인 사랑의 결말이 곧 예술로 승화한다는 주제의식은 모윤숙의 낭만적 정열이 반영되는 지점이 된다. 즉 서사시에 남녀 간의 비극적인 사랑을 연출함으로써 극적 효과를 얻고 있으며 문학적인 효과를 얻고 있다. 모윤숙은 아비지의 내면적인 갈등을 그려내면서 그 갈등을 사랑이라는 대승적 주제로 이끌어 주제의식을 드러낸 것이다.

이처럼 비극적인 사랑의 설정은 잘 알려진 설화를 인유하면서 확연히 드러난다. 이 서사시에는 지귀 설화와 이차돈의 설화를 삽입하면서 비극적인 사랑의 주제의식을 뒷받침해 주고 있다. 지귀는 덕만여왕을 연모하는 대표적인 인물이고, 이차돈은 평양공주와의 사랑을 거절하고 추방되어 신라의 불교를 전한 순교자가 되었다. 이러한 설정은 아비지가 덕만여왕에 대한 사랑과 불심에서 예술혼을 발휘하게 된다는 당위성을 확보한다. 즉 이 두 인물의 삽화를 통해 사랑이라는 주제의식을 뒷받침한다. 삽화는 인유의 형식이다. 인유는 흥미와 의미를 보다 풍부하게 하는 기능을 수행하여 독자로 하여금 문학적 전통을 공유하게 할 뿐만 아니라 그것을 가치의 근원으로 확립시킨다.[19] 이미 잘 알려진 텍스트를 읽음으로써 수용자의 인지환경을 수정하여 구정보를 강화시키는 인유의 효과[20]는 지귀 설화와 이차돈의 순교라는 설화를 서사시에 삽화적으로 구성하여 현대시의 상상력을 한층 넓히는 효과를 낳고 있다고 할 수 있다.

19 김준오, 『시론』, 삼지원, 2005, 224면.
20 이현호, 『한국 현대시의 담화 · 화용론적 연구』, 한국문화사, 1993, 139~140면 참조.

문학에서 사랑이라는 주제는 오랫동안 예술의 주제로 이어져 오는 것 중에 하나이듯이 서사시에 이를 다룬 남녀 간의 사랑은 모윤숙의 서정적 낭만성이 발휘되는 점과 연결된다. 이 서사시의 인물 창조에서 덕만여왕은 선왕의 유업을 받고 있는 어진 여왕으로 찬양됨으로써 군주로서 한 여성으로서 인간으로서의 고뇌의 지닌 인물이다. 이 작품에 대해 "인간의 갈등 속에서 일어나는 동족 간의 전쟁, 승리, 애정, 만남, 이별의 파노라마"[21]라고 서문에서 밝히듯이 모윤숙이 이 작품을 창작하던 당시의 역사적 상황에서 남북통일에 합당한 주제를 찾다가 1,300년 전 신라의 여왕을 끌어 와서 재현한 것이다. 삼국통일의 역사적 과업을 성취하는 과정에서 덕만여왕의 역할이 지대했다는 점을 부각시키면서 남북분단의 현실인식을 극복하고자 하는 명제를 내세우고 그것에 대한 전망을 제시한 의도가 분명히 드러난다.

6. 결론

이상 본 논문에서는 서사시 「황룡사구층탑」에서 연희화의 가능성에 대해서 살펴보았다. 그 결과 「황룡사구층탑」은 다분히 연극이나 오페라로 상연할 수 있는 연희성이 풍부한 서사시임을 알 수 있었다.

먼저 길이의 제한을 받아 4장으로 이루어진 짧은 길이에 각 장마다 중심 등장인물을 중심으로 전개하면서 서정, 서사, 극시의 형식을 혼합적으로 사용한 혼합 장르의 성격을 지니고 있다. 3인칭 서술양식을 취하면서 각 인물의 대사를 따옴표로 구별하여 인물상호간의

21 모윤숙, 「황룡사구층탑의 서문」, 『영운모윤숙문학전집』 5권, 지소림출판사, 1978, 9면.

쌍방적 대화기법을 사용하고 있다. 이러한 대화기법에는 무대 상연을 전제로 드러날 수 있는 서술양식인 극적 요소를 반영한 특성을 발견할 수 있는 요소가 있다. 직접화법과 더불어 인물의 행동이나 사건 전개를 서술하는 무대 지문을 연상할 수 있는 서술양식을 사용한 특징도 발견된다. 이는 서사시의 서술자가 인물의 행동과 내면을 엄격히 구별하는 기능을 하는 데 기여하여 연희성을 드러낸 서술양식이라고 할 수 있다.

두 번째의 특징은 등장인물을 통해 화자의 다양한 목소리를 연출하는 다성적 기법을 쓰고 있다는 점이다. 특히 과거 회상 기법을 통해 무대의 등장인물이 아닌 가상의 인물 목소리를 재현함으로써 다성적 목소리를 사용하고 있다. 한 등장인물을 통한 다성적 목소리의 연출로 다양한 인물이 등장하는 효과를 가져왔을 뿐만 아니라 과거를 현재화하는 현장감을 가져다주는 역할을 했다. 이러한 다성적 기법은 판소리의 연희성과 현대극의 모노드라마의 연출성으로 무대 상연의 가능성을 발견할 수 있었다.

세 번째의 특징은 코러스의 가능성이다. 시가 율격으로 이루어지는 장르라는 점을 감안하면 서사시의 율격은 시극의 가능성을 마련하는데 그중에서 무대의 지시나 인물의 내면을 서술하는 부분에서 코러스의 가능성을 발견할 수 있다. 코러스의 부분은 직접화법의 대사처럼 따옴표로 구분하여 놓고 있지만 대사 부분과는 구별되고 나레이터의 서술과는 다르게 사용하고 있다. 즉 무대 장면을 서술하거나 군중의 내면, 등장인물의 내면을 서술하는 부분에 사용되어 율격의 리듬을 지닌 코러스의 가능성으로 볼 수 있었다.

마지막으로 등장인물의 갈등구조를 통해 사랑이라는 주제의식을 부각시키고 있다는 점이다. 선덕여왕의 영웅성을 예찬함으로써 1970

년대의 현실에서 통일을 염원하는 민족서사시로서의 주제가 표면적인 주제이지만 이면적으로 비극적인 사랑을 주제로 허구화하고 있다는 점에서 극적 요소를 발견할 수 있다. 덕만여왕에 대한 아비지의 흠모를 갈등구조로 삼고 있다는 점은 극적 요소인 흥미를 유발시키는 역할을 한다. 또한 지귀 설화와 이차돈의 설화가 차용된 삽화 구성은 비극적인 사랑과 종교의 힘을 강조하는 이 작품의 극적 요소를 더욱 높여 주는 역할을 한다.

이와 같이 「황룡사구층탑」은 일반적인 영웅서사시가 민중의 수난과 비극을 서사구조로 삼은 것과 차별을 둔 작품이라고 할 수 있다. 전통적인 구비서사시와 민담, 민요를 현대적인 시형식으로 변용, 창작한 서사시 형식으로 연희화의 가능성도 있다는 것이다. 대화의 기법과 다성적 목소리, 코러스의 음악적 요소, 사랑이라는 주제의식 등은 현대극의 특징을 반영하고 길이도 장황하게 길지 않아 무대 상연의 시간성을 확보하고 있는 점에서 연희성의 특징을 발견할 수 있는 독특한 서사시라고 할 수 있다.

「황룡사구층탑」의 불교설화 수용 방법

1. 서론

불교를 현대시에 수용한 경우는 1920년대 한용운을 비롯하여 서정주, 김달진, 조지훈 등을 비롯해 많은 시인들이 작품에 드러나고 있는 데 비해 서사시에서 불교설화를 차용한 경우는 흔하지 않다. 불교서사시로서 부처님의 일대기를 쓴 「큰 연꽃 한송이 피기까지」[1]는 불교에 대한 깊은 이해와 시적인 재능이 만난 불교문학의 대작으로 꼽히고 있다.[2] 불교문학은 불교가 주체가 되어 그 원리 안에 문학을 종속적으로 수용하는 불교 중심의 문학과, 문학이 주체가 되어 그 세계 안에 불교를 이차적으로 받아들이는 문학의 두 가지 경우로 생각할 수 있다.[3] 즉 불교 교리를 전파하기 위한 것뿐만 아니라 불교적 소

---

1 김달진, 『큰 연꽃 한송이 피기까지』, 시인사, 1984,
2 인권환, 「서사시로 開花된 부타의 일대기」, 『한국불교문학연구』, 고려대학교 출판부, 1999, 570면.
3 인권환, 앞의 책, 25면.

재나 배경, 인물 사건이 등장하는 것도 불교문학이라는 포괄적인 의미에서 본 논문에서는 불교설화를 수용한 서사시집 「황룡사구층탑」을 연구 작품으로 삼았다.

「황룡사구층탑」은 『삼국유사』에 실린 황룡사구층탑의 건립 배경에 얽혀 있는 설화를 바탕으로 구성한 서사시이다. 이차돈의 순교, 지귀 설화인 심화요탑을 삽화적 구성이라는 기법으로 첨가하여 불교 색채를 더욱 드러낸 작품이다. 각 인물의 설화를 그대로 수용하지 않고 시인이 새로운 인물로 재창조함으로써 모윤숙의 문학적 상상력이 발휘된다. 특히 불교설화를 소재로 삼았다는 것은 기독교인이었던 그에게 쉬운 일은 아니었다. 모윤숙은 본래 기독교 집안에서 자랐고 기독교 계통의 학교를 계속 다녔기 때문에 그의 시정신에서는 기독교 정신이 근간을 이룬다. 그럼에도 그의 말년에 보인 불교적 사유에는 삶에 대한 성찰로서 오랫동안 한국인의 근원적인 종교의식으로 자리한 불교가 자연스럽게 반영되고 있는 것을 볼 수 있다.

본래 한국인의 종교가 샤머니즘을 근저로 하여 유·불·도를 수용해 왔던 보편성으로서의 종교적 심상이 반영된 것으로 본다면 말년의 모윤숙에게는 불교적인 심상이 자연스럽게 수용된 점은 인정할 수 있겠다. 특히 그의 나이 회갑을 넘기고 쓴 작품이라는 점에서 삶의 무상성과 허무함을 불교적 사유에서 찾으려 한 흔적을 발견할 수 있다. 따라서 「황룡사구층탑」의 소재로 삼은 불교설화의 수용도 그런 면에서 원형적인 심상과의 만남으로도 볼 수 있겠다.

1970년대는 문예진흥원의 지원으로 시의 길이가 긴 시들이 한꺼번에 발표되면서 서사시가 풍미하던 시대였다. 한국 근대 서사시인 유춘섭의 「소녀의 죽음」(1924, 금성 2호), 김동환의 「국경의 밤」(1925) 이후 긴 시의 양식이 지속되면서 장시, 서사시라는 이름으로 시의 중요한 한 형식으로 자리 잡아 왔다.[4] 모윤숙의 서사시집 『황룡사구층탑』(1978)[5]은 1974년 『논개』에 이어 서사시집으로는 두 번째 발간한 작품으로 창작지원금을 받아서 쓴 작품이다. 두 권의 서사시집을 연이어서 낸 모윤숙은 당시의 시류에 따라 서사시를 창작했지만 일찍이 호흡이 긴 장시 「국군은 죽어서 말한다」(1951)나 시적 담화구조가 있는 「렌의 애가」(1937)[6]에서 시적 재능이 발휘된다는 점을 감안하면 1970년대 서사시가 유행하던 상황은 그의 시적 역량을 충분히 드러낼 수 있는 계기가 된다. 특히 「국군은 죽어서 말한다」와 같이 애국시 계열의 서사시를 쓰려는 의도가 있었던 것을 보면 「황

---

4 1960년대 김구용의 「九曲」(1960), 전봉건의 「속의 바다」(『춘향연가』, 1967), 신동엽의 「금강」(1967), 김해성의 「영산강」(1968), 김소영의 「어머니」(1969) 등으로 이어지면서 1970년대의 한국 시단에서는 서사시가 위세를 떨치게 되어, 김지하의 「오적」(1970), 「양적가」(1971), 「비어」(1972), 모윤숙의 「논개」(1974), 양성우의 「벽시」(1977), 윤영춘의 「柏香木」, 고은의 「갯비나리」(1978), 신경림의 「새재」(1978), 문병란의 「호롱불의 역사」(1978), 이성부의 「전야」(1978), 김성영의 「백의종군」(1979), 이동순의 「검정버선」(1979), 정상구의 「잃어버린 영가」(1979) 등이 있다(김재홍, 「한국 근대 서사시와 역사적 대응력」, 『현대시와 역사의식』, 인하대학교 출판부, 1990, 3~4면).

5 「논개」가 현대시학에 13개월간 연재한 후 단행본으로 출간된 것에 비해, 「황룡사구층탑」은 문학지에 발표하지도 않고 단행본으로 출간하지 않았다. 1978년 『영운모윤숙전집』(지소림출판사)을 출간하면서 전집 5권에 수록해서 「논개」에 비해 잘 알려지지 않았다.

6 초판본 「렌의 애가」는 1937년에 발표되었고, 8신으로 소제목을 단 본문 38페이지로 일반 시집보다도 얇게 만들어졌다. '산문집'이라고 표제를 달고 있지만 '산문시'로 널리 알려져 있으며, 초판 이후 6번의 증보과정을 거치면서 1976년에 완성된 분량은 초판본을 1부로 한 7부의 길이로 되어 있다. 문단사에서 한 작품을 40년간 지속적으로 창작해왔다는 경력 이외에도 계속 이어진 창작으로 혼합적인 장르를 보인 복합적인 문학형식을 띤 작품이라는 점에서도 독특하다(졸저, 『모윤숙 시 연구』, 국학자료원, 1997, 197~221면 참조).

7 모윤숙은 서사시집 「황룡사구층탑」(1978)을 발표한 이후 1981년 병마로 쓰러지기

룡사구층탑」도 이러한 의도에서 쓰인 작품으로 볼 수 있다. 「황룡사
구층탑」에 얽힌 사화는 오늘날 우리가 처한 분단시대의 상황을 재음
미케 하는 것으로, 분단민족이 가져야 하는 아픔의 메아리를 예술로
승화시킨 작품[8]이라는 주제의식을 드러낸 작품이다. 삼국통일의 근
저에는 호국불교라는 민중의 구심점으로 작용하는 황룡사구층탑의
건립이 있었던 상징적인 의미를 1970년대라는 시대적 공간 안에서
남북통일 염원에 담아낸다.

따라서 서사시집 「황룡사구층탑」의 덕만왕이라는 인물 중심으로
전개되는 서사구조의 특징과 탑의 연기설화라는 서사구조의 특징을
알아보고, 전체 서사구조에 삽입된 설화의 특징을 살펴 서사시의 방
법적 특징을 고찰하고자 한다. 특히 소재적 측면에서 불교설화를 바
탕으로 한 점을 주목하면서 불교설화가 서사시라는 장르적 특징으로
어떻게 수용되고 있는지에 주목하고자 한다.

2. 이중적 서사구조

서사시는 "일정한 성격을 지닌 인물과 일정한 질서를 지닌 사건을
갖춘 있을 수 있는 이야기"[9]여야 하는 조건이 있다. 이러한 조건과 함
께 중심 이야기는 일반적으로 많이 알려진 것이어야 하고, 길이가 길

전까지도 그다음 서사시인 「성상문」을 집필하고 있었지만 완성하지 못했다. 이 작품
에서는 성상문의 아내 '윤씨부인'의 삶을 통해 새로운 한국의 여성상을 정립해 보려
했다는 의도를 밝힌 바 있다(『서울신문』, 1979. 2. 17; 『서울경제신문』, 1979. 4. 12).

8 모윤숙, 「문화의 주체성을 살리자」, 『일요신문』, 1979. 2. 11.

9 조동일, 『서사민요연구』, 계명대학교 출판부, 1983, 4면.

면서 서정적 율격을 지니되 객관적 시점을 유지해야 한다. 이러한 요건에 비춰 볼 때 「황룡사구층탑」은 위의 조건을 만족할 수 있는 일반적인 서사시라고 할 수 있다. 삼국통일을 이루었다는 역사적인 인물인 선덕여왕이라는 많이 알려진 인물을 중심으로 했다는 점, 4장 1,232행으로 길이가 길다는 점, 서정적 리듬감을 지녔다는 점, 3인칭 객관적인 시점으로 쓰여졌다는 점에서 서사시로서 충분한 요건을 갖추고 있다고 할 수 있다.

그러나 전통적인 서사시에서 일반적으로 주인공의 출생에서부터 시작하여 죽음에 이르는 과정을 그리는 것에 비해 「황룡사구층탑」은 덕만왕의 탄생에서 죽음에 이르는 과정을 그리지 않는 특징이 있다. 서사시의 주인공을 덕만왕으로 설정하고 있고, 그의 행적을 중심으로 이끌고 있지만 자세히 살펴보면 황룡사구층탑의 건립과 완성에 이르는 구성으로 되어 있다. 그것은 불교의 사찰연기 설화처럼 탑이 내부적인 주인공 역할을 하는 서사구조로 되어 있다는 것이다. 다시 말해 '탑의 건립 배경 → 탑 건립 과정 → 탑 완성'으로 이어지는 서사구성으로 되어 있어 인물의 '탄생 → 영웅적 행로 → 죽음'으로 이어지는 인물 중심 서사시의 구조와 같은 구조를 갖는다. 따라서 이 서사시의 서사구조는 덕만왕을 중심으로 전개되면서 탑의 탄생에서 탑의 완성에 이르는 이중적 구조를 지니고 있다.

1) 덕만왕 중심의 서사구조

각 장은 공간 이동을 통한 장면 변화를 보여 주면서 사건을 전개하고 있다. 작품 전체의 공간은 왕실-거리-황룡사로 이동되며 시간은 전체와 부분의 독립성을 유지하면서 삽화적 구성으로 이루어져 있다. 서사시에서 서사적 사건은 민중집단의 운명적 사건이거나 민족성을 반영할 수 있는 역사적 사건이어야 하며, 시대와 국민적 상황을 형성한 행위의 총체적 발전 연관으로 서술되고, 서사적 구성은 에피소드적(삽화적) 구성이며 부분의 독립성과 자립성을 그 원리로[10] 한다. 그러면 주인공 덕만왕의 행동을 중심으로 전개되는 삽화적 구성과 함께 서사구조는 다음과 같다.

> 제1장 '왕실의 숨소리'
> 여왕과 아실이의 대화를 통해 선왕의 업적인 황룡사를 건립한 것과 장륙존상을 모시게 된 이야기
> 제2장 '황룡사 찾는 길'
> 민중의 찬미를 받는 여왕과 이차돈의 순교를 생각하는 불심으로 황룡사에서 삼국통일을 염원함
> 제3장 '백제인 아비지'
> 여왕은 자장법사의 건의로 삼국통일을 염원하는 탑을 백제인 아비지를 초청해서 건립하기로 계획함
> 제4장 '아홉 층계 아홉 하늘을'
> 김유신의 승리로 삼국을 통일한 다음 여왕은 군중과 함께 탑돌이를 함

1장은 서사시의 발단 부분으로 공간은 여왕의 침소이며 시간은 밤으로 설정되어 있다. 늦은 시간까지 화엄경을 읽으면서 잠을 못 이루는 여왕은 고구려, 백제, 신라로 분열되어 있는 것을 고심한다. 시녀 아실이와의 대화를 통해 황룡사가 건립되게 된 경위가 설명되며 여왕은 증조부인 진흥왕과 부왕이었던 진평왕의 유업을 이루기 위해

---

10 민병욱, 『한국 서사시의 비평적 성찰』, 지평, 1987, 18면.

불심을 다진다. 이 부분에서 시녀 아실이의 입을 빌려 구술되는 진흥왕과 진평왕의 이야기는 '삽화적 구성'을 띤 '전경화'에 해당한다. 구층탑이 건립되는 것에 앞서 황룡사가 건립된 배경을 먼저 진술해야 하기 때문이다. 그래서 호국불교의 정통성을 확보하기 위하여 황룡사를 창건한 선왕의 업적을 이야기하는 것으로 앞부분이 시작된다. 궁궐을 지으려 한 터에 황룡사를 창건한 것과 인도의 아육왕이 보내준 장륙존상의 불상을 선물로 받는 것 등은 호국불교를 부각시키는 역할을 한다. 황룡사 건립의 배경을 통해 신라 불교의 왕성함을 증명하고 있다.

2장은 사건의 전개로 여왕과 불심, 여왕과 군중의 관계를 설정하는 부분이 된다. 여왕이 황룡사로 향하는 장면에서 군중의 찬미를 받고, 최초로 신라에 불교를 전파한 이차돈의 순교를 생각하여 여왕의 불심을 드러낸다. 그러면서 지귀 설화를 삽화로 구성하여 여왕의 인간적인 면을 부각시킨다. 군중의 흠모를 받으면서 신라 불교의 구심점을 찾고, 여성으로서 연모의 대상이 되는 덕만왕이라는 인물의 성격을 드러내는 부분이 된다.

3장은 본 서사시의 갈등 부분에 해당하는 것으로 탑의 건립 과정에서 빚어지는 아비지의 갈등을 중심축으로 묘사하고 있다. 당나라에 유학 갔던 자장율사가 5년 만에 돌아와 황룡사구층탑을 건립하게 되는데 아비지는 백제인으로 적국의 대업에 동참하고 있음을 자책한다. 그러나 그의 갈등은 덕만왕에 대한 흠모와 대의인 삼국통일을 이룬다는 것에서 해소된다. 그 갈등은 여왕의 치적과 여왕에 대한 흠모이기도 하지만 대승적 불교정신으로 극복한다.

4장은 갈등이 해소되면서 아비지가 탑을 완성해 가는 과정을 상세히 그리고 있다. 황룡사구층탑을 건립하는 주도적 인물이 아비지이

「황룡사구층탑」의 불교설화 수용 방법

며, 탑의 상징적인 의미를 설명하는 서술로 되어 있고, 그것으로 김유신이 삼국을 통일한다는 것으로 막을 내린다.

이와 같이 덕만왕을 중심축으로 서사구조를 살펴보면 여왕의 영웅적 행적은 크게 드러나지 않는다. 선왕들의 유업을 받들어 불심을 키우면서 국가의 운명을 바꿔 놓은 여성영웅의 행위를 부각시킬 뿐이다. 일반적인 서사시에 있을 수 있는 시련이나 고난의 구조는 크게 발견되지 않는다. 주로 여왕의 주변인물이 삽화적으로 등장하면서 여왕의 성격을 구체적으로 드러낼 뿐이다. 나약한 여성이지만 불심으로 삼국을 통일한 강한 여왕, 백성에게 경모와 찬양의 대상이 되는 슬기로운 여왕, 지귀와 같은 화랑들에게 흠모의 대상이 될 수 있다는 인간적인 여왕을 그리고 있다는 것이다. 여기에서 이 서사시의 중심인물이 여왕이지만 여왕의 시련이나 갈등보다는 오히려 황룡사구층탑을 완성한 '아비지의 갈등 제시와 해소', 곧 백제와 신라의 화해에 초점이 맞추어져 있음을 발견할 수 있다. 또한 이차돈의 등장은 고구려와의 갈등 해소 지점이 된다. 비록 이차돈이 무대에는 등장하지 않지만 신라에 불교를 전한 역사적인 순교자라는 점을 부각시켜 불교의 뿌리로 하나가 되어 있다고 암시한 부분이라고 할 수 있다. 즉 신라의 덕만왕을 중심으로 백제인 아비지, 고구려의 불교를 전한 이차돈이라는 인물을 통합시킴으로써 삼국통일의 의미를 찾는 것이다. 이것은 이 서사시의 주제가 1970년대의 민족통일이라는 주제의식을 뒷받침할 수 있는 부분이다.

2) 탑연기설화의 서사구조

황룡사구층탑이 건립되던 서기 6세기 한반도는 고구려, 백제, 신라 삼국에 의한 영토의 보전과 확장으로 전쟁이 끊이지 않던 시기이다. 그 시기는 또한 동아시아 문화가 전쟁만큼이나 어지럽게 서로 영향을 주고받으며 발전해 가던 시기이기도 하다. 특히 인도로부터 전해진 불교는 삼국에 지대한 영향을 미치게 되었고 전쟁의 소용돌이 속에서 정치의 이념으로 또는 민중의 종교로 자리 잡으면서 불교문화가 꽃피었다. 삼국 중에서 가장 늦게 불교를 받아들인 신라였지만 불교를 호국정신으로 내세우면서 삼국을 통일할 수 있는 있었던 것으로 미루어 호국불교 사상이 정신적 응집력으로 작용했다. 황룡사는 이러한 신라 불교문화 속에서 최고의 자리를 차지하는 성지가 되었으며 호국불교 사상의 구심체 역할을 하면서 황룡사의 장륙존상과 구층탑은 신라 호국불교의 대표적인 불교 상징물로 건조되었다. 『삼국유사』의 기록에 따르면 장륙존상은 574년에 삼만 오천 근의 동으로 만들고 황금으로 도금한 장엄한 대불이었으며 황룡사구층탑은 645년에 창건된 목탑으로 높이가 80m에 이르렀으며 일본, 중국 등 주변 아홉 나라를 누르기 위해 9층으로 세웠다는 기록에서 보듯 삼국통일을 염원하는 이념의 푯대 역할을 했다. 탑을 건립하고 삼한을 통일한 탑의 영험은 이웃나라에까지 전해진다. "신라의 세 가지 보배인 황룡사의 장륙존상과 구층탑, 진평왕의 천사옥대(天賜玉帶)가 있어 이웃나라가 침범을 할 수 없었다"[11]는 기록이 있을 만큼 호국의 의미를 강하게 지닌 상징물이 된다.

　『삼국유사』 편목은 모두 여덟 가지로 되어 있고 그중 구체적 경배 대상을 편목으로 설정한 것이 바로 '탑상'편이며, 탑상이란 탑이나 불상 등 불교의 예배 대상으로 신앙의례와 밀접한 관계를 가진 성소

11　일연, 「황룡사구층탑」, 『삼국유사』, 이민수 역, 을유문화사, 1987, 223면.

의 성물(聖物)로, 석존과 고승들의 유골이나 모발, 손톱 등이 탑 속에 모셔져 숭배의 대상이 된 상징물이다.[12] 불탑과 불사, 즉 탑상이라는 말을 가장 중요한 불교신앙의 숭배 대상을 묶어서 표현한 말이기에 탑상이 불교신앙에서나 『삼국유사』에서 중요한 비중을 차지하는 이유가 여기에 있는 것이다.[13] 탑상에 대한 신앙은 각종 불사와 호국법회가 열리는 많은 계기를 마련한 특별한 의미를 지닌다.

「황룡사구층탑」에서는 탑을 중심으로 펼쳐지는 불교적 상상력의 서사구조를 살필 수 있다. '영웅의 탄생과 죽음'이라는 일반적인 서사구조와 같이 '탑의 탄생과 탑의 완성'으로 전개되는 서사구조를 발견할 수 있기에 모윤숙의 문학적 상상력을 평가할 수 있겠다. 표면에는 덕만왕이라는 인물을 중심으로 사건을 서술하지만 내재적인 의미에서는 탑이 주인공이 될 수도 있기 때문이다. 이는 사찰 연기설화에서 사찰이 중심축이 되는 것과 같이 이 서사시의 구조를 인물 중심이 아니라 탑 중심으로 살펴볼 수 있다.

제1장 '황룡사' 건립 배경[과거 회상]
    황룡사가 건립된 신이한 배경을 설명함으로써 뒤에 구층탑 건립
    의 신이성을 암시함
제2장 신라 불교의 기원[과거 회상]
    고구려로부터 불교를 전한 이차돈을 언급함으로써 신라 불교의
    기원을 제시
제3장 '황룡사구층탑'의 건립계획[현재]
    자장율사가 인도 아육왕의 전갈을 전하면서 탑 건립을 계획하고
    아비지를 초청

---

12 홍기삼, 『불교문학연구』, 집문당, 1997, 180~181면.
13 홍기삼, 위의 책, 182면.

제4장 탑의 완성[현재]
　　구층탑의 의미가 상세히 언급되면서 탑을 완성하고 삼국통일을
　　이룸

　위의 서사구조를 통해 알 수 있는 것은 황룡사 창건과 황룡사구층
탑의 건립, 그리고 삼국통일로 사건이 전개되어 있다는 것이다. 물론
이러한 사건에 인물의 행동이 무시될 수는 없지만 사찰과 탑을 중심
축으로 전개되는 과정을 살펴봄으로써 제목을 '덕만왕'으로 하지 않
고 '황룡사구층탑'이라고 한 의미를 찾을 수 있다.

　제1장에서는 황룡사 창건 배경이 시녀 아실이라는 화자를 통해 표
현된다. 여왕이 홀로 불경을 읽으면서 국가의 장래를 걱정하고 불심
으로 이겨 내려 하는 모습을 통해 고뇌하는 인간, 여왕의 내면세계를
그려 낸다. 황룡사구층탑의 역사를 언급하기 전에 황룡사가 먼저 창
건된 배경을 서술하는데 선왕의 업적을 회상하는 기법을 통해 전개
된다. 황룡사는 증조부인 진흥왕의 꿈에 용이 나타나 큰 절을 지으라
는 명을 내려서 짓게 된 절이다. 본래 그곳은 궁궐을 지으려고 했던
땅이었으나 꿈속에서 용이 인도하여 절을 짓게 되었다는 내력을 회
상하는 부분에서 신이성이 드러난다.

　제2장에서는 '황룡사 찾는 길'이라는 부제에서 볼 수 있듯이 황룡
사로 가는 길에 이차돈의 순교를 생각하는 장면에서 신라 불교의 내
력을 이야기한다. 삼국 중에 가장 늦게 불교가 전해졌지만 호국불교
로서 영험함을 지닌 신라 불교의 역사성을 잘 드러낸 부분이다. 이차
돈의 사건은 신라의 불교가 고구려로부터 온 것이라는 신라 불교의
기원을 제시한 부분이 되기 때문이다.

　제3장에서는 자장법사의 신이한 체험과 아육왕의 권고로 탑을 건

립하려는 계획을 세운다. 여왕에게 자장법사는 "황룡사의 호법룡은 나의 맏아들/범왕의 명으로/그 절을 소중히 보호하고 있으나/난과 환을 면키 위해선/황룡사 뜰에 구층탑을 쌓으면/팔방으로 몰려드는 적을/능히 몰아내고 이겨내리라"는 문수보살의 명을 전한다. 즉 탑이 건립되어야 하는 당위성을 강조한 부분이고, 탑을 통해 삼국을 통일하려는 의지를 드러낸다. 이에 백제인 아비지가 초청된다. 자장법사와 인도의 아육왕, 아비지로 이어지며 탑 건립이 계획된다.

제4장에서는 구층탑을 쌓게 되는 구체적인 이유와 과정이 상세히 언급된다. 아비지는 갈등을 겪지만 신이한 꿈과 불심으로 탑을 완성하고 김유신이 삼국통일을 달성하여 탑돌이 축제를 하면서 서사시는 대단원의 막을 내린다. 구층탑이 민족 통일을 이루었고, 주변 국가로부터 침입을 막을 수 있었다는 호국불교의 완성을 이룬다.

실제로 삼국을 통일한 왕이 덕만왕이지만 구체적으로 공헌한 것은 '황룡사구층탑'의 영험함이었음을 드러낸다. 탑을 중심으로 살펴본 서사구조는 화랑이 삼국을 통일하고 그 기쁨에 탑돌이를 하면서 끝나는 구성으로 되어 있기 때문이다. 삼국통일의 일등공신은 화랑이다. 그럼에도 화랑의 역할과 행로를 크게 부각시키지 않는 것은 바로 불교의 영험한 힘을 상징한 구층탑의 위력과 불교라는 종교를 통한 민중의 소망이 발현된 것을 드러내고자 한 것이다.

이와 같이 탑의 건립 배경에서부터 완성되는 과정, 그리고 그 탑의 효력을 얻는 과정까지를 기본축으로 진행된 서사구조는 탑 연기설화의 서사구조를 도입한 서사시라고 할 수 있다. 이차돈의 순교설화와 선왕인 진흥왕, 진평왕이 불교의 터전을 삼았던 이야기, 문수보살과 용왕의 신이한 설화를 전체 서사구조에 삽입함으로써 이야기 서사의 구조를 이루는 미학적 장치를 마련하고 있다. 그래서 서사시 「황룡

한국 현대 서사시의 변용과 선택

사구층탑」은 삼국통일의 과정이 인물 중심이 아니라 탑 중심으로 이루어졌다는 점을 부각시킨 것에서 그 문학적 상상력이 발견된다. 물론 사건을 전개해 가는 과정에서 인물을 배제할 수는 없지만 탑이라는 상관물을 통해 예술혼을 드러내려 했다는 점에서 인물 중심의 사건 전개와는 다른 점을 발견할 수 있다.

「황룡사구층탑」은 삼국의 공통점인 불교라는 정신적 지주를 통해 고구려에 불교를 전해 준 희생적인 인물로 신라와 고구려가 정신적 결합을 이루게 되었고, 실제로 탑을 쌓은 백제인을 등장시켜 국경을 초월한 희생적인 사랑으로 탑을 쌓았다는 점을 제시하여 삼국은 이미 민족의 공통체적인 운명의 고리를 지니고 있다는 점을 부각시키려 했다. 바로 황룡사구층탑에 얽혀 있는 삼국의 정신적 결합에서 민족의 통일방안을 제시하려고 했다는 것이다. 이처럼 탑의 건립에 대한 불교설화를 서사시에 수용함으로써 하나의 이념을 형상화하고자한 것이다. 삼국통일의 역사적 과업을 성취하는 과정에서 불교신앙의 대상이 되었던 탑의 상징성을 통해 남북분단의 현실을 극복하고자 하는 명제를 내세운 의도를 분명히 드러내고 있다.

3. 「황룡사구층탑」에 수용된 설화

1) 등장인물의 갈등구조

설화는 이야기 구조를 가진 사사물이라는 점에서 서사시에 반영될 수 있는 조건을 충분히 갖추고 있다. 설화가 이야기가 있으며 청자를 지향하는 구조라는 점은 서사시와 매우 유사하기 때문이다. 그러나

한 편의 서사시로 이루어지려면 설화의 줄거리를 그대로 차용하는 것이 아니라 서정적 율격을 지니면서 시인의 상상력과 설화에 대한 재해석이 들어가야 하며 서사시가 쓰여진 당대의 주제의식을 암묵적으로 반영해야만 한다. 특히 인물에 대한 재해석은 시인의 주관이 반영되는 부분이기에 매우 중요하며, 여러 인물들을 삽화적으로 구성할 때에도 그 의도와 연결된 통일성을 유지하는 것이 중요하다.

그래서 시인이 설화 속의 인물을 수용하면서 설화를 그대로 옮겨오지 않고 의도적으로 설화의 인물을 새롭게 창조할 수 있고, 사건을 재구성할 수도 있다. 그러나 이 경우 설화의 핵심이 되는 부분이나 이미지를 크게 변형시키지 않으면서 시인이 의도하는 의미망을 확장시켜야 한다. 이런 의미에서 「황룡사구층탑」에 수용된 삽화적 인물은 서로 유기적인 결합을 이룬다. 덕만왕, 이차돈, 지귀, 아비지라는 인물은 신라와 연관된 인물이거나 여왕과 관련된 '인접성의 원리'에 부합되는 설화 속의 인물들이다. 아비지와 지귀는 선덕여왕과 직접 연관이 있는 인물이지만 아차돈은 직접 연관이 없는 인물이다. 그럼에도 시 속에 등장시킨 시인의 의도는 신라에 불교를 전한 순교적인 인물이라는 점을 신라 불교와 연결시고자 한 것임을 짐작할 수 있다.

또한 서사에서 삽화는 작가에 의해 해석되는데[14] 이 서사시의 사건 전개가 시간의 흐름에 따른 통시적 구조로 되어 있지만 몇 개의 삽화를 병치하여 '사랑'이라는 주제의식을 부각시키는 역할을 한다. 즉 탑 건립의 배경과 완성에 이르는 기본 구조에 삽화를 삽입하는 것이다. 삽화된 인물과 사건은 서사시의 전체 구조를 지탱하는 데 중심적 역할을 하는 인유가 된다. 인유된 각 설화들은 인접성, 통합, 맥락,

---

14 T. 토도로프, 『산문의 시학』, 문예출판사, 1995, 144면.

결합의 관계를 이루는 환유로 되어 있다. 환유는 산문, 서사시에 더 유리하고[15] 각 인물들의 비극적인 사랑이라는 유사성은 서사시를 수평적으로 볼 때 환유의 구조를 이루게 된다. 그것은 시인이 말하고자 한 요점을 강화하고 예증하는 기능[16]을 하기 때문이다. 서사구조의 전개에 있어서는 설화의 수용이라는 단순한 모방으로 재현된다면 문학의 상상력은 실현되지 않는다.

본 서사시에 나타나는 각 인물의 대립구조를 살펴보면 다음과 같다.

대립항	대립내용
이차돈/평양공주(고구려)	신라불교의 순교자
지귀/덕만여왕(신라)	심화로 불귀
아비지/덕만여왕(백제)	황룡사구층탑 완성

위에서 살펴본 바와 같이 등장인물들은 고구려, 신라, 백제 사람이다. 지귀와 아비지는 직접적으로 여왕과 연결되는 인물이고 이차돈은 직접적인 연관이 없는 인물이다. 그럼에도 상호텍스트성을 갖는다. 하나의 삽화가 다른 텍스트와 결합하여 보다 큰 담론을 이루는 상호텍스트성이다. 삽화 속에 등장하는 각각의 인물과 사건들이 비극적 사랑 이야기라는 시인의 시적 상상력으로 수용된다. 즉 이차돈의 순교, 심화요탑의 지귀, 백제인 공장 아비지라는 인물을 재창조

---

15 은유와 환유는 절대적으로 구별될 수 있는 것이 아니라 맥락에 따라 상호배타적 관계에 놓여 지배소에 따라 달라질 수 있다고 하였다(김욱동, 『은유와 환유』, 민음사, 1999, 261~262면).

16 김준오, 『시론』, 삼지원, 1991, 134면.

하면서 대승적 사랑이라는 불교적인 세계 인식을 드러내고 있다. 특히 통일 염원이라는 이면적인 주제를 남녀 간의 낭만적 사랑이라는 표면적인 주제로 끌고 간 서정적 테마를 택하고 있는 것이 그것이다. 세 개의 삽화를 각 사이에 두고 경계가 분명하나 '사랑'이라는 주제를 드러내는 병치된 상호텍스트적 구성으로 형상화된 것이다. 덕만왕과 지귀의 사랑, 덕만왕과 아비지의 사랑이 예술적으로 승화되어 황룡사구층탑을 완공하고 이로써 불교의 대승주의를 드러낸 민중사상의 반영이기 때문이다. 즉 분단의 아픔을 치유할 수 있는 것은 백제와 신라의 국경을 넘나드는 '예술혼'이라는 사랑의 실천에 있음을 드러내고자 한 것으로 파악할 수 있다. 문학에서 사랑이라는 주제는 오랫동안 예술의 주제로 이어져 오는 것 중에 하나이듯이 이 서사시에서 다룬 남녀 간의 사랑은 모윤숙의 낭만적인 정열이 발휘되는 지점이면서 그의 불교적 심상을 만날 수 있는 지점이 되기도 한다.

2) 이차돈 설화

설화의 인물로 차용되는 것은 설화의 내용을 함축적으로 전달하는 효과가 있는 것이기에 불교정신의 정당성을 확보하기 위해서는 이차돈의 순교를 먼저 언급하지 않을 수가 없었다. 이차돈은 불교를 신라에 전한 순교자이기 때문에 신라의 호국불교 정신의 근원을 불러오기 위해 이차돈의 순교를 인유한 것이다. 그러나 이차돈 설화는 시인의 상상력으로 새롭게 그려진다.

문득 여왕은 이차돈이란
신라의 순교자를 생각했다.

평양 공주의 사랑을 거절한 죄로
궁전 뜰에서 목베임을 당한 일.

달님 아가씨와의 사랑을 시샘하여
고구려로 망명을 시켰음이
오히려 불도로 그 몸을 세우게 했고
드디어 신라의 불교를 퍼지게 한
그때의 일들이 새삼 떠올랐다.

젊음, 사랑, 시샘, 권력, 모함의 인생
늠름한 꽃도련님 속에서도
오직 역사를 빛나게 한 이차돈!

— 제2장 33, 34, 35연

이 부분은 여왕이 황룡사로 가는 도중에 이차돈의 순교를 마음속으로 생각한 부분을 1인칭 서술로 기술한 부분이다. 이차돈은 이 서사시에 구체적인 사건으로 등장하는 인물은 아니다. 선왕의 업적을 생각하는 부분이 시녀 아실의 입을 빌려 서술되는 것과는 달리 여왕의 내면적인 독백으로 처리하면서 이차돈의 순교를 역사적 사실과는 다르게 서술하고 있다. 즉 그가 불도를 닦게 되는 과정을 상상력으로 재구성한다. 먼저 달님 아가씨와의 사랑을 시샘하여 고구려로 망명하게 되었고, 그로 인해 불도를 닦게 되었으며, 평양공주가 그를 사랑하지만 그는 그 사랑을 거절해서 고구려를 떠나 신라로 와서 불교를 전한 인물로 그렸다. 그러한 그의 불도를 평양공주, 달님 별님 아가씨들이 그의 사랑을 차지하려다가 모두 불신 앞에 마음을 가라앉히고 뜨거운 사도들이 되었다고 설정해 놓고 있다. 실제 설화와는 달리 평양공주와의 비극적인 사랑이 이차돈이 불도를 얻게 된 계기가 되고 신라에 불교가 전하게 된 이유임을 밝힌 부분이다. 이차돈의 순교는 신라불교의 신이성을 드러내는 부분이 되면서 그는 비극적인 사랑의 주인공으로 고구려에서 추방당하고 신라로 와서 신라에 불교를 전한 인물로 재구성된다.

모윤숙은 낭만적이고 비극적인 사랑을 대승적인 사랑으로 형상화하는 데 뛰어난 시인이다. 개인적인 사랑의 갈등이 국가와 민족이라는 대승적인 사랑으로 승화되는 주제의식을 드러내고자 한 것이다. 즉 비극적인 사랑의 실현이 불교사상으로 승화됨을 드러내려 한 것이라고 할 수 있다.

3) 지귀 설화

'지귀 설화'는 '지귀'와 '선덕여왕'이라는 두 인물을 중심으로 전개된다. 이 사건의 서사는 지귀라는 인물이 선덕여왕을 사모하였다가 불귀신이 되었다는 설화다.

> 지귀는 신라 선덕여왕 때 사람. 지귀는 선덕여왕을 사모하여 얼굴이 야위었다. 어느 날 선덕여왕이 절에 가서 향을 피우고 지귀를 불렀다. 지귀는 탑 아래에 와서 왕을 모시고 기다리다가 갑자기 잠이 들었다. 왕은 가락지를 벗어서 지귀의 가슴 위에 놓고 궁중으로 돌아갔다. 지귀는 잠이 깨어 답답해서 한참 동안 기절했다가 심중에서 불이 나와서 탑을 태웠다.[17]

본래 『삼국유사』의 내용에는 선덕여왕을 짝사랑하던 지귀가 덕만

---

17 일연, 앞의 책, 314면.

왕의 팔찌를 받고 가슴에 불이 일어 산화된 인물로 나온다. 그러나
이 서사시에서는 덕만왕과 지귀와의 사랑이라는 것은 그대로이지만
지귀를 일반 평민으로 그리지 않고 젊은 화랑으로 설정하고 있으며,
여왕의 황룡사행을 막고 소리 높여 사랑을 표출할 만큼 적극적인 인
물로 설정한다. 또한 그는 산에 불을 지르고 미친 듯이 뛰어다니면서
여왕에 대한 사랑을 전한다.

> 덕만 여왕 착한 여인이시여!
> 풀빛 위에 내리는 달빛이시여!
> 주소서 그 외로움을,
> 이 가슴에 남모르게 보내주소서.
>
> 사랑이 피네, 웃음이 피네
> 호젓한 우리 여왕 가슴에
> 사랑의 꽃이 피네 행복의 꽃이 피네
> 사는 것 죽는 것 모두다 바치오리
> 그 고독을 그 웃음을 보내주시라."
>
> 지귀는 길을 막고 다시 소리 높여
> "서라벌은 젊음의 나라
> 숨질 듯 아픈 사랑으로 차 있는
> 사랑은 오직 그대 여왕에게
> 사랑은 오직 못 떠날 그대에게!"

— 제2장 48, 49, 50연

윗부분의 화자는 지귀이다. 설화 속의 지귀와는 달리 매우 적극적
으로 여왕에게 사랑을 호소하여 서라벌의 모든 젊은이들이 여왕을 사
랑하고 있다는 것으로 설정하고 있는 것이다. 설화는 여왕이 지귀의

「황룡사구층탑」의 불교설화 수용 양상

사랑을 알고 '가엾게' 여기는 구조로 되어 있다면 이 서사시에서는 지귀가 오히려 여왕의 외로움과 고독을 알아주는 인물이 된다. 지귀는 거리에서 여왕의 행차를 가로막으며 '착한 여왕'이라고 부르짖으며 "그 외로움을/이 가슴에 남 모르게 보내주소서"라고 호소한다. "사랑은 오직 그대 여왕에게" 바치는 화랑의 헌신이 찬양조로 서술된다.

　지귀는 여왕의 아름다움을 사모하여 슬픔과 눈물에 젖어 있는 것이 아니라 오히려 여왕의 고뇌를 이해하면서 그의 아름다움을 찬양하는 신라 민중의 대표적인 성격을 띤 적극적인 인물이라고 할 수 있다. 여왕이라는 인물의 성격이 지귀라는 화자를 통해 진술됨으로써 지귀는 여왕의 덕을 빛나게 하는 장치가 된다. 서정주는 「선덕여왕의 말씀」에서 '지귀의 불'을 수직적 신분의 차이를 넘는 수평적 사랑으로 예찬했으며 정신과 육체를 뛰어넘고 삶과 죽음을 초월하는 영속적 사랑을 탐색[18]하였는데 이때 여왕이었고, 김춘수의 「打令調 3」에서는 '지귀야'라는 시어를 반복적으로 사용하여 지귀의 한 맺힌 혼이 순환되는 것[19]으로 표현하였는데 역시 시적 화자가 여왕이었다. 그러나 「황룡사구층탑」에서 지귀의 목소리를 빌린 남성 화자를 선택해서 여왕에 대한 정열적인 사랑을 표현했다는 것은 독특하다. 물론 뒤에 이어지는 여왕의 목소리는 여성 화자로서 지귀의 사랑을 가엾게 여기면서 인정하는 여왕의 모습으로 나온다.

　　"내버려 두오, 잡으려고 애쓰지도 마오
　　바람에 굽이치는 파도를 누가 막으며
　　잠시 지나는 번갯불을 누가 저지하오?

한국 현대 서사시의 변용과 선택

18　오정국, 『시의 탄생 설화의 재생』, 청동거울, 2002. 78면.
19　오정국, 위의 책, 81면.

그 가슴에 이는 바람결
버려두오 저절로 가라앉을 때까지
모르는 척 저 갈 데로
그 몸을 놓아 주오."

— 제2장 53연

위의 부분은 지귀가 거리에서 여왕의 행차를 보고 난 다음 마음의
불을 얻어 산과 거리를 뛰어다니자 잡지 말고 그냥 두라는 여왕의 말
이다. "내버려 두오, 잡으려고 애쓰지도 마오"라며 사랑은 "바람에
굽이치는 파도" 같은 것, "잠시 지나가는 번갯불", "가슴에 이는 바람
결"이기에 "저절로 가라앉을 때까지" 모르는 척하라고 한다. 여왕은
지귀의 사랑을 탓하지 않았다. 사랑은 '파도'며 '번갯불', '바람'이라
고 보고 있는 것이다. 지귀의 사랑을 인정하는 여왕의 덕을 드러내는
부분이 된다. 본래 설화에는 지귀가 불귀신이 되자 술사에게 명하여
"크고 넓은 바다 멀리 흘러가라"고 명하는 것으로 되어 있다. 불귀신
을 제의로써 막아내는 데 쓴 주문이지만 여기에서는 지귀의 사랑을
낭만적으로 인정하고 있다는 것이 다르다.

이 서사시에 삽입된 지귀 설화는 신라 젊은이들의 적극적인 사랑
을 표출한 것이라고 할 수 있다. 여왕에 대한 지귀의 사랑은 신라의
모든 젊은이들의 사랑을 받아들일 수 있는 수평적 사랑이기 때문이
다. 지귀의 적극적인 사랑은 덕만여왕의 인물 성격을 객관적으로 드
러내기 위한 장치로 쓰였다. 그것은 지귀와 여왕의 신분 차이로 인한
갈등구조를 왕과 백성의 화해로 풀어내는 신라인의 사랑관과 여왕의
사랑관을 드러낸 것이다.

시에서 설화가 수용될 때 즐겨 쓰는 수법이 동일화이며, 설화의 인
물과 자신을 동일시하여 대상을 자아화해서 설화의 인물을 자신의

모델로 취하거나 설화의 인물을 새롭게 인식하는 행위가 있다.[20] 이 서사시에서 덕만왕은 시인과 동일화한 대표적인 인물이다. 덕만왕의 이 지혜와 불심으로 삼국을 통일했듯이 인물의 내적 갈등을 불교사상으로 해결하려는 것은 시인이 드러내고자 한 서사시 정신이다. 그런 면에서 덕만왕은 삼국을 통일로 이끈 지혜로운 여왕상이면서 인간적인 고뇌를 지니기도 한 평범한 여성상으로 새롭게 형상화한 동일화된 인물상이다. 서정주가 시 「선덕여왕의 말씀」에서 천 년의 사랑을 간직한 인간적인 여성상을 그려냈다면 모윤숙은 「황룡사구층탑」에서 낭만적인 사랑의 가치를 인정하는 인간적인 여성으로서의 지혜로운 여왕상을 제시한다.

4) 아비지 설화

모윤숙이 특히 아비지 설화에 특별한 관심을 보인 것은 구층탑 건립의 핵심이 아비지에게 달려 있기 때문이다. 왜냐하면 아비지는 백제인이고 삼국통일을 염원하는 탑을 건설하면서 갈등을 겪지 않을 수 없다. 삼국통일에는 조국인 백제의 운명이 달려 있기 때문이다. 그 아비지의 갈등을 해소하는 부분을 어떻게 설정하느냐에 따라 시인이 그리고자 한 「황룡사구층탑」의 주제의식이 드러난다. 『삼국유사』에 실린 설화와 서사시의 갈등구조를 비교해 본다.

아비지가 첫날 기둥을 세우던 날에 공장이는 꿈에 본국인 백제가 멸망하는 모양을 보았다. 공장이는 마음속에 의심이 나서 일을 멈추니, 갑

---

20 오정국, 앞의 책, 31면.

자기 천지가 진동하며 어두워지는 속에서 老僧 한 사람과 壯士 한 사람이 金盤門에서 나와 그 기둥을 세우곤 중과 장사는 모두 없어지고 보이지 않는다. 공장이는 이를 후회하고 그 탑을 완성시켰다.[21]

헤어진 민족의 혼을 불러
헤어진 마음을 쌓아올리자
여기저기 방랑하며 돌아다니는
큰 조국의 우람한 입김을
탑 속에 불어 넣어 하나를 만들자.

— 제3장 38연

그는 잠시 혼곤한 잠에서
공포의 꿈을 꾸었다

백제에서 몰려오는 수만 군대가
아비지의 침실을 둘러싸고
너는 배신자, 반역자!
신라는 우리의 적이어늘
노래와 술로 그를 찬양하여
백제왕의 노여움을 사고 있으니
받으라 이 칼을, 배신자! 아비지!

— 제3장 50, 51연

(중략)
아비지는 꿈의 예시를 생각하고
신라를 저항하리라 저항하리라
그러나 슬기와 지혜의 화신인
덕만왕을 저항할 길을 모른다.

21 일연, 앞의 책, 223면.

새 나라가 모두 철(鐵) 무기를 가졌고
말과 활의 싸움 재주를 자랑삼으나
전쟁은 인간을 지치게 하고 마는 것
남은 것 오직 서로의 미움뿐

— 제3장 마지막 연

본래의 설화에는 아비지가 꿈속에서 백제의 멸망을 보고 갈등을
겪고 있을 때 노승과 장사가 철의 기둥을 세우고 가는 꿈을 꾼다. 아
비지의 갈등은 노승과 장사가 기둥을 세운다는 종교적 신이성에서
해소되는데 「황룡사구층탑」에서는 여왕에게 저항할 수 없는 것으로
설정한다. "신라를 위해 여왕을 위해/아홉 층계 탑을 쌓으리다", "헤
어진 민족의 혼을 불러/헤어진 마음을 쌓아올리자"라고 그 전날 삼
태성(三太星)을 바라보며 약속을 했기 때문이다.

3장의 소제목을 '백제인 아비지'로 설정한 것은 황룡사구층탑을 쌓
는 데는 아비지라는 인물의 역할이 매우 크다는 것을 의미한다. 신라
는 백제의 적국이었기 때문에 신라의 통일은 곧 조국 백제의 멸망을
의미하기 때문이다. 그래서 모윤숙도 이 점을 놓치지 않고 아비지라
는 인물을 중심인물로 설정했다. 그래서 아비지의 내면적 갈등을 해
소하는 부분에서 여왕의 지혜와 슬기를 묘사하고, 여왕을 여성이라
는 흠모의 대상으로 그린다.

백제인인 아비지와 신라 여왕의 사랑은 국경을 초월한 사랑이다.
지귀와 여왕의 사랑이 평민과 국왕이라는 신분계급을 초월한 비극적
인 사랑이었다면 아비지와 여왕의 사랑은 국경을 초월한 비극적인
사랑이다. 이차돈의 사랑이 불교가 전파되게 한 종교적 사랑이었다
면, 지귀의 사랑은 평범한 수평적 사랑, 그리고 아비지의 사랑은 국
경을 초월한 사랑이라고 할 수 있다.

4. 결론

문학에서 설화를 수용할 때 설화 내용을 그대로 순차적으로 기록하는 재구성의 의미만 있다면 문학으로서 완성도는 떨어진다. 그런 면에서 「황룡사구층탑」에 수용된 인물과 사건은 시인의 상상력으로 재창조되면서 현대적 의미를 부여받았다.

지금까지 「황룡사구층탑」의 서사구조의 특성과 수용된 설화를 중심으로 살펴보았다. 그 결과 「황룡사구층탑」의 서사구조는 일반적인 인물 중심의 구조와 함께 이중적으로 '탑'이라는 상관물이 중심이 된 서사구조를 지니고 있었다. 덕만왕을 중심으로 사건을 전개하면서도 그 이면에는 탑 연기설화의 근원설화처럼 탑이 중심이 되는 서사구조를 갖춘 독특함을 발견할 수 있었다. 여왕이 주도적으로 탑을 건립하고 삼국을 통일한 인물이라는 여성영웅의 행위를 드러낸 서사구조와, 탑이 어느 사찰에 어떻게 건립하게 되는지를 밝히는 서사구조, 두 가지를 채택하고 있는 특징이 있다.

또한 서사시에 수용된 설화의 특징을 각 등장인물의 성격을 분석하면서 살펴보았다. 서사시에 삽입된 삽화는 전체 주제를 부각시키는 역할을 하고 있었다. 이 시집에 등장하는 각각의 인물들은 실제 설화 속의 주인공들이지만 모윤숙은 새로운 인물로 재창조했다. '이차돈의 순교', '지귀 설화', '아비지 설화'이다. 이차돈의 순교가 평양공주와의 비극적인 사랑에서 비롯되었다는 것을 통해 신라 불교의 정통성을 표현했으며, '지귀 설화'는 여왕의 인간적인 면을 드러내는 역할을 했으며, '아비지 설화'는 아비지의 갈등 해소가 여왕의 사랑을 통해 이루어졌음을, 즉 시기와 질투, 전쟁을 해소할 수 있는 것은 '사랑'이라는 대승적 불교라는 점을 드러내 주고 있다. 즉 낭만적인 사랑의 서정을 통해 통일을 이룰 수 있다는 해법을 제시한 것이다.

한편 「황룡사구층탑」에서 서사시의 주인공인 여성 덕만왕을 현재화한 것은 매우 독특한 점이라고 할 수 있다. 새로운 나라의 건설을 대지성을 지닌 여성이 이룩한 것으로 신화적 요소도 가미된다는 것이다. 이는 여성시인의 예리한 여성의식의 고양을 당대의 체험으로 확장하고 있는 것이다. 덕만왕이 삼국을 통일한 여왕이라는 점을 부각시켜 1970년대 여성의 사회적 활동과 국가와 사회를 위해서 애국할 수 있는 여성의 의식구조를 반영한 의지이기도 하다.

「황룡사구층탑」은 호국불교의 상징물로서 가장 왕성하게 국가의 운명을 타개한 탑의 건립에 대한 이야기를 통해 1970년대 당대의 고난과 불행의 극복방법을 사랑과 예술혼의 완성에서 찾으려고 했던 서사시이다. 국경을 초월한 사랑과 예술혼을 통하여 당대 사회의 민족적 열망인 남북통일을 이룩하고자 시도하는 적극적인 정신을 보여준 작품이다. 그래서 모윤숙은 '화합'과 '사랑'을 주제로 삼았고, 신라인과 백제인이 화합한 것처럼 현재의 남북 화합을 이룩하고자 하는 염원을 담았다. 따라서 「황룡사구층탑」은 국가와 민족 또는 인류의 운명과 직결되는 영웅의 행위를 장중한 문체와 일정한 율격으로 재현한 장편의 이야기시로서 객관성의 문학이 된다. 우리 민족에게 알려진 설화가 시인의 예술적 상상력과 만나 서사시로 재구성된 「황룡사구층탑」은 서사시의 새 지평을 연 작품이라고 할 수 있다.

모윤숙 서사시의 담화구조와 낭만적 상상력

1. 서사시의 선택과 서사정신

1933년 모윤숙의 첫 시집 『빛나는 지역』은 발간 당시 여러 각도에서 문단의 주목을 받았다. '놀라운 상상력과 날카로운 인생관, 자연의 관찰과 향토애를 기초로 한 열정의 시인',[1] '황당한 수사로써 일관된 낭만적 뎃상 이외에 아무것도 아니나 분방한 상상력과 대범한 필법',[2] '시의 소재인 감상성에 너무 붙잡혀 시가 그린 상과 주제를 연결하여 창조를 낳기 전에 소재의 감상성을 가지고 독자에게 호소하려'[3] 했다거나 '가장 예술적인 것은 눈물과 맥을 통하지 않은 것은 없으며, 자신의 울음이 남에게도 울릴 힘이 없다면 시의 미숙에 있는 것

---

1 이광수, 「서문」, 『빛나는 지역』, 창문사, 1933, 3~5면.
2 양주동, 「1933년도 시단연평」, 『신동아』, 1933. 12, 32면.
3 김기림, 「모윤숙의 「리리시즘」, 시집 『빛나는 지역』을 읽고 上」, 『조선일보』, 1933. 10. 29.

이지 감상성에 허물이 있는 것이 아니다'[4]는 평가는 이 시집에 대한 당시의 비상한 관심을 반영한다.

위의 평가들은 상찬과 비판을 동시에 보이고 있으며 그 내용은 대체로 상상력의 분방함, 감상성, 독자로 향한 호소력에 시의 특징이 있음을 설파하고 있다. 특히 김기림이 감상성에 치우쳐 주제를 창조하기 전에 독자에게 호소하는 시가 되었다는 점과 최재서가 『렌의 애가』에서 서사적 욕구를 다분히 느낄 수 있다"[5]고 한 지적으로 미루어 보면 모윤숙의 낭만적인 정열과 서사지향성은 이때부터 보인다고 하겠다. 이후로 풍부한 상상력과 낭만적인 정열로 특징되는 시의 경향은 모윤숙 특유의 목소리로 차지하게 된다. 이런 특징은 화려한 수사와 감정의 과잉으로 이어져 시의 길이가 자연히 길어지게 되는 요인이 된다. 결국 모윤숙 시의 특징은 장시에서 찾을 수 있으며 전략적으로 시적 화자를 선택한 전달의 효과를 극대화시킨다.

화자의 목소리는 짧은 길이의 단시의 경우에도 매우 신중하게 선택한다. 초기 시 「검은 머리 풀어」와 「조선의 딸」의 화자에서 볼 수 있는 호소력이 있는 처녀의 목소리는 다시 아내, 어머니의 목소리로 발화되어 남편과 아들의 민족심을 고취시키는 모성성을 발휘한다. 이런 반면에 「수도사」 「이별」 등과 같은 시에서는 수도사, 남편, 계백 장군 등의 남성 화자를 선택하여 시적 담론의 폭을 넓혔다. 특히 국군 소위의 목소리로 발화된 「국군은 죽어서 말한다」는 남성 화자의 유언 언술이라는 특유의 발화를 창조함으로써 한국 시사상 불후의 족적을 남긴 작품이다. 이처럼 화자의 목소리에 대한 관심은 서사

---

4 박용철, 「여류시 총평」, 『신가정』, 1934. 2, 25면.

5 김기림, 「서사시에로의 전개」, 『조선일보』, 1937. 9. 19.

시에 등장하는 각 인물의 목소리를 다양하게 창조하는 것에서 특히 빛을 발한다.

이렇게 보면 그의 서사시는 이미 장시에서부터 예고된 것이었다. 그의 데뷔작 「피로 색인 당신의 얼굴을」(『동광』, 1931. 12)이 46행, 「기다리던 그날」이 103행, 「남대문」이 107행, 「국군은 죽어서 말한다」가 89행[6]으로 되어 있듯 그의 긴 호흡은 장시의 형태를 갖춘다. 게다가 대표작인 산문시 「렌의 애가」(1937)와 장시 「국군은 죽어서 말한다」가 그의 대표시로 거론되는 데에서도 알 수 있는 서정성과 서사성의 조화는 모윤숙 특유의 시업이라 할 만하다. 이러한 면모는 이미 이화여전 시절부터 소설과 희곡[7]을 발표하였고, 동아일보에 콩트를 연재[8]했으며, 이후 1940년에는 소설 『未明』, 1959년에 『그 아내의 수기』(일문서관)를 발간하기까지 꾸준히 이어진다. 따라서 1974년 회갑을 넘긴 나이에 서사시집 『논개』와 1978년 『황룡사구층탑』을 발간하는 것은 결코 우연이 아니다. 그의 말년에 서사시 「성삼문」을 집필하고[9] 있을 정도로 서사시에 대한 정열을 남달랐다.

「논개」와 「황룡사구층탑」이 발표되던 1970년대는 장시가 크게 위

---

6 「국군은 죽어서 말한다」는 1951년 초판본에 89행이었던 것이 62년판(일문서관)에는 90행, 74년판(서문당)에는 89행, 83년판(중앙출판공사)에는 112행으로 늘어났다가 최종전집인 86년판(성한출판사)에는 89행으로 되어 있다. 시인이 최종 수정한 것은 83년 판이고, 86년 전집에 수록될 때에는 서문당판을 삼은 것으로 보인다. 시인이 마지막 수정 보완한 완성본은 83년판이고, 모윤숙 시집 중에 재판된 것은 『풍랑』뿐인데 재판부터는 시집제목을 『국군은 죽어서 말한다』로 수정하고 발간했다.

7 소설 「계승자」(『이화』 3집, 1932), 희곡 「온달전」(『이화』 3집, 1932).

8 「청춘 메시지」(『동아일보』, 1937. 10. 1~3), 「전화」(『동아일보』, 1938. 5. 21)

9 이 작품에서는 성삼문의 아내 '윤씨부인'의 삶을 통해 새로운 한국의 여성상을 재정립하려고 한다는 의도를 밝힌 바 있다(『서울신문』, 1979. 2. 17;『서울경제신문』, 1979. 4. 12).

세를 떨치던 시대였다.[10] 한국 근대시 이후 장시, 서사시라는 이름으로 쓰인 시의 양식이 새로운 시형식을 모색하던 시기였다. 서사시는 일반적으로 과거의 영웅을 현재화하여 민족의식을 고취시키는 것이라 서사시에 선택된 인물은 국가의 운명을 짊어진 영웅적인 인물로서 신화적이거나 역사적인 사건의 주인공이 된다. 이에 모윤숙의 서사시 「논개」의 논개와 「황룡사구층탑」의 선덕여왕은 그의 서사정신을 총체적으로 드러내는 데 적합한 인물로 설정된다.

그가 서사시에서 선택한 논개와 선덕여왕은 임진왜란과 삼국통일이라는 역사적인 사건과 연결된다. 논개는 장렬한 죽음으로 삶을 마쳤다는 점에서 영웅적인 민족애를 실천한 인물이고, 선덕여왕은 삼국통일의 기반을 마련한 인물이다. 이 두 인물은 여성이라는 점과 조국과 민족을 끌어안고 시대의 고통을 치유하려는 모성적 울림을 크게 자아낸다는 점에서 서사시의 주인공으로서의 충분한 위상을 갖춘다고 할 수 있다. 그는 첫 시집부터 '생명의 닷줄을 조선이란 외로운 땅에 던져 놓고 운명의 전주곡을 타고자'[11] 했으며, '불꺼진 조선의 제단에 횃불을 켜놓으려(「검은 멀리 풀어」에서)' 했던 이 땅의 제사장이었다. 그러한 의식에서 서사시라는 장르의 선택은 모윤숙이 이 땅에서 치르는 제의 의식이 된다.

본고에서는 서사시 『황룡사구층탑』을 중심으로 청자 지향의 담화 구조와 입체적인 다성적 화자의 목소리를 분석하여 연희의 가능성을 살펴보고, 역사적인 인물과 설화가 어떻게 서사시에 변용되는가를 살펴 모윤숙의 문학적 상상력의 특성을 고찰하고자 한다.

---

10 김재홍, 『현대시와 역사의식』, 인하대학교 출판부, 1990, 3면.
11 모윤숙, 「서문」, 『빛나는 지역』, 창문사, 1933. 7면.

2. 청자 지향의 담화구조와 다성적 화자의 입체성

1) 청자 지향의 담화구조

시를 효과적으로 전달하기 위하여 시적 화자의 선택은 매우 중요하다. 일반적으로 화자의 담론은 사회적이며 어떤 상황에서 만들어지고 사용되느냐에 따라 또는 말하는 사람들과 말을 하는 상대의 위치에 따라 모습을 달리한다.[12] 이에 담론의 중요한 결과는 의사소통이며 여기에서 화자와 청자와의 관계가 성립되어 화자의 선택은 청자와의 관계를 고려하여 결정된다. 그래서 시에 선택된 화자의 목소리는 시인의 목소리와 청중에게 말하는 목소리, 극중 인물을 창조하여 말하는 목소리[13]로 선택되고, 그중에 극중 인물을 통한 목소리는 서정시보다는 서사시에 더 유리하며 전달의 효과를 크게 할 수 있다. 모윤숙은 서정시에서부터 이중의 화자를 선택했고, 좀 더 나아가 대화시를 가능하게 한 다성적 화자를 썼으며, 구체적으로 누이, 처녀, 딸, 아내, 어머니 등의 여성 화자와 오빠, 아들, 남편, 장군, 소위 등의 남성 화자를 선택하여 시적 화자를 다양하게 구사한다.

> 해어진 치마보고 가난을 슬퍼할 때
> 어디선지 그 얼굴은 가만히 나타나
> 깨여진 창틈으로 속삭입니다
> "너는 조선의 딸이 아니냐"고
>
> ―「조선의 딸」 3연

---

12 다이안 맥도넬, 『담론이란 무엇인가』, 임상훈 역, 한울, 1992, 11~12면.
13 T. S. 엘리어트, 「시의 세 가지 음성」, 『문예비평론』, 최종수 역, 박영사, 1974, 140면.

시몬! 당신의 애무를 원하기보다 당신의 냉담을 동경해야 할 저입니다. 용서하셔요, 그러나 저는 당신의 빛난 혼의 광채를 벗어나서는 살수 없습니다. 당신이 알려준 인생의 길, 진리 평화에 대한 높은 대화들을 떠날 수는 없습니다. 당신은 때로 내 생명을 장성시켜 주는 거룩한 사도이기도 합니다. 신에게 향한 이 신앙의 비애를 마음 속으로부터 물리치려고 때로 노력합니다. 당신은 저에게 고독의 벗이 되라고 일러 주셨습니다. 감정을 초월한 곳에 우리 인생이 드려다 볼 수 있는 영원한 나라가 있다고, 인생을 젊음으로 사귀지 말라시던!

─「렌의 애가」 1신 부분

엎드려 그 젊은 죽음을 통곡하며
듣노라! 그대가 주고 간 마지막 말을……

나는 죽었노라 스물 다섯 젊은 나이에
대한민국의 아들로 숨을 마치었노라
질식하는 구름과 원수가 밀려오는 조국의 산맥을 지키다가
드디어 드디어 숨지었노라.

─「국군은 죽어서 말한다」 2연의 5~6행과 3연

못 나가는 내 심정은 모르고
"그것도 못하면서 남의 살이야?
내가 갈게 애기나 업고 마을로 나가"
젊은 촌 아씨는 또 다른 명령에 불이 탄다.
"애기도 못 업고 나가요"
내 몸은 진정 죄수처럼 떨렸다.

"나는 문 밖에 나가기 싫어요
부엌에서만 무에든지 하지요"
무너진 아궁이에 불을 지피기
한 시간이 되어도 수수밥은 안 된다

어떻게 짓는 것ㄴ가? 못 해본 일이다.
— 「수수밥 짓기」 7연 중 2~3연

「조선의 딸」은 첫 시집에 수록된 시이고, 「수수밥 짓기」는 『풍랑』 (1951)에 수록된 시이다. 20년이라는 시간적 거리를 두고 담화체계의 변모를 살필 수 있다. 먼저 「조선의 딸」에서 발화자인 '나'와 '그'가 1:1의 담화체계를 형성하면서 주체인 '나'의 화자는 객체인 그의의 목소리를 듣는 청자로 변이되고 주체가 객체로 바뀌어 청자의 입장이 강조된다. '나는 조선의 딸'이라는 화자의 의지를 강조하는 담화체계가 된다면 두 번째 산문시인 「렌의 애가」에서는 청자 지향을 강하게 담고 있는 담화로 되어 있다. 「렌의 애가」는 편지식인 고백체의 목소리로 '나'와 '당신'의 담화체계가 되어 수신인인 청자를 강하게 필요로 한다. 시의 전편에 '시몬'으로 호칭하고, '당신'으로 지칭하는 언술은 발화자의 의지와 함께 청자 의지를 반영한다. 또한 수신자 '시몬'과 발신자 '렌'이라는 1:1의 담화구조는 직접 전달이라는 강한 청자 지향성을 갖는다.

이러한 구조는 「국군은 죽어서 말한다」에서도 마찬가지로 드러난다. 발화자인 '내'가 죽은 육군 소위인 '그'의 목소리를 듣는 청자로 변이되는 것과 같다. 이 시에서 남성 화자는 시적 화자의 주체를 표면적으로는 이동하는 것처럼 보이지만 이면적으로는 주체의 욕망을 훨씬 효과적으로 전달하는 미학적 장치가 되고 있다는 것이다. 모윤숙의 주된 주제의식이 민족애의 국가이념을 실현하는 것이기에 시적 화자의 목소리는 의지적이고 선동적이며 설득력이 있어야 했다. 그래서 비장미를 갖춘 숭고한 목소리는 화자의 의지를 극대화시키면서 전달의 효과를 지닌 청자 지향의 목소리로 발화되는 것이다. 이러한 목소리의 연출은 서사시 「황룡사구층탑」에서 선왕인 진흥왕, 진평왕의 목소리로 이어진다. 이처럼 여성시인임에도 남성 화자를 선택하여 시적 화자의 의지나 욕망을 효과적으로 전달 한 것은 모윤숙의 독특한 개성이라고 할 수 있다.

한편 이중적인 언술을 보인 '나/그'의 담화체계에서 「수수밥 짓기」에서와 같이 직접화법을 사용하여 극적 리얼리티를 얻는 대화체가 등장한다. 「수수밥 짓기」는 「조선의 딸」과 같이 화자의 내면적 고백을 서술하는 형식을 취하면서 직접화법을 사용하여 일정한 담화구조를 이루어 극적 효과를 증가시키는 시적 장치로서 진일보한 양상을 보인다. 직접화법을 통한 극적 재현의 가능성은 다양한 인물의 목소리를 발화할 수 있는 것에서 완성된다.

서사시 「황룡사구층탑」은 화자를 적절히 활용하여 극적 재현의 가능성을 제시한 작품이다. 각 등장인물의 목소리는 직접화법과 자유간 전화법으로 발화되어 인물의 성격이나 사건의 구성을 탄탄하게 한다. 3인칭 시점의 통일로 각 인물 상호간의 극적 효과를 역동적으로 만들기 때문이다. 이러한 관계를 폴 헤르나디는 '인물雙방적 극적 재현'이라고 하였다. '인물雙방적 극적 재현'은 작가의 개입이 없이 인물들에 의해서 스토리가 진행되는 서술 입장을 가리키고 있기 때문에[14] 작가가 개입하는 주석적 주제적 '제시'와는 달리 특수한 화자의 목소리를 만들어 극적 재현을 효과적으로 펼칠 수 있기 때문이다.

> "공주 덕만아! 마음 문을 열어라
> (중략)

---

14 폴 헤르나디, 『장르론』, 김준오 역, 문장, 1983, 186면.

너의 사랑으로 고루 퍼지게 하라."

—「황룡사구층탑」 1장 부분

백성을 다스림에
그 마음을 다스리지 못하면
황금의 기둥도 천 개의 왕관도 물거품
왕궁 대신 대가람(큰절)을 지으라 하시며

　　「황룡사구층탑」에 쓰인 직접화법은 각 인물의 대사를 따옴표[15]로 표시함으로써 해설, 지문, 나레이터를 혼동하지 않도록 구성하여 극적 재현을 할 수 있도록 전개했다. 이것은 앞서 발표한 바 있는 「논개」와는 다른 서술기법이다. 「논개」는 1인칭 서술과 3인칭이 혼용되어 시점의 통일성을 잃었고, 작자의 서술과 등장인물의 서술도 엄격하게 지키지 못한 점이 있었다. 그런 면에서 이 작품은 각 인물의 발화를 독립적으로 사용한 직접화법으로 그려져 있다. 이로써 인물의 성격을 창조하는 데 성공하고 있으며 무대 상연을 전제로 쓰인 연희성을 드러내고 있다. 이처럼 이 작품은 각 인물의 화자를 독립적으로 선택하여 극적 요소를 지니게 하여 청자를 향한 전달의 효과를 고려한 특징이 있다.

2) 다성적 화자의 입체성

　　서정시에서 선택된 화자는 화자의 의지나 욕망을 드러내어 시인의

모윤숙 서사시의 담화구조와 낭만적 상상력

---

[15] 「황룡사구층탑」에 사용된 대화 부분을 세 권의 전집에 수록할 때에는 「 」, 「 」으로 구분해 놓았다. 내용상 대화를 구분해 놓은 것으로 인정해서 본 논문에서는 논의의 편의를 위해서 따옴표("")로 사용한다.

개성을 드러낸다. 특히 이중의 목소리로 서술되어야 하는 서사시는 서정시와 달리 다성적일 수밖에 없는데 그것은 등장인물의 목소리를 통하여 성격이나 사건을 서술하기 때문이다. 그런데 「황룡사구층탑」에서는 한 등장인물의 목소리에서 다성적 화자[16]를 연출하는 독특한 특성을 발견할 수 있다. 각각의 등장인물이 자신의 목소리를 갖는 것이 아니라 한 명의 등장인물이 여러 인물의 목소리를 발화하여 인물의 입체성을 풍부하게 한다.

아래의 예문은 덕만왕의 시녀인 '아실이'의 목소리로 진흥왕, 진평왕, 자장율사 등의 여러 남성 화자의 목소리를 연출함으로써 다성적 화자의 특성을 갖는다.

① 아담히 앉으신 덕만 여왕에게
　아실은 공손히 손을 무릎에 얹고
　"아바마마는 이렇게 말씀하셨습니다" 하고
　속삭이듯 말문을 열었다.

　"공주 덕만아! 마음 문을 열어라
　이 새밝음(서라벌) 나라에
　풍성한 오곡과 달디단 과일들이
　봄 여름을 만족케 하고
　겨울 캄캄한 밤에도
　추수의 흡족한 양식이 넘치고 차리라.
　(중략)
　양지 바른 땅에 네 몸을 세우고
　눈 먼 자들과 절룩거리는 자들을

16 송영순, 『모윤숙 시 연구』, 국학자료원, 1997, 302~322면.

팔다리 잃은 이들을 보살펴
너의 사랑으로 고루 퍼지게 하라."

덕만왕은 옷깃을 여미며 아실을 바라본다.

— 제1장 부분

② "그때 여왕께선 나시기 오랜 전
　그 연유를 말씀올립니다
　진흥왕 曾祖父께서는
　지금 황룡사 터에 궁궐을 지으시려고
　수많은 인부들께 명을 내리신 날 밤
　홀연 꿈속에 큰 용이 나타나
　㉠ 백성을 다스림에
　그 마음을 다스리지 못하면
　황금의 기둥도 천 개의 왕관도 물거품
　왕궁 대신 대가람(큰절)을 지으라 하시며
　바다에서 솟는 불기둥 같은 용이
　왕 앞으로 머리를 조아리며
　㉡ 아나바랍타 용왕이 여기 자리잡아
　온 나라를 마음의 낙토(樂土)로 이끌어가라
　이런 계시를 받았다 하옵니다."

— 제1장 부분

③ 문수보살은 그때 자장법사에게
　㉠ "들으라 법사여! 그대 나라 여왕은
　인도의 찰리(刹利) 종족의 왕으로
　불신을 받았느니라.
　(중략)
　황룡사의 호법룡은 나의 맏아들
　범왕(梵王)의 명으로

그 절을 소중히 보호하고 있으나
난(亂)과 환(患)을 면키 위해선
황룡사 뜰에 구층탑을 쌓으면
팔방으로 몰려드는 적을
능히 몰아내고 이겨내리라.

덕만 여왕은 덕은 있으되
남아다운 위엄이 부족하여
난세를 꿈꾸는
졸개들이 판을 치고
아홉 나라의 운수가 넘보니
부디 돌아가 여왕에게
ⓛ 이 말을 전하라
하더이다."

— 제3장 부분

위의 시 ①은 제1장으로 실제 인물은 여왕과 시녀 아실이뿐이다. 그럼에도 부왕 진평왕의 목소리를 아실이의 목소리로 재현하고 있고, ②에서는 증조부 진흥왕의 목소리를 재현하면서 용왕의 목소리로 발화된다. 아실이의 목소리는 진평왕, 진흥왕, 용왕의 목소리로 다성적으로 발화된다. 이와 같은 것은 ③의 예문에서도 발견된다. 여왕과 자장법사의 담화구조에서 자장법사의 목소리를 통해 문수보살의 목소리가 ㉠에서 ⓛ까지 직접화법으로 서술된다.

위의 예문에서 볼 수 있듯이 모두 아실이의 목소리를 빌려 선왕과 증조부, 문수보살과 용왕의 목소리를 재현함으로써 신이성을 드러내는 효과가 있다. 신이성은 황룡사구층탑 건립의 당위성을 부각시키는 데 중요한 역할을 한다. '공주 덕만아!'로 시작하는 선왕의 육성은 긴장감을 주면서 '하게 하라' 하면서 명령하듯이 들려주는 목소리는 연극의 입체감을 더욱 살린다. 선왕과 용의 목소리를 재현함으로써 청자에게 신의 계시처럼 신비함과 경건함을 느끼게 한다. 황룡사 구층탑을 건립하기에 앞서 황룡사의 창건 내력을 해설자 시점으로 하지 않고 설화의 구송자처럼 아실이의 목소리로 재현하여 연희성을 확보하고 있다.

판소리의 창자나 모노드라마에서도 한 사람이 여러 목소리를 드러내는 것과 같이 연희성과 밀접하게 연관된다. 이 서사시에서 아실이는 중심인물이 아님에도 불구하고 두 선왕과 용, 자장율사의 역할까지 수행하는 판소리의 창자와 같은 연희성을 지니고 있다. 아실이가 전해 주는 각 인물의 개성적인 목소리로 극적 효과를 높일 뿐만 아니라 차분한 어조로 죽은 선왕이 살아서 들려주듯이 아실이의 입을 빌려 토로하고 있는 진평왕의 목소리는 신비감, 엄숙함을 동반하면서 극적 긴장감을 연출하게 한다. 서사시와 연극, 오페라, 뮤지컬은 모두 관객에게 화자의 목소리를 직접 전달하는 청자 지향이 강하다.

이처럼 「황룡사구층탑」의 담화구조는 현재에서 과거, 과거에서 다시 현재의 시점으로 전환하는 회상기법과 간접화법을 적절히 사용하고 있다. 또한 독립된 대화구조는 독립된 화자의 서술로 드러나는 특성뿐만 아니라 한 화자를 통해 두 개 이상의 목소리로 다성적 목소리를 연출해 내는 특성이 있다. 즉 한 인물을 통하여 여러 인물의 목소리를 재현함으로써 풍부한 서사성을 확보하는 데 기여하는 담화구조가 된다. 결국 모윤숙의 독특한 담화구조는 풍부한 이야기성과 역동성을 확보하는 특성을 지녔다고 할 수 있다. 따라서 서사시에 선택된 화자는 사건 전개를 효과적으로 진행하는 서술자의 입장뿐만 아니라 청자 지향의 이중적 목소리를 연출함으로써 극적 요소를 충분히 살려 연희의 가능성을 열어 놓고 있다.

모윤숙 서사시의 담화구조와 남만적 상상력

3. 「황룡사구층탑」의 낭만적 상상력

서사시의 주인공은 신화나 역사, 전설 등에 의해서 잘 알려진 인물의 선택이라는 고전 규칙에 따른다. 서사시의 주인공들은 이야기의 평범한 주역이 아니라 위대함을 지닌 비범한 인물로 영웅적 가치와 함께 역사적 가치를 중시한 인물이 된다. 「황룡사구층탑」의 주인공은 선덕여왕으로 여성으로서 왕이 되어 삼국통일이라는 혼란한 역사 속에서 그 기반을 마련한 인물이다. 「황룡사구층탑」은 선덕여왕이라는 역사적으로 잘 알려진 인물을 주인공으로 선택했다는 점에서 전통적인 서사시에 해당한다. 또한 전통적인 서사시는 주인공의 영웅적인 일대기를 중심으로 사건을 전개하는 것이 일반적이다. 그러나 「황룡사구층탑」에서는 선덕여왕이라는 역사적인 인물을 선택하면서 부차적 인물을 등장시켜 독자들에게 더 많은 흥미를 주고 있는 특징이 있다. 아비지, 지귀, 이차돈이라는 인물들과 얽힌 사건을 허구적으로 꾸며 풍부한 상상력으로 로맨스적인 소설의 인물들을 창조하고 있다.

로맨스적 소설이란 행위에 대한 것으로 사랑과 모험, 전투에 바탕을 둔 에피소드들을 제시하는 소설의 한 유형이었던 것이 현대에 와서는 작가의 상상력으로 꾸며진 허구적인 이야기라는 점에서 소설의 의미를 지닌다. 중세의 기사도 문학에서 현대의 대중문학에 이르기까지 폭넓은 영역에 사용된다. 이러한 로맨스에 대해 프라이는 소설과 로맨스의 본질적인 차이가 있지만 낭만주의 문학의 한 부분을 차지하고, 현대에 와서도 여전히 로맨스로서의 역사소설은 화려하게 부활한 과거의 영웅들을 모델로 선택한다고 하였다. 그래서 로맨스는 민족국가라는 상상된 공동체를 창출하기 위해 동원된 가장 효과

한국 현대 서사시의 변용과 선택

적인 허구의 수단이 됨으로써[17] 서사시로 부활한 것이다. 또한 프라이
는 전형적인 로맨스의 주인공은 인간으로 인식되지만 불가사의한 힘
을 갖고 있는 인물로 전설, 민담, 옛이야기와 관련된다고 했다.[18] 그
런 점에서 로맨스 소설은 패러디와 상호텍스트성, 풍자를 통해 현대
문학의 스토리텔링의 모델을 제시한다.

　서사시 「황룡사구층탑」에서 황룡사구층탑을 건립하는 과거의 역
사적 무대는 1970년대라는 당대의 현실의 알레고리로서 선택된 것
이다. 덕만왕과 아비지의 사랑이나 지귀와의 사랑, 이차돈의 비극적
사랑은 모두 남녀 간의 낭만적인 연애 이야기라는 전형적인 로맨스
의 주인공들이라고 할 수 있다. 여기서 낭만적이란 감상적 소재를 환
상적인 형식으로 서술하여 정신적인 가치를 추구하는 것이다. 모윤
숙은 국가와 민족, 인간과 인간의 모든 갈등을 초월하여 통일신라를
꿈꾸웠던 과거의 시간을 현재화시켰다. 그것은 초인간적인 사랑으로
이상향을 제시하는 낭만적인 상상력의 발현이다.

　「황룡사구층탑」은 남녀 간의 사랑을 표면에 등장시켜 낭만적인 상
상력을 풍부하게 펼치고 있는 작품이다. 시인의 상상력으로 창조한
사랑의 모티브는 서사시의 이야기성을 더욱 풍부하게 할 뿐만 아니
라 '사랑'이라는 표면적 주제를 '조국애'라는 이면적 주제로 투사하
는 데 성공하고 있다. '사랑 이야기'라는 설정은 이미 「렌의 애가」에
서 '시몬과 렌', 「논개」에서 '논개와 김시민'의 설정을 통해서 드러낸
바 있다. 이러한 사랑의 구도는 「황룡사구층탑」에도 이어진다. 그것
은 '덕만왕과 아비지'의 사랑을 중심으로 전개하면서 에피소드로 등

17　한국문학평론가협회 편, 『문학비평용어사전』, 국학자료원, 2006, 554~555면.
18　N. 프라이, 『비평의 해부』, 한길사, 1991, 50면.

장하는 '덕만왕과 화랑 지귀'의 사랑, '이차돈과 평양공주'의 사랑 이야기는 전형적인 로맨스의 알레고리로 사랑이라는 주제의식을 부각시키는 역할을 한다.

1) 국경을 초월한 비극적인 사랑

「황룡사구층탑」의 핵심은 탑의 건립 과정을 전개이다. 탑의 건립 과정에서 중심 역할을 한 인물이 주인공 덕만왕이다. 이 작품은 고전적인 의미에서 주인공의 일대기를 영웅적으로 그리지 않고 탑을 완성하는 과정을 중심축으로 삼고 있다. 덕만왕이 주인공이지만 탑을 완성한 인물인 백제인 공장 아비지의 갈등에 주목하고 있다. 백제인이 신라에 들어와 탑을 쌓았다는 역사적인 사실에서 시인은 아이러니를 발견한 것이다. 그것은 적국인 백제인이 삼국통일의 염원인 탑을 완성한다는 점이다. 그 갈등의 해소는 덕만왕에 대한 초월적인 사랑으로 설정된다.

「황룡사구층탑」은 총 4장으로 되어 있는데 제1장 '왕실의 숨소리'와 제2장 '황룡사 찾는 길'에서는 선왕이 황룡사를 건립하게 된 것과 자장율사의 건의로 탑을 건립하게 되는 배경이 들어 있고, 제3장 '백제인 아비지'에서는 아비지가 신라로 오게 된 과정과 덕만왕과 아비지와의 만남이, 제4장 '아홉 층계 아홉 하늘을'에서는 아비지가 탑을 쌓는 과정과 완성하고 백제로 돌아가는 과정이 그려져 있다. 즉 3장과 4장에서 아비지와 덕만왕의 행적을 중심으로 다룰 만큼 아비지에 대한 비중을 크게 두고 있다. 주로 덕만왕이 아비지를 맞이하면서 바라보는 내면 서술과 아비지가 덕만왕을 보고 느낀 점을 서술하는 것에서 사랑 이야기라는 복선을 발견할 수 있다.

한국 현대 서사시의 변용과 선택

아비지는 여왕이 앉은 옆에서
꽃향기로 혼미해지는 기분을 누르며
흔들리는 가슴을 억제 못한다.
희열인가? 애수인가?
모란의 향기, 바람의 부드러움
아비지는 수정 같은 여왕의 눈을
별의 눈매, 수줍은 듯 매혹적인
한 여인의 타는 눈동자를 본다

— 제3장 부분

아비지가 몰고 온 창조의 인간 혼
선의 용기는 저항할 수는 없는 것
헛볼 수도 경멸할 수도 없는 것
스며드는 자향꽃의 향수 같은
하늘이 보내는 그리움을 저항할 수는 없었다.
그의 눈동자 흰 이마, 노래하던 그 목소리를
세계라도 우주라도 껴안을
우람한 그의 팔 그의 동작들
그대로 덕만왕의 마음 안에 맴돌고 있다.

— 제4장 부분

위의 예문은 백제에서 초대된 아비지가 여왕을 처음 만난 후의 내면 서술이다. 아비지를 영접하는 덕만왕을 보고 아비지는 '혼미해지는 기분을 누르며 흔들리는 가슴을 억제할 수 없을 만큼 옥 귀걸이에 금팔찌를 한 하얀 팔목을 보고' 있는 한 남성으로 그려진다. 남성이 여성을 바라보고 첫눈에 반하는 사건을 암시한다. 또한 아비지는 여왕에게 꽃술을 받아 마시며 "이처럼 착한 여왕의 나라에/무슨 흉조가 있어 변이 날 것인가", "어여쁜 여인의 왕국이라 하여/그를 대결자로 몰아/그 주가 욕심의 창을 던질 것인가?"하며 칭송할 만큼 아름다운 여왕에 대해 칭송한다. 탑 공사를 시작하기 전날 아비지는 꿈속에서 적국인 신라를 찬양했다고 하여 백제인들이 자신을 배신자, 반역자라며 칼을 받으라는 꿈을 꾸고 신라를 저항하리라고 생각하지만 '슬기와 지혜의 화신인 덕만왕'에게 저항하지 않는다.

두 번째 예문은 덕만왕이 아비지를 처음 본 후 묘사된 내면 서술이다. 여왕은 '자향꽃 향수 같은 하늘이 보내는 그리움을 저항할 수 없을' 만큼 아비지에 대한 그리움을 표현한다. 그날 밤 아비지의 칭송을 되새기면서 여왕은 '아비지의 높은 격조에/그 영원을 부르는 예술의 혼에/겁에 질린 아가처럼/온 몸이 휘말려 감을 억제할 수 없'게 될 만큼 잠 못 이루는 한 여인이 된다. 남녀 간의 첫 만남을 이렇게 설정함으로써 인간과 인간의 사랑이라는 낭만적인 서사시의 길을 열어 놓고 있다.

　　　수만의 횃불이 서라벌은 밝히고
　　　구층탑 둘레엔 불꽃이 타는 밤
　　　아비지는 여왕의 눈빛을 마시며
　　　작은 산과 큰 산을 향하여
　　　공장 이백 명을 데리고
　　　수레에 올라 길을 떠났다.

　　　강은 푸른 물로 이어가고
　　　산과 산은 어깨를 가지런히 누워 갔는데
　　　제 나라끼리 왜 헤어졌는가?
　　　제 나라 사람끼리 왜 미워하는가?

　　　아비지의 모습이 가슴을 메워 오나

덕만왕은 고요 안에 향불을 피워
일어나는 마음 바람을 가라앉히고
흔들리는 정의 그림자를 태워 버렸다.

—4장 마지막 부분

　탑을 모두 완성하고 아비지가 조국인 백제의 부름을 받고 돌아가
는 이별 장면의 묘사에는 첫 만남의 설렘과는 달리 애절한 서정이 잘
드러나 있다. 아비지는 '여왕의 눈빛을 마시며' 국경을 넘기 위해 길
을 떠나고, 이를 배웅하는 여왕은 아비지의 모습이 가슴에 메워 오나
'고요히 향불을 피우면서 마음을 가라앉히고' 정의 그림자를 태워 버
려야만 하는 이별의 서정시로 서사시의 막을 내린다.

　모윤숙은 신라의 적국인 백제인 아비지가 탑을 완성했다는 점에
흥미를 가져 여왕과 아비지의 비극적인 사랑 설정으로 상상력을 발
휘하였다. 만남과 이별도 없고, 나는 것도 죽는 것도 없다는 불교사
상인 인간의 운명을 아름다운 서사시에 담아 1970년대 당대의 분단
국가의 통일을 염원하는 평화의 탑을 제시했다.

2) 신분을 뛰어넘은 비극적인 사랑

　지귀 설화는 황룡사구층탑과 직접적인 관련이 없지만 선덕여왕과
관련이 있는 불교설화라는 점에서 서사시 「황룡사구층탑」에 한 에피
소드로 등장한다. 서사시 전편에 흐르는 비극적인 사랑이라는 주제
의식을 뒷받침하는 설화로서 상상력이 돋보이는 사건이 된다. 지귀
는 「심화요탑」 설화의 주인공으로 선덕여왕을 사모하던 사람이다.
설화 속의 지귀는 여왕으로부터 팔찌를 받고 나서 가슴에 불이 일어
탑까지 태운 뒤 불귀신이 된 비극적 사랑의 주인공이다. 그러나 「황

롱사구층탑」의 지귀는 평범한 사람이 아니고 화랑으로 설정하여 신라의 대표적인 젊은이로 상징되고, 덕만왕의 고독과 외로움을 깊이 이해하는 사려 깊은 인물로 등장한다.

> 덕만 여왕 착한 여인이시여!
> 풀빛 위에 내리는 달빛이시여!
> 주소서 그 외로움을,
> 이 가슴에 남모르게 보내주소서.
>
> 사랑이 피네, 웃음이 피네
> 호젓한 우리 여왕 가슴에
> 사랑의 꽃이 피네 행복의 꽃이 피네
> 사는 것 죽는 것 모두다 바치오리
> 그 고독을 그 웃음을 보내주시라."
>
> 지귀는 길을 막고 다시 소리 높여
> "서라벌은 젊음의 나라
> 숨질 듯 아픈 사랑으로 차 있는
> 사랑은 오직 그대 여왕에게
> 사랑은 오직 못 떠날 그대에게!"

　　　　　　　　　　　　　　　　　　　　— 제2장 부분

한국 현대 서사시의 변용과 선택

　덕만왕을 사모하는 지귀의 목소리는 아름다운 사랑의 노래로 울려 퍼진 음악성을 지닌다. 오페라 무대에서 코러스의 한 장면처럼 사랑의 세레나데를 부르는 아름다운 화랑 청년의 모습을 그리고 있다. 설화 속의 지귀와는 달리 여왕에게 사랑을 적극적으로 호소하는 인물로 묘사되는 것이다. 설화에서는 여왕이 지귀의 순수한 사랑을 인정하고 그의 마음을 달래는 구조로 되어 있다면 이 서사시에서는 지귀가 오히려 여왕의 외로움과 고독을 알아주는 적극적인 인물로 묘사된다.

지귀가 여왕의 아름다움을 사모하여 슬픔과 눈물에 젖어 있는 것이 아니라 오히려 여왕의 고뇌를 이해하면서 그의 아름다움을 찬양하는 신라 민중의 대표적인 성격을 띤 인물로 설정되었다. 특이한 것은 지귀가 불 속을 뛰어다니는 불가사의한 인물이며 전형적인 로맨스의 영웅으로 그려졌다는 점이다. 결국 불귀신이 된다는 것은 자연으로 돌아간다는 로맨스 주인공의 죽음과 같다. 즉 사랑의 순교로 비극적인 인물이 된다.

3) 종교적으로 승화된 비극적인 사랑

역사적으로 이차돈은 신라 법흥왕 때 불교가 국교로 승인되는 과정에서 순교한 인물이다. 이차돈의 순교는 신라 불교의 기원을 상징한다. 신라는 삼국 중에서 가장 늦게 불교를 받아들였다. 그만큼 당시로서는 불교를 받아들이기가 쉽지 않았다는 것을 의미하고 이러한 가운데 이차돈의 순교는 신라 불교의 이정표 역할을 한다. 특히 그의 신이한 죽음은 특별한 불교설화로 전해진다.

그러나 「황룡사구층탑」에 에피소드로 들어가 있는 이차돈 순교는 시인의 상상력으로 새롭게 그려진다.

> 문득 여왕은 이차돈이란
> 신라의 순교자를 생각했다.
> 평양 공주의 사랑을 거절한 죄로
> 궁전 뜰에서 목베임을 당한 일.

달님 아가씨와의 사랑을 시샘하여
고구려로 망명을 시켰음이
오히려 불도로 그 몸을 세우게 했고
드디어 신라의 불교를 퍼지게 한
그때의 일들이 새삼 떠올랐다.

젊음, 사랑, 시샘, 권력, 모함의 인생
늠름한 꽃도련님 속에서도
오직 역사를 빛나게 한 이차돈!

— 제2장 부분

이 부분은 여왕이 황룡사로 가는 도중에 이차돈의 순교를 마음속으로 생각한 1인칭 서술이다. '평양공주와의 사랑을 거절한 죄'로 목베임을 당했다는 허구적으로 그려져 있다. 이차돈은 달님 아가씨와의 사랑을 시샘하여 고구려로 망명하게 되었고, 그로 인해 불도를 닦게 되었으며, 평양공주가 그를 사랑했지만 그의 사랑을 거절하여 죽은 인물로 그리고 있다. 또한 평양공주, 달님 별님 아가씨들이 그의 사랑을 차지하려다가 모두 불신 앞에 마음을 가라앉히고 불교도들이 되었다는 이야기로 구성해 놓고 있다. 이 삽화는 실제 설화와는 달리 개인적인 사랑의 희생이 종교적으로 승화된다는 점을 부각시키기 위하여 비극적인 사랑으로 설정했다.

여왕과 아비지의 사랑은 백제와 신라의 국경과 이념을 초월한 사랑의 경지를 예술로 완성되는 것을 보여 주었고, 지귀와 여왕의 사랑은 신분 계급을 초월한 비극적인 사랑을 보여 주었다면 이차돈과 평양공주의 비극적인 사랑은 종교적으로 승화되는 경지를 보여 주었다. 고구려의 불교, 백제의 예술혼이 신라와 더불어 하나 되는 이념의 통합을 꿈꿔 왔다. 국경과 이념을 초월한 사랑의 경지를 드러냄으

로써 당대의 정치이념을 초월하는 서사정신이 '사랑'이라는 주제라
고 생각했다. 개인적인 사랑을 조국애로 승화시키는 데 뛰어난 모윤
숙의 문학적 상상력은 서사시 「황룡사구층탑」에서 총체적으로 발휘
된다. 모윤숙이라는 시인이 쓸 수 있는 가장 위대하고 아름다운 서사
시는 바로 조국애였다.

4. 장르의 경계를 넘어

전통적인 서사시는 영웅의 일대기나 특별한 사건을 중심으로 서술
되는 것이 일반적이다. 그래서 서사시의 주인공은 역사적인 인물이
어야 하며, 영웅적 행위로서 국가나 민족의 문제를 다루어야 민족서
사시가 되는 것이다. 그러나 현대시에서 이러한 조건에 맞는 전통적
인 서사시는 장르의 미라가 되었기에 시의 하위 장르에 포함될 수 없
을 만큼[19] 그 존립의 가능성을 인정하려 하지 않는 경향도 있다.

그리하여 현대시에서 서사시의 장르를 규정짓는 것은 거의 불가능
한 일이지도 모른다. 현대에 와서는 서사시에서 다룬 역사적 사실이
나 설화는 시인 나름의 창작 태도 등에 따라 패러디나 상호텍스트성
과 연결될 수 있다. 시인이 설화나 역사적인 인물을 재해석하고 창조
하는 문학적 상상력은 문학의 기본 특성이기 때문에 시인의 창작 태
도에 따라 서사시의 창작은 얼마든지 새롭게 모색될 수 있다. 문학적
상상력은 단순히 감정에 호소하는 일상적인 소재가 아니라 시의 정
신을 추구하는 예술의 형식이 될 수 있는 낭만적인 상상력에서 기인

---

19 오세영, 『문학연구방법론』, 시와시학사, 1991, 103~104면.

할 수 있기 때문이다.

서사시로서 「황룡사구층탑」은 기존의 서사시와는 달리 청자 지향의 담화구조와 입체적인 인물의 목소리를 연출함으로써 시적 오페라라는 양식화를 추구해서 새로운 시적 모색을 하고 있는 특징이 있다. 인물과 사건의 치밀한 구성, 대화체의 사용과 무대 지시문의 구별, 다양한 사건의 전개와 설화에서 차용한 삽화 구성, 인물의 적절한 배치, 역사적 인물의 재해석 등은 서사시의 틀을 벗어나지 않으면서 새로운 시형을 새롭게 모색하고 있다. 극적 재현의 담화구조, 서정성 짙은 낭만적인 상상력, 코러스의 가능성을 지닌 음악성 등은 오페라나 뮤지컬의 극본으로도 손색이 없을 정도로 연희적 요소를 지닌 특별한 작품이라고 할 수 있다.

특히 등장인물을 재창조한 상상력이 풍부하게 반영된 서사시의 특징을 발견할 수 있다. 선덕여왕이라는 인물의 선택과 1970년 당대의 조국애를 그렸다는 점에서 서사시의 일부 조건을 만족하고 있다. 그와 더불어 주인공의 행위와 사건을 중심으로 이끌어가는 전통적인 서사시와는 달리 알레고리 형식을 취하면서 인물의 행위와 사건을 재창조한 상상력이 발견되기 때문이다. 즉 설화 속의 여러 인물을 재창조하여 상호텍스트성을 갖는다는 것이다. 이차돈과 평양공주의 사랑, 지귀와 덕만왕의 사랑, 아비지와 덕만왕의 사랑이라는 설정은 각각 개인적 차원의 사랑이 조국애와 민족애로 확대되는 주제의식으로 재창조된 것이다. 이런 각각의 비극적인 사랑은 국가와 민족의 차원으로 승화시켜 주제의식을 부각시키는 알레고리가 된다.

모윤숙은 문학의 경계를 넘어 시의 영역을 확장시킨 시인이다. 시인이면서 방송인으로 연극인으로, 또는 문화외교 사절단으로 활동한 다채로운 그의 이력이 다양한 장르의 결합을 가능하게 했다. 1969년 산문시 「렌의 애가」가 영화로 만들어졌고, 「논개」가 오페라로 공연되었으며, 「산제」[20]라는 무용의 대본을 쓸 만큼 장르의 범위를 넓혔다. 1970년대 서사시가 풍미하던 시대에 서정주가 시로부터 멀어져 가는 독자들을 끌어들이기 위해 민담 구연이라는 이야기를 시에 도입해서 「질마재 신화」를 썼고, 김지하가 판소리 양식을 차용한 「오적」으로 담시라는 새로운 장르로 민중에게 다가갔다면, 모윤숙은 『황룡사구층탑』에서 서정시, 서사시, 극시를 혼합하여 새로운 양식을 제시하여 장르의 경계를 넘은 글쓰기 형식을 보여 주었다. 시의 본령을 지키면서 경계를 넘나드는 시적 변주곡을 펼친 그의 서사시는 낭만성과 조국애를 총체적으로 담아낸 획기적인 작품이라고 할 수 있다.

251

---

20 무용가 강선영을 인터뷰한 기사에 의하면 아시아영화상을 탄 「초혼」은 1965년 모윤숙이 쓴 「산제」가 원작이고, 무용을 만들라며 준 작품이라고 밝히고 있다(「사진집 출간한 '한국춤의 산 역사'」, 『문화일보』, 2008. 10. 25).

고정희 장시 「사람 돌아오는 난장판」의 창작 과정과 특성

1. 서론

고정희의 장시는 첫 시집부터 연작시를 즐겨 쓴 것에서 그 발아점을 찾을 수 있다. 두 번째 시집에 수록한 「환인제」(1981)부터 무가 형식을 차용한 장시가 창작되고, 『초혼제』『저 무덤 위에 푸른 잔디』(1989)『여성해방 출사표』(1990)[1]로 이어진다. 이처럼 고정희는 길이의 면에서 연작시와 장시를 선택했을 뿐만 아니라 시적 화자의 서술 방식도 편지식, 기도문, 기도시, 산조가락 등 타 장르의 형식을 패러디하여 끊임없이 새로운 시형식을 추구한다. 『초혼제』부터 그의 시는 주목을 받았으며 기독교적 색채보다는 전통적인 탈춤과 구비문학의 형식인 무가의 사설조를 도입하여 굿시, 마당굿시를 발표하여 1980년대 광주민주항쟁의 죽음을 위로하고 인간 해방의식을 시인의 상상력으로 드러내는 데 성공한다.

---

1 『여성해방 출사표』는 '이야기 여성사'라는 점에서 장시 계열로 볼 수 있다.

고정희는 1975년 등단하여 창작생활이 15년 남짓에 불과하지만 10권의 시집을 발간할 만큼 창작활동을 활발하게 한 시인이다. 그는 서정시부터 장시에 이르기까지 다양한 형식의 시를 썼다. 고정희의 시에 대해서는 그동안 많은 논자들에 의하여 여러 가지 시각으로 활발하게 논의되어 왔다. 고정희는 기존의 여성문학이 갖는 시형식을 탈피하고 끊임없이 새로운 시형식을 추구하여 제도권적 여성 담론을 해체하고 가부장적 질서 속의 자아 이미지를 걷어내고 영성—귀족주의적, 단아한 형식주의적 미학을 해체하는 첫 목소리[2]를 낸 시인이라는 평가와 함께 기독교 시인,[3] 여성문제를 가장 앞자리에서 폭넓게 탐구한 시인[4]으로, 『아름다운 사람 하나』(1990)을 대상으로 연시(戀詩)에 주목한 서정시인[5] 등으로 현실 참여의 민중시와 여성해방 시인으로 평가되어 왔다. 이처럼 고정희 시가 폭넓게 평가된 것은 그만큼

2 김승희, 「상징 질서에 도전하는 여성시의 목소리, 그 전복의 전략들」, 『여성문학연구』 2호, 1999. 2, 142~143면.

3 종교적 관점에서 다룬 논문은 유성호의 「고정희 시에 나타난 종교의식과 현실인식」, 한국현대문예비평학회, 『한국문예비평연구』 1집, 1997; 박선희·김문주, 「고정희 시의 '수유리' 연구—「화육제별사」를 중심으로」, 한민족어문학회, 『한민족어문학』 66권 0호, 2014; 이승하, 「한국 현대시에 나타난 '예수'」, 『유심』 2호, 만해사상실천선양회, 2005; 한향자, 「고정희 시에 나타난 기독교 의식」, 전북대학교 교육대학원 석사학위 논문, 2007; 김문주, 「고정희 시의 종교적 영성과 '참여'의 의미」, 국제비교한국학회, 『비교한국학』 19권 2호, 2011.

4 정효구, 「고정희 시에 나타난 여성의식 연구」, 충북대인문과학연구소, 『인문학지』 17권, 1999, 43면. 이 외에도 페미니즘 시에 관한 논문은 다음과 같다. 송명희, 「고정희의 페미니즘 시」, 한국비평문학회, 『비평문학』 9집, 1996; 이소희, 「'고정희'를 둘러싼 페미니즘 문화정치학」, 한양대여성연구소, 『젠더와 사회』 6권 1호, 2007; 이경희, 「고정희 시의 여성주의 시각 연구」, 돈암어문학회, 『돈암어문학』 21호, 2008.

5 박혜경, 「연시와 통속성의 문제」, 『한실문학』, 한길사, 1991; 이경희, 「고정희 연시 연구」, 돈암어문학회, 『돈암어문학』 제20호, 2007; 문혜원, 「고정희 연시의 특징」, 국제비교한국학회, 『비교한국학』 19권 2호, 2011.

그만큼 그의 시가 다양하게 전개되고 있다는 징표가 될 수도 있다.[6]

그러나 한편으로는 고정희의 시가 갖는 문학사적 위치에 비해 장시에 대한 연구는 활발하지 못했다. 그의 대표적인 장시는 대부분 굿시 계열의 장시인데 기독교 시인이라는 이름에 가려진 면이 없지 않다. 고정희의 굿시를 살핀 고현철의 연구는 장르 패러디에 대한 개념을 최초로 정립한 담론[7]이라는 점에서 의미가 크고, 최근에 이르러 여성적 글쓰기에 초점을 둔 박송이와 김란희의 논의에서 장시에 대한 본격적인 논의가 시작되었다. 박송이는 『초혼제』에 나타난 글쓰기 형식을 '되받아 쓰기'라는 해체적 글쓰기 담론을 통해 시대에 대응하고자 시적 전략[8]이었음을 밝혔고, 김란희는 「저 무덤 위에 푸른 잔디」를 중심으로 고정희의 시적 언어가 갖는 육체성과 물질성을 해명하여 민중해방과 여성해방의 세계를 추구하여 남성적인 언어를 전복한 글쓰기[9]라는 평가를 하였다. 이와 같이 최근 고정희 장시에 대한 연구가 시작되어 매우 고무적이나 고정희 장시의 창작 과정이나 그 형식적인 특성을 깊이 있게 밝히지 못한 한계점이 있다.

따라서 본고에서는 고정희 장시의 창작 과정을 살피고, 『초혼제』에 실린 「사람 돌아오는 난장판」(1983)을 중심으로 고찰하려 한다. 「사람 돌아오는 난장판」은 다른 굿시 계열의 장시인 「환인제」 「저 무덤 위에 푸른 잔디」에 비해 작품의 완성도가 어느 정도 높다고 판단

---

6 이대우, 「도발의 언어, 주술의 언어」, 문예미학회, 『문예미학』 11집, 2005, 99면.

7 고현철, 『현대시의 패러디와 장르이론』, 태학사, 1997.

8 박송이, 「시대에 대응하는 전략적 방식으로써 되받아 쓰기-『초혼제』를 중심으로」, 한국현대문예비평학회, 『한국문예비평연구』 제33집, 2010. 12, 233면.

9 김란희, 「고정희 '굿시'에 나타난 기호적 코라의 특성」, 국제비교한국학회, 『비교한국학』 19권 2호, 2011, 167면.

되기 때문이다. 이 작품의 특성을 고찰하기에 앞서 연작시에서 장시로 이행된 창작 과정을 살피기 위해 「환인제」 「사람 돌아오는 난장판」 「저 무덤 위에 푸른 잔디」의 영향관계를 고찰한 후, 「사람 돌아오는 난장판」을 중심으로 서사구조의 특성과 연희성, 카니발 언어의 유희성의 특성을 규명하고자 한다. 이를 통해 고정희의 장시가 어떠한 방식으로 창작되었는지를 밝힐 수 있으며, 1980년대 시대적 상황과 어떤 연관성이 있는지 그 의미를 규명할 수 있으리라 본다.

2. 고정희 장시의 창작 과정

1) 연작시에서 장시로

고정희는 초기 시부터 장시의 가능성을 보여 준 시인이다. 첫 시집에 「미궁의 봄」 「아우슈비츠」 「카프리스」 「산행가」 등의 연작시를 썼고, 두 번째 시집 『실락원 기행』 10부 중 「신연가」 「도요지」 「간척지」 「실락원 기행」 「예수전상서」 「순례기」 6편이 연작시이며, 이후 시집에도 연작시는 지속적으로 나타난다. 연작시에서 본격적인 장시로 나타난 작품은 두 번째 시집 『실락원 기행』(1981)에 수록된 「환인제」이다. 이 작품부터 전통적인 굿양식을 패러디하여 상당히 긴 시를 발표하는데 이와 같은 계열의 장시는 세 번째 시집 『초혼제』(1983)[10]에

---

10 『초혼제』는 5부로 구성되어 있는데 한 권의 장시로 연속된 것이 아니라 각각 5편의 독립적인 작품이다. 4부의 「환인제」는 『실락원 기행』(1981)에 발표된 굿시 계열의 장시라는 점에서 재수록한 것으로 보인다.

수록된 4편 「우리들의 순장」「화육제별사」「그 가을 추도회」「사람 돌아오는 난장판」이 있다. 『저 무덤 위에 푸른 잔디』(1989)는 한 권의 장시집이고, 『여성해방 출사표』(1990)[11]의 '이야기 여성사' 3편은 '역사적인 인물들'의 이야기로 전개되어 장시의 연장선으로 볼 수 있다.

연작시는 하나의 제목에 번호를 이어 붙여 내용상 관련 있는 주제를 여러 편 쓰는 것이 일반적이다. 그러나 고정희의 연작시도 이와 같이 같은 제목에 번호를 붙이는 경우도 있지만 제목을 각기 다르게 붙이고 부제에 같은 제목을 달고 번호를 이어 붙이거나, 제목과 부제가 다르면서 번호를 붙인 것 등 다양하게 전개하는 특성이 있다. 각각의 텍스트에 번호를 붙여서 그 구조들이 서로 분리되지 않게 전개하려는 기본적인 전략이 반영되어 한 편의 장시의 가능성을 지니게 된다. 고정희의 연작시 중에서 같은 제목에 번호를 붙임과 동시에 전통 장르의 서사구조를 패러디하기 시작한 것은 두 번째 시집 『실락원 연가』에 수록된 「신연가」 5편의 연작시에서 발견할 수 있다.

「신연가」 연작시 5편은 부제를 '진양조-중중모리-자진휘몰이-휘몰이-단몰이'로 붙여 일정한 구조를 지닌다. 개별적인 하나의 작품은 그 단위 요소들 사이에 이루어지는 여러 가지 유형의 관계들을 동시에 이용하며 순서를 따른[12] 것이다. '진양조'부터 '단몰이'는 산조[13]

고정희 장시 「사람 돌아오는 난장판」의 창작 과정과 특성

---

11 시집 『여성해방 출사표』(1990)에서 황진이, 이옥봉, 신사임당, 허난설헌 등의 과거 인물들의 목소리를 편지식으로 서술한 장시로 볼 수 있으나 본고에서는 굿 패러디 장시만을 대상으로 삼아 논외로 한다.

12 츠베탕 토도로브, 『구조시학』, 곽광수 역, 문학과지성사, 1992, 84면.

13 산조는 장단으로 변화되는 구성적 특성이 있는데 일반적으로 '진양조-중모리-자진몰이-휘몰이-단몰이'의 순서로 진행된다. 판소리에서는 이 장단이 순서와 상관없이 부분적으로 사용될 수 있지만 산조를 완주할 때는 진양조부터 단몰이까지 순서대로 연주된다.

를 연주하는 순서로 '시작-끝'이라는 구조로 이루어지는 '순서'의 의미를 갖기 때문이다. 이 작품의 5편은 가장 느린 진양조에서 점점 빠른 휘몰이[14] 장단으로 순서를 배열한 시적 의도가 있다. 즉 이 5편의 시는 광주 시민의 죽음에 대한 고통의 농도를 점차적으로 증가시킴을 반영한 시적 전략의 하나라고 할 수 있다.

　본격적인 장시는 『초혼제』에 등장한다. 이 시집에 실려 있는 4편의 장시도 모두 죽음과 연관된 작품이다. 먼저 「우리들의 순장」은 '폐하'로 지칭되는 대상에게 부음을 받은 시점부터 발인 과정을 보고하는 형식으로 서술하면서 당대의 현실을 풍자적으로 그리며, 일찍이 없었던 "황홀한 장례" "아름다운 장례"로 역설적으로 표현하여 "수십 년 가불된 죽음" "산송장들의 삶"이라는 시대의 죽음을 '순장'의 의미로 풀어내고 있다. 두 번째 작품인 「화육제별사」도 예수의 죽음과 관련이 있는 것으로 고정희가 한국신학대학 재학 중 일어났던 사건을 구체적으로 반영한[15] 서사적인 작품이다. 이 작품의 창작 동기에 대해 "대학 4년 동안 고난주간과 축제기간만 돌아오면 홍역처럼 젊은 날의 고민과 갈등과 신념을 그리려 했다"[16]고 술회하고 있는 것에서 자전적 요소가 짙게 나타난다. '화육제'[17]는 예수의 죽음을 기념하

한국 현대 서사시의 변용과 선택

14　'단모리'는 '휘모리'보다 더 빠르게 연주하는 것으로 판소리에서는 단모리 대신에 휘모리라는 말이 더 많이 사용되고 있고, 산조에서는 휘모리 다음에 나오는 악장의 이름으로 자주 쓰이고 있다(송방송, 『한겨레음악대사전』, 보고사, 2012, 247면 참조).

15　박선희·김문주, 「고정희 시의 '수유리' 연구─「화육제별사」를 중심으로」, 한민족어문학회, 『한민족어문학』 6권 0호, 2014, 445면.

16　고정희, 「후기」, 앞의 책, 175면.

17　한국신학대학에서는 매년 5월 성금요일 전후로 화육제를 열었다. 고정희는 이때의 예배를 통해 현실과 역사와 민중을 예수의 수난 속에서 사유하고, 자신의 소명을 깨닫게 되었고, 당대의 현실과 신앙, 문학의 길을 모색할 수 있는 결정적인 영향을 주었다고 한다(박선희·김문주, 앞의 논문, 453면 참조).

는 예배인 만큼 예수의 수난과 죽음에서 인간의 삶과 죽음에 대한 깊은 성찰을 하는 계기가 되었고 현실의 비극에 대응할 수 있는 시인의 정체성이 확립된 것으로 보인다.

이와 같이 고정희에게는 '죽음 인식'에 대한 화두로 '장례식'과 '추도식'을 소재로 한 시가 유독 많다. 이것은 1970년대 상황과 1980년대 광주사태라는 현실적인 고통의 무게를 시적으로 형상화하려는 그의 노력에 따른 것이다. 그래서 그의 시는 '추도시', '추도회', '초혼제', '발인제', '환인제', '우리들의 순장', '저 무덤 위에 푸른 잔다' 등과 같이 죽음과 관련이 깊다. 「그 가을 추도회」는 고민해 여사의 10주기 추도회의 과정을 그린 것으로 '향촉례-글로 쓴 약전-추도시-추도사-초혼제'로 전개되는데 기독교, 유교, 전통장례 등의 양식을 복합적으로 패러디한 장례식이다. 특히 2장 '글로 쓴 약전'에서는 1945년부터 1980년대 초까지 시간의 순서에 따라 역사적 사실을 전개하는 서사적 기법을 발견할 수 있다. 서사시의 삽화가 주제와 긴밀하게 연결되는 것과 같이 이 부분은 해방 후 미군정 시대와 이승만 정권, 4·19혁명, 전태일 사건, 천구백칠십×년 시월과 천구백팔십년 모월 모일의 사건 등을 구체적으로 언급하며 어두웠던 역사를 냉소적으로 비판한다. 추도식의 마지막 장인 '초혼제'는 죽은 사람의 혼을 재생시키는 의식과 같이 새로운 '민주세대'를 기원 축수하는 희망을 갈구하는 내용을 담고 있다. '초혼제'는 앞서 발표한 「환인제」의 연장선에 있는 작품이며, 「사람 돌아오는 난장판」에서 더욱 구체적으로 확대된다.

2) 마당굿시에서 굿시로

구분	「환인제」 (1981)	「사람돌아오는 난장판」(1983)	『저 무덤 위에 푸른 잔디』 (1989)
서사구조 (소제목)	첫마당 불림소리 두마당 조왕굿 세마당 푸닥거리 네마당 삼신제 다섯마당 환인제	첫째마당 둘째마당 셋째마당	첫째거리-축원마당 둘째거리-본풀이마당 셋째거리-해원마당 넷째거리-진혼마당 다섯째거리-길닦음마당 여섯째거리-대동마당 일곱째거리-통일마당 뒷풀이-딸들의 노래
등장인물	무당 3인, 온갖 탈 등장	도깨비탈 3인, 무당, 박수, 남정 네, 마당사람들	등장인물 표시 없음
서술양식	각 마당의 앞부분 에 지문을 넣었고, 연의 마지막 부분 에 구체적인 '추임 새'를 명기	등장인물이 행동 과 노래의 장단, 림과 추임새 등 을 구체적으로 명기	전체적으로 1인칭 화자로 전개되고, 넷째거리의 시 적 화자만 '죽은 어머니'로 서술되며, '뒷풀이'만 〈받 는 소리〉, 〈매기는 소리〉로 구분
분량	15면	48면	150면(시집 한 권)

위에서 볼 수 있듯이 세 편의 장시는 모두 전통 연희마당의 서사구
조와 서술양식, 등장인물 등으로 구성된 특성이 있다. 이들 작품이
서사구조에서 '마당'이나 '거리'를 사용한 점과 구체적인 등장인물
소개와 추임새 등을 표시하여 연희성을 표시한 특징이 있고, 연작시
형식의 15면 분량 「환인제」에서 한 권의 장시집 「저 무덤 위에 푸른
잔디」까지 길이가 점차적으로 길어지는 변모 과정을 알 수 있다.

「환인제」는 죽은 혼을 불러내는 것으로 '초혼제'의 성격을 갖고 있고 다섯 마당으로 구성되어 있지만 한 편으로 연결된 긴밀한 서사성은 확보되지 않는다. 첫마당 '불림소리'[18]와 다섯째마당의 '환인제'는 '죽은 혼'을 부른다는 '초혼제'의 의미를 지니고 있으나 '조왕굿', '푸닥거리', '삼신제'는 각각 집안의 복을 빌거나 병자를 살릴 때, 아기와 산모의 생명을 보호하는 굿으로 집안에서 이루어지는 가족 단위의 굿이다. 즉 집안에서 이루어지는 개별적인 굿이고, 마당굿처럼 공동체굿으로 나아가지 않았다는 것이다. 그러나 셋째마당인 '푸닥거리'는 탈춤을 패러디한 것으로 3명의 도깨비탈을 등장시켜 현실을 풍자하는 해학성은 마당굿의 양식을 취하고 있다는 점에서 다른 마당과 차이가 있고 「사람 돌아오는 난장판」과 연결된다.

> 은도깨비 홍도깨비 청도깨비 나오너라
> 은도깨비 형님 홍도깨비 형님
> 청도깨비 형님도 나오너라
> (요란한 꽹과리, 북소리. 형님도 나오너라. [추임새])
>
> —「푸닥거리」 3연에서

> 진수성찬 앞에 놓고 원없이 먹어보자
> (원없이 먹어보자. [추임새])
>
> —「푸닥거리」, 5연에서

> 탈탈 탈탈탈 탈탈 탈탈탈

---

18 '불림소리'는 허튼춤에서 서로의 흥을 돋우기 위하여 외치는 말로 "좋지, 좋아, 얼씨구" 등의 소리를 하는 것(『한국민속대사전』, 한국사전연구사, 1994, 711면)으로 죽은 혼령을 불러내는 춤판을 벌이는 의미로 사용되었으나 내용에서는 구체적인 춤은 등장하지는 않는다.

봐탈 보탈 강탈 약탈
봉산탈 양주탈 무당탈 도깨비탈
입맞추고 넋 맞추어 수신제가 하여보자
탈탈… 춤출 탈 탈탈… 춤출 탈

—「푸닥거리」7연에서

3명의 도깨비탈이 등장하는 것과 구체적으로 추임새를 표기하는
방법이 「사람 돌아오는 난장판」 등장인물과 같다. 청도깨비, 홍도깨
비, 은도깨비의 탈춤과 「푸닥거리」에서 도깨비를 '강탈', '약탈'하는
도깨비로 부정적인 인물임을 풍자적으로 암시하는 것과 같이 「사람
돌아오는 난장판」에서는 '죽임'을 상징하는 '교통정리'하는 중심인물
이 된다는 것이다. 즉 「사람 돌아오는 난장판」은 「푸닥거리」가 좀 더
길게 확장된 작품이라고 할 수 있다.

『저 무덤 위에 푸른 잔디』[19]는 「환인제」「사람 돌아오는 난장판」에
서 보인 굿양식을 보다 확장하여 한 권의 시집 분량으로 창작한 시집
이다. 작품의 형식을 소제목에서 알 수 있듯이 축원마당, 본풀이마
당, 해원마당, 진혼마당, 길닦음마당, 대동마당, 통일마당, 뒷풀이를
사용하여 전체적으로 굿판의 서사성을 확보하고 있다. 또한 왜곡된
역사 속에서 억울하게 죽은 혼과 살아남은 사람들의 고통을 치유하
고 화해하려는 의도에서 씻김굿을 패러디한 것이다. 그러나 형식적
인 면에서 등장인물이나 무대 지문을 구체적으로 제시하지 못하고,

한국 현대 서사시의 반응과 선택

---

19 고정희는 『초혼제』로 대한민국문학상을 수상하면서 문단의 주목을 받고, 이 시집
을 계기로 1984년 극작가 엄인희와 무당인 김경란의 제의로 '멋진 판'을 위한 장시
『저 무덤 위에 푸른 잔디』를 6년 만에 완성한다(고정희, 「후기」, 『저 무덤 위에 푸른
잔디』, 창작과비평사, 1989, 155~156면).

소리의 장단이나 추임새[20] 등이 생략되어 굿판의 음악성과 역동성을 잃고 있으며, 시대에 대한 날카로운 풍자성이나 질박한 해학성을 충분히 발휘하지 못하고 있다. 그래서 시집 전체가 다소간 단조롭고 메마른 느낌으로 읽혀지고 민족적 수난에서 씻김에 이르는 도정이 보다 풍요롭고 입체화된 역동적 움직임으로 형상화되어 있지 않다.[21]

고정희는 철저한 기독교인이었기 때문에 무가 형식을 작품에 수용하는 것은 쉽지 않았을 것이다. '기독교 정신'을 사유의 뿌리로 삼고 창작활동을 해 왔기에[22] 성서의 구절과 기도문 형식을 패러디한[23] 경우가 많았다. 그래서 그의 초기 시세계는 기독교적 세계관을 바탕으로 인간의 실존적 고뇌와 구원의 문제를[24] 다룬 작품이 주를 이루게 된다. 그는 특히 죽음의 문제를 실존적으로 해결하려 했던 그의 고민이 있었다.

> (전략) 내용적으로 나는 어떠한 일이 있더라도 우리는 이 어두운 정황을 극복해야 된다고 믿는 한편 조직사회 속에서의 인간성 회복의 문제가 크나큰 부담으로 따라 다녔고, 형식적으로는 우리의 전통적 가락을 여하히 오늘에 새롭게 접목시키느냐가 최대의 관심사였다. 나는 우리

---

20 '뒷풀이—딸들의 노래'에만 각 연의 맨 앞에 '매기는 소리', '받는 소리' 표시만 하고 있다. 「사람 돌아오는 난장판」에서는 발림, 추임새, 인물의 행동, 춤사위까지 상세하게 표시한 것과 많은 차이가 있어 연희성과 역동성이 떨어진다.

21 박혜경, 「여성해방에서 통일로 이르는 굿판」, 『저 무덤 위에 푸른 잔디』, 창작과비평사, 1989, 154면.

22 유성호, 「고정희 시에 나타난 종교의식과 현실인식」, 한국문예비평학회, 『한국문예비평연구』 1집, 1997, 76면.

23 윤인선, 「고정희 시에 나타난 현실에 대한 재현적 발화 양상 연구」, 국제비교한국학회, 『비교한국학』 19권 2호, 2011, 285면.

24 송명희, 「고정희의 페미니즘시」, 『비평문학』 9집, 1995, 138면.

가락의 우수성을 한 유산으로 활용하고 싶었다.(중략)

　나는 이번 시집의 원고를 마무리하고서 내심 크게 놀란 것은 한 가지
가 있었다. 그것은 내 내면이 무의식이든 의식이든 '희망'과 '죽음인식'
이라는 대립관계 속에 깊이 침잠해 있다는 것이었다. 결국 나는 '죽어
있는 삶'과 '살이 있는 죽음'에 대해 많은 콤플렉스를 숨기고 있었는지
도 모른다.[25]

　위의 글에서 고정희가 추구한 시의 내용과 형식이 무엇인지 알 수
있다. 시의 내용은 어두운 현실을 '극복'하고 인간성 회복의 문제를
해결하기 위한 희망의 '비전'이었고, 그것을 '전통적인 가락'에 접목
했다는 시창작의 방법론이다. 시형식에 대한 추구는 무의식 속에 침
잠해 있던 '죽음인식'을 해결하기 위한 방법에 대한 모색이다. '죽어
있는 삶'과 '살아 있는 죽음'에 대한 구원의 문제에 천착했던 것이다.
그래서 고정희는 인간의 근원적인 고통과 타락, 구원의 메시지를 담
은 밀턴의 『실락원』과 같은 작품을 쓰려는 열망을 가졌을 것이다. 그
것은 우선 두 번째 시집 『실락원 기행』의 제목에서 알 수 있고, 이 시
집에 수록된 연작시 「실락원 기행」 3편은 죽은 사람을 위한 '진곡(眞
哭)', '호곡(號哭)'으로 창작한 바 있다. 기독교식으로 죽음을 해결한
본격적인 작품은 시집 『초혼제』에 수록된 「우리들의 순장」 「화육제
별사」 「그 가을의 추도회」이고, 전통 무속의 씻김굿과 마당굿에서 산
자와 죽은 자를 위로한 작품이 「사람 돌아오는 난장판」 「저 무덤 위
에 푸른 잔디」이다.

　이와 같이 『초혼제』부터 본격적으로 민요, 무가, 판소리 등을 시에
접목시킨 작품을 창작하게 된 것은 그의 고향 해남의 정서와 무관하

한국 현대 서사시의 변용과 선택

25　고정희, 「후기」, 『초혼제』, 창작과비평사, 1983, 176면.

지 않다. 고정희의 고향은 해남이다. 해남은 진도의 씻김굿 문화권에 있을 뿐만 아니라 남도민요 등으로 유명한 곳이다. 해남 출신의 시인 이동주는 남도창, 판소리, 산조 등의 남도 가락을 시에 담아내었고, 김지하 역시 판소리시를 창작하는 데 공헌했다면 고정희는 남도무가를 패러디하여 1980년대의 아픔을 치유하는 '굿시'를 선택한 것이다. 1970년대와 1980년대 광주민주화항쟁 이후 전개된 죽음의 문제를 두고 굿이라는 전통 양식을 현대시에 접목하여 인간성의 구원과 희망의 메시지를 전달하기 위해 굿시를 창작하게 된 것이다.

3. 「사람 돌아오는 난장판」 구성방식의 특성

1) 서사구조와 연행방식

「사람 돌아오는 난장판」은 「환인제」의 연장선에서 쓰인 작품이다. 「환인제」의 제목을 풀어내면 '죽은 사람 돌아오는' 뜻이 되는 것과 같이 '사람 돌아오는 난장판'으로 재현된 것이다. 앞장에서 살핀 바와 같이 「환인제」의 다섯 마당 중에 '푸닥거리', '불림 소리', '환인제'는 「사람 돌아오는 난장판」의 모티브가 된다. 「환인제」의 다섯 마당은 각각 독립된 형식을 취해 서사성이 약하다면 「사람 돌아오는 난장판」은 '죽음의 원인 → 죽은 혼을 불러냄 → 죽은 자의 환생'으로 전개하여 서사성을 얻고 있는 것이다. 탈춤은 논리적으로 일관된 흐름이나 구성의 치밀함이 약하다.[26] 그러나 이 작품은 탈춤만을 수

---

26 하진숙 · 정병언, 「탈춤의 연행원리로 본 틈의 미적 기능」, 한국공연문화학회, 『공연문화연구』 제27집, 2013, 471면.

용한 것이 아니라 죽음의 원인과 그 죽음을 위로하는 과정, 살아남은 사람을 위한 굿판으로 전개되어 마당굿과 굿판을 복합적으로 수용하고 있는 것이 특징이다. 전반부의 탈춤 양식과 후반부의 씻김굿 양식을 복합적으로 수용한 형식적인 특성이 있다는 것이다.

실제로 이 작품은 탈춤이나 마당극의 대본처럼 창작된 연희방식으로 서술되어 있다. 탈춤에는 서술자 노릇을 하는 인물이 없는[27] 것과 같이 나레이터의 서술이 없고 각 등장인물의 '춤'과 '노래'를 중심으로 전개되고 있다.

이 작품의 서사구조와 특성을 아래와 같이 도표로 살필 수 있다.

한국 현대 서사시의 변용과 선택

구분	탈춤(등장인물)	내용(굿)	굿형식 (「환인제」)	분량
첫째마당	제1과장 홍도깨비춤 제2과장 청도깨비춤 제3과장 은도깨비춤 제4과장 상여꾼의 춤	죽음의 원인 (마당놀이)	도깨비굿 ('푸닥거리')	25면
둘째마당	제5과장 무당춤 제6과장 박수춤 제7과장 살풀이춤 제8과장 원귀들의 춤	죽은 혼을 불러냄 (영신거리)	씻김굿 ('불림소리')	15면
셋째마당	제9과장 예수칼춤 제10과장 이승환생춤 제11과장 난장판춤	죽은 사람의 환생 (공수거리)	씻김굿 ('환인제')	9면

앞에서 볼 수 있듯이 「사람 돌아오는 난장판」은 『초혼제』 시집 전

---

27 조동일, 『탈춤의 역사와 원리』, 홍익사, 1983, 168면.

체 분량의 1/3에 해당할 만큼 길이가 매우 길며, 등장인물과 무대 지문을 구체적으로 제시하였고, 현실을 비판한 날카로운 풍자와 해학을 풍부하게 서술하고 있다는 점에서, 죽은 사람과 남아 있는 사람을 위로하는 연희성을 갖추고 있다.

첫째마당에서는 3명의 '도깨비 형제'가 사람을 죽이는 민중 탄압의 현장을 상세하게 서술하고, 둘째마당에서는 무당이 억울하게 죽은 혼을 불러내는 장면을 서술하며, 셋째마당에서는 죽음에서 환생한 사람을 위한 축제의 장을 한바탕 벌이는 내용으로 구성되어 있다. 이와 같은 구성을 크게 두 가지로 살펴볼 수 있는데 지배계층에 희생된 민중의 현실을 '도깨비판'으로 묘사한 탈춤과 그 희생을 위로하고 희망을 갖는 미래지향적인 '씻김굿판'으로 나눌 수 있다. 전반부가 25페이지의 분량으로 탈춤이 전개되고, 후반부 2개의 마당은 24페이지의 분량으로 씻김굿판으로 전개한 마당굿을 형성하고 있는 것이다. 이는 다시 등장인물에 따라 전반부의 '도깨비굿'[28]과 후반부의 '씻김굿'으로 구성된 굿시의 양식을 취한다. 굿시는 한 판 벌여 민중의 아픔을 치유함과 동시에 통일 의지를 구현하는 형식으로 탈춤의 굿판과 씻김굿판의 양식을 복합적으로 수용한 마당극의 특성을 띤다.

「사람 돌아오는 난장판」은 등장인물, 시간과 장소를 구체적으로 명시하여 작품 서두에서 연희성을 구체적으로 드러낸다.

---

28 진도에서 전승되는 도깨비굿은 마을의 부녀자들이 주관하는 여성 중심의 제의이다. 도깨비가 남성이라는 점과 역신이라는 인식에서 질병을 가져다주는 존재로 생각하고 이를 쫓아내려는 의식이다. 도깨비를 쫓기 위해 소리나는 기물을 이용하거나 여성의 피속곳을 장대에 달아 깃대로 사용하여 의식을 치른다(김종대, 『민담과 신앙을 통해 본 도깨비의 세계』, 국학자료원, 1997, 235~243면 참조). 이 작품의 등장인물을 도깨비탈로 설정한 것은 도깨비굿의 하나로 파악할 수도 있다.

등장인물/ 도깨비탈을 쓴 청·홍·은 도깨비,
무당·박수·남정네, 마당사람들 외.
때·곳/ 1900년대 어느 가을 혹은 봄·여름 굿청

첫째마당(징소리 크게 한번)

제1가장 홍도깨비춤
제2과장 청도깨비춤
제3과장 은도깨비춤
제4과장 상여꾼의 춤

〈고사〉

길놀이를 끝낸 사람들 굿청에 하청하면 마당놀이를 시작하기 전에
제상을 차려놓고 고사를 지내는데 쇠머리(돼지), 삼색과일(사과·배·
감·밤 등), 시루떡, 술 등을 제상 원칙대로 차린다. 그리고 상 앞에 청
도깨비탈, 홍도깨비탈, 은도깨비탈을 차례로 놓고 둘째 중에 무당·박
수 무구를 배열한다. 그 다음 헌주를 올리고 놀이꾼 전원이 절을 한 다
음 고삿말을 낭독하고 소지를 올리며 고인이 된 놀이꾼과 선열들의 명
복을 빌고 고사떡을 관중들에게 나누어준 후 곧 놀이에 들어간다.

〈고사 지내는 말〉

유세차 모년 모월 모일 오늘 길일을 택하여 「사람 돌아오는 놀이」를
하려고 열의 열성에 각 자손이 모여 정성을 드리오니 흡흡히 흠향하기
고 눈도 티도 보니 마시고 손톱눈 하나 틴 사람 없이 무사히 끝나게 하
여 주시옵기를 천지신명께 비나이다.

고사가 끝나면 징소리 연타하고 홍색탈을 쓴 홍도깨비 비호같이 달려
나와 발림을 한다.
홍도깨비 벌려보세 벌려보세 도깨비찬치 벌려보세 人(처)에 초장치고
도살잔치 벌려보세

(거드름 장단으로 한바퀴 칼질하고 외사위로 빠르게 망나니품으로 춤추다가
중앙에 자리를 잡으며)

쉬이– 동쪽 것들 잠잠하라
쉬이– 서쪽 것들 잠잠하라
쉬이– 북쪽 것들 잠잠하라
쉬이– 남쪽 것들 잠잠하라
(얼쑤 절쑤 지화자자 으르륵—고수)
(끄덕이 · 용트림 · 사방치기 · 삼진삼퇴 · 너울질 · 활개펴기 · 활개꺾기하고
나서 다시 중앙에 자리를 잡으며)

— 「사람 돌아오는 난장판」 첫째마당 서두

이 작품 서두에 '등장인물과 때/장소', '고사' 형식과 '고사 지내는
말'을 제시한 후까지 매우 상세하게 서술되어 연희성이 두드러진다.
길놀이를 마치고 마당에 돌아와 '사람 돌아오는 놀이'로 마당굿의 연
희방식을 취하고 있는 것이다. 이 서두 부분에서 작품의 상징적인 주
제와 성격이 잘 드러난다. 작품의 시간을 '1900년대'라고 한 것은 어
느 한 시기로 한정하지 않고 1900년대 전체를 의미하여 최근 100년
간이라는 시간을 묶은 상징성이 있다. 그리고 '가을 혹은 봄, 여름'은
김소월의 「산유화」에 나오는 '갈 봄 여름 없이'가 연상되는 표현으로
무시간성의 한 개념으로 볼 수 있고, 겨울은 죽음의 계절이라 마당굿
을 하지 않는 현실성이 반영된 것으로 보인다.

첫째마당에 도깨비탈을 쓴 3인을 등장시켜 탈춤의 원리에 따르고
있다. 도깨비탈을 쓰고 춤을 추는 '도깨비 잔치'는 곧 '인육에 초장치
는 도살잔치'라는 주제의식을 암시한다. 도깨비는 심술과 장난이 심
하고 초인간적인 능력을 가지고 있어 두려운 공포의 존재이며, 때론

신통력으로 인간을 도와주는 양면성을 가지고 있지만[29] 흔히 인간에게 해로운 속성을 보여 주는 경우가 많아[30] 부정적인 뜻으로 사용된다. 우리 민속극에는 비극이 없고 탈춤이나 꼭두각놀음이 모두 희극[31]인 것이 특징이나 도깨비에 의해 죽음을 당했다는 민중의 죽음은 비극적으로 그리려는 창작 의도가 반영된 것이다. 홍도깨비의 춤사위가 '망나니춤'이고 좌중을 휘어잡으며 '끄덕이·용트림·사방치기·삼진삼퇴·너울질·활개펴기·활개꺾기'를 하는 인물이며, 죽임을 상징하는 '교통정리'를 하는 주동인물로 묘사되기 때문이다. 그래서 이 작품의 도깨비는 '칼을 휘두르는 망나니'이며 '철퇴를 휘두르는' 지배계층의 권력을 상징한다. 결국 「사람 돌아오는 난장판」은 '죽음의 원인'을 풀어내며 죽은 혼을 위로하며 환생시키는 서사적 구조로 전개된 특성이 있다.

2) '춤'과 '노래'의 연희성

「사람 돌아오는 난장판」은 춤과 노래를 중심으로 입체적인 장면을 연출하여 역동성을 얻는다. 첫째마당은 짧은 대화로 주고받는 말과 탈춤이 주로 묘사되고, 둘째마당은 춤이 중심이 되며, 셋째마당은 노래 중심으로 전개되면서 강강술래의 군무가 등장하는 특성이 있다. 탈춤 부분은 내용에 맞는 춤의 동작을 구체적이며 상세하게 제시하고 그에 따른 춤 이름도 알맞게 명명하고 있다. 또한 노래 부분은 각

---

29 김용덕, 『한국민속문화대사전』, 창솔, 2004, 483면.
30 김종대, 『민담과 신앙을 통해 본 도깨비의 세계』, 국학자료원, 1997, 42면.
31 조동일, 앞의 책, 220면.

노래마다 상세하게 장단을 표시하고, 독창 외에도 2명 또는 3명이
부르는 노래부터 '군중들', '상여꾼들', 7명의 소리꾼들'이 부르는 합
창이 표시되어 있으며 그 외에도 '돈타령', '귀신축출가', '신경제가',
'상여가' 등의 민요를 삽입시켜 풍성한 '노래판'의 연희성을 높이고
있다.

먼저 이 작품에 등장하는 춤사위를 살펴보면 종류도 매우 다양하
고 그 동작에 대한 묘사 또한 구체적으로 서술하고 있다.

거드름 장단으로 한바퀴 칼질하고 외사위로 빠르게 <u>망나니폼으로 춤</u>
추다가

고개잡비 걸음걸이-외사위로 내리치고-깨끼-짐걸이-고기잡이-깨
끼리-멍석말이-곱사위-여닫이-<u>깨끼춤</u>을 추고

청은 물러나는 동작으로 춤을 추고 홍은 양주 여닫이로 시작하여 <u>권
력 상징의 춤</u>을 춘다.

돈꾸러미를 목에 두른 은도깨비 부끄러운 듯 몸을 비비꼬며 등장하여
한바퀴 <u>애교춤</u>을 춘다.

무당 마당을 돌면 한바탕 <u>애끓는 춤</u>

박수 · 무당 장단에 맞춰 <u>길닦는 춤</u>을 춘다.

제상에 놓인 방울을 들고 무당 동서남북으로 한바퀴 횡 <u>칼춤</u>을 춘
다음

온갖 교태를 부리며 굿청을 빙빙 돌며 <u>돈춤</u>을 추다가

무당·박수 혼신의 힘으로 살풀이춤을 길게 추고

장단—북에 맞춰 서서시 줄을 풀고 환생의 춤을 춘다.

부채를 오므려 쌍칼을 만들고 동서남북 젖히기춤

북소리에 맞춰 쌍부채를 펴고 사람들을 일으켜 세우는 상징적 춤

이승환생을 상징하는 어깨춤

위에서 볼 수 있듯이 등장인물의 행동과 극 전개의 내용에 맞게 다양한 춤이 전개된다. 망나니의 칼춤, 무당의 칼춤, 권력을 상징하는 춤, 애교춤, 길닦는 춤, 환생춤, 돈춤, 어깨춤 등과 같이 춤동작에 따른 춤들이 있는가 하면 도깨비춤, 무당춤, 박수춤과 같이 등장인물에 따른 춤이 있고, '예수칼춤', '이승환생춤' '난장판춤'과 같은 춤들이 다양하게 펼쳐지고 있다.

특히 셋째마당에 등장하는 남정네는 '흰 도포 의관 갖춰 입은' 사람이다. 이 남정네가 추는 춤은 '쌍부채를 쌍칼을 만들어 추는 젖히기춤'으로 '예수칼춤'으로 표현하였다. 흰 도포를 입은 남정네는 신처럼 묘사되어 죽었다가 살아나 '이승환생춤', '예수칼춤'을 추는 사람으로 부활을 상징한다. 이 흰옷 입은 남정네의 노래 부분의 첫부분마다 육자배기, 타령조, 사설조, 진양조, 휘모리, 자진모리, 단모리, 자진타령조 등의 장단을 구체적으로 표시하여 내용에 따라 다양한 목소리를 지니게 되며 주로 태평성대를 축원하는 노래를 부른다.

이 흰 옷입은 남정네는 '사람들을 일으켜 세우는 상징적인 춤'을 추며 마을 사람들에게 화해와 평화, 희망을 축원하는 노래를 부른다.

한국 현대 서사시의 태동과 성립

즉 성스러운 신이 목소리로 연출되는 '공수'의 성격을 지닌다.

이 셋째마당은 앞의 두 마당과 달리 말을 주고 받는 대화와 창을 교체하는 방식을 취하지 않고 대부분 소리꾼과 노래로 주고받는 교체창에서 뒤로 갈수록 합창이 되고 대단원은 '강강술래'로 막을 내린다.

남정네　(목소리를 가라앉혀)
　　　　임 반기는 횃불이야
　　　　누대에 비치리니
　　　　이 밤이 샐 때가지 체면 위신 던져두고
　　　　우리—임과 어우러져
　　　　나라잔치 벌려보세—(우당탕 삼현청 장단에 맞춰 마당 사람들 한꺼번에 얼싸안고 보듬거니 안거니 비비거니 난장판춤을 춘다. 온갖 풍악 어우러져 고조된 분위기. 장단이 누그러지면 사람들 자연스럽게 원으로 둘러서서 손과 손을 맞잡는다… 이때 남정네만 원의 중앙에 자리잡고…)
남정네　(쓰다듬는 목소리로)
　　　　붉은 꽃은 만송이
　　　　푸른 잎은 즈믄 줄기
　　　　첫 번째 봄바람은 어디서 불어오는가?
　　　　노래와 춤 삼현소리 일제히 그치니
　　　　동녘에 붉은 해
　　　　새로 쓰는 시간이로구나
　　　　(붉게 타던 장작불이 사르라지고 마당사람들 조용히 허밍으로 이별가 혹은 '우이 샐 오버 컴'을 부른 뒤 평화의 포옹을 나누면 긴 침묵 뒤에 징소리 연타. 마당을 거둔다.)
　　　　　　　　　　　　　　　　　　　— 셋째마당 마지막 부분

이 부분은 대단원의 막을 내리는 부분이다. 온갖 풍악이 어우러지고 고조된 분위기에서 '우당탕 삼현청 장단'에 맞추어 춤을 추는 '난장판춤'에 대한 묘사이다. 남정네의 노래가 타령조이거나 판소리 가락으로 진행되다가 마지막 두 부분에 와서는 '목소리를 가라앉히고', '쓰다듬는 목소리로' 전개된다. '흰옷' 입고 환생한 남정네는 원을 그린 사람들의 중앙에서 '신의 목소리'처럼 연출되고 있는 것이다. 그래서 그는 모든 마을 사람들을 쓰다듬는 인물로 묘사되고 '동녘의 붉은 해가 새로' 태어나는 시간, 평화를 선포하는 신의 목소리를 가진 예언자로 연출된다. 마을 사람들 한꺼번에 얼싸안고 난장판춤을 춘 후 자연스럽게 손에 손을 잡고 원을 두르는 모습은 '강강술래'를 연상시킨다.

강강술래는 진도에 전해 내려오는 부녀자들의 집단노래로 독창자가 앞소리를 메기면 여러 사람이 '강강술래' 하며 뒷소리를 받는 교창(交唱) 형식으로 춤과 노래가 결합된 양식이다. 이 마지막 장면의 춤과 노래는 강강술래에서 원형을 찾을 수 있다. 그것은 이들이 집단적으로 함께 부른 노래가 〈우이 섈 오버 컴*We shall over com*〉이기 때문이다. 이 노래는 '우리는 승리하리라'로 번역되어 1970~80년대 시민항쟁에서 합창으로 많이 불렸던 민중가요로 현대적 의미에서 강강술래의 모습과 같다. 결국 난장판춤은 합창과 군무를 결합한 강강술래 양식을 재현한 것이며 고정희 시의 창작원리가 전통적인 가락과 민속의 연희성에 기인한 것임을 알 수 있게 한다.

3) 카니발 언어와 유희성

「사람 돌아오는 난장판」은 죽은 사람이 다시 살아나는 부활을 상징하는 춤과 노래의 축제로 펼쳐지는 '카니발'의 세계이다. 카니발이란 모든 것을 소멸시키고 모든 것을 갱생시키는 시간의 축제이고, 일상적 생활의 질서와 체계를 규정짓는 구속과 금기, 법칙들이 제거되어 자유롭고 스스럼없는 사람들 간의 접촉이 효력을 발생하여 속박에서 해방되는 세계를 마련한다.[32] 「사람 돌아오는 난장판」의 세계는 암울한 죽음의 세계를 춤과 노래로 펼친 탈춤과 신명나는 굿판을 차용한 유희성으로 난장판인 카니발적 세계로 만들고 있다. 바흐친은 그로테스크 리얼리즘의 원칙으로 '물질적인 육체적 원칙'을 제시하는데, 이때 정신적이고 이상적인 성스럽고 고상한 것을 물질적이고 구체적인 지상의 차원으로 끌어내리는 구실을 하기 위해 인간의 신체와 그 기능에 주목하였고, 특히 코, 입, 젖가슴, 성기, 항문, 창자 등과 같이 돌출되어 있거나 구멍이 나 있는 부위를 중요하게 취급하여 신체와 세계 사이의 벽이 무너진 상호작용이 존재한다[33]고 하였다. 카니발 세계가 '유쾌한 상대성'의 논리에 따라 서로 뒤바뀌고 역전된다.[34]

카니발적 세계관은 이 작품의 서두를 장식하고 있는 '똥냄새'로 묘사되어 '물질적 육체 원칙'에 따른 그로테스크 리얼리즘을 드러낸다.

> 홍도깨비　　아 이게 뭔 냄새여?
> 　　　　　　티우 방귀 냄샌가 아님 똥 냄샌가
> 　　　　　　뭐가 이다지도 향끗혀?
> 　　　　　　(코를 쫑긋거리다가 고개를 끄덕이며)

고정희 장시 「사람 돌아오는 난장판」의 장시 과정과 특성

32　M. 바흐친, 『도스또예프스끼 시학』, 김근식 역, 정음사, 1989, 181~183면.
33　김욱동, 『대화적 상상력』, 문학과지성사, 1994, 249~250면.
34　김욱동, 위의 책, 250면.

오호, 알겟다 알것어

한 상 떡벌어지게 바치라 하엿는디

땀 냄새 눈물 냄새 가난 냄새렷다

칠칠맞은 여편네 속적 냄새

떼거리들 몰려 앉은 궁상 냄새렸다

— '첫째마당 앞부분'에서

 이 부분은 고사가 끝난 후 첫 번째의 장면으로 도깨비잔치가 '도
살잔치'임을 암시한다. 홍도깨비가 거드름 장단에 맞추어 칼을 휘두
르며 추는 '망나니춤'은 사람을 죽이는 '도살잔치'를 비유한 것이다.
고사상에 각종 음식을 정성스럽게 차려 놓은 신성의 세계를 '방귀냄
새', '똥냄새', '땀냄새', '눈물 냄새', '여편네 속적 냄새' 등의 속된 냄
새로 전복시킨다. '방귀', '똥', '땀', '눈물', '여성의 속적'은 신체의 배
설물이다. 여기서 '여성의 속적 냄새'는 여성의 생리현상으로 배설
뿐만 아니라 성행위와 연결되어 풍요를 상징한다. 카니발 세계는 저
급하고 속된 것을 표면에 드러내는 것이 특징이다. 첫째마당 서두
에 펼쳐진 저급한 냄새는 죽음을 예고한 것이며, 둘째마당에서 '피냄
새', '원한 냄새'로 묘사된다. '동창에 동창 고름 냄새, 서창에 내장 곪
는 냄새, 북창에 양심 썩는 냄새, 남창에 오장육부 타는 냄새'가 되어
'하늘과 땅 사이에 피 냄새 충천하는 귀신 냄새'가 넘쳐 '악취', '독취'
가 난무한 죽음의 세계인 카오스의 세계를 연출한다. 악취가 가득한
현실의 폭압과 횡포로 인한 죽음과 같은 현실은 둘째마당에서 보인
무당의 기원과 축수로 이어지고 셋째마당에서 '흰옷 입은 사람'이 등
장하여 새로운 세계로 바뀐다. 즉 카오스인 죽음의 세계가 부활의 이
미지로 바뀌는 것이다.

 카니발 세계는 카니발 언어에 따라 유쾌한 논리로 전개되는 특징

이 있다.

　① 홍도깨비　밥은 지어야 맛이 나고
　　　　　　　고기는 씹어야 맛이 나고
　　　　　　　볼기짝은 두들겨 맞아야 맛이 나제?
　　　　　　　(거드름 목청으로)
　　　　　　　목은 졸라야 맛이 나고
　　　　　　　목숨은 끊어야 제맛 나제?

― '첫째마당'에서

　② 무당　　임은 안아야 맛이 나고
　　　　　　사람은 만나야 맛이 나고
　　　　　　죽음은 살려야 맛이 나제?
　　마당　　네-네-
　　무당　　원은 이뤄야 맛이 나고
　　　　　　고는 풀어야 맛이 나고
　　　　　　세상은 평등해야 맛이 나제?

― '둘째마당'에서

　①과 ②는 '맛'의 감각으로 표현된 '입'과 연관되어 신체적 이미지를 반영한 카니발 언어로 되어 있으며, 수사법에서는 관용구를 활용한 격언법을 사용하고 있다. 먼저 밥과 고기는 씹을수록 맛이 깊어지는 것과 같이 볼기짝의 세기가 더욱 가중되고, 목을 조르는 행위가 목숨을 끊는 행위와 연결되어 무자비하게 학살하는 모습을 비유하고 있다. 즉 ①에서 밥과 고기가 목과 목숨으로 대응되고 '씹는 맛'이 목을 '졸이는 맛'에 집약되어 죽음을 상징하는 비유하고 있다. ②는 ①의 구조를 반복하지만 죽은 사람을 살리는 구조로 내용이 역전되며 '평등'에 집약된다. 이러한 문장 단위의 점층법은 이후에도 자주 나

타난다.

한편 「사람 돌아오는 난장판」은 구어체로 표현되기 때문에 현장감 있는 말놀이가 풍성하다. 탈춤의 언어는 일상적인 언어와 달리 '언어의 카니발'[35]로 풍성하게 이루어지고 '말장난', '말놀이'로 드러나는 경우가 많다. 탈춤에서 말장난은 흔히 피지배 계급에 속한 사람들이 지배계급에 속한 사람들을 조롱하거나 매도하는 수단으로 자주 사용되기 때문이다.[36] 당대의 정치, 경제, 문화의 부패와 폭력성을 통렬하게 비판한 말놀이는 전체 3장 중에 첫째마당에 가장 많이 나타난다. 그것은 첫째마당에서 지배층을 상징하는 3인의 도깨비들이 휘두르는 폭력성을 부각시켜 가난한 서민들과 지식인들의 희생을 강조하기 장치로 볼 수 있다. 지배층의 서민 탄압은 세금의 종류를 나열한 「신경제가」에 잘 나타난다.

① **청도깨비**   (은도깨비 앞으로 들이대며)
　　　　　　　그래, 백지징세 인두세 호흡세 양심세
　　　　　　　가난세 동정세 지집세 외박세
　　　　　　　살짝 웃어 아부세 뒷구멍 은혜세
　　　　　　　엎어져 분노세 일어나 상승세
　　　　　　　인정사정 안 보고 징수하였느냐?

② **청도깨비**   말 잘한 놈 재갈 물리고(굿청에서 되받는다.)
　홍도깨비   대드는 놈 물고 내고(되받는다.)
　은도깨비   영리한 놈 단근질하고(되받는다.)

---

35 김욱동, 『탈춤의 미학』, 현암사, 1994, 333~334면.
36 김욱동, 위의 책, 351면.

①은 시월 상달 달 밝은 밤에 세 도깨비가 벌인 첫 번째 잔치로 '쇠 푼 돈푼 갈퀴질'하는 세금 징수를 표현한 것이다. 세금 징수를 '갈퀴 질', '청부사업'으로 살벌하게 표현함으로써 세금 폭정을 날카롭게 비판한다. 호흡, 양심, 동정, 가난까지에도 세금을 붙이는 세금 정책 의 부당함을, 지집세 외박세와 함께 '살짝 웃어 아부세'와 '뒷구멍 은 혜세'의 표현에서는 성적 희롱을 함축한 지배층의 부패를 조롱한다. 이에 더하여 '붓쟁이세, 깍정이세, 미장이세, 땜쟁이세, 숯쟁이세'와 '뚜쟁이세, 인기세, 지랄세, 기침세, 입원세, 사망세, 낙태세, 유명세, 나팔세' 등 수많은 세금 내역은 "석가모니 제사세 공자 따라지세/축 복세 축출세 보디가드세/야소귀신세"로 확장되어 종교와 정치현실 까지 조롱한다.

①이 세금으로 서민을 괴롭힌 것이라면 ②는 지식인들의 고문 장 면은 관용구를 활용해서 비판하고 있는 것이다. ②에서 '-놈'의 돌림 자는 '-고'와 대응시켜 탈춤의 말놀이로 나열하면서 '말 잘한 놈', '대 드는 놈', '영리한 놈'에게 행해지는 '재갈물리기'와 '단근질'은 고문 이라는 점에서 주제와 연결된 나열법을 사용하고 있다.

    ① 은도깨비   돈 돈 돈 – 봐라
                도돈 도돈 돈 –봐라
                니 돈이 내 돈이고 내 돈도 내 돈이라
                금강산이 좋다 해도 돈 있고 귀경이라
                수염이 석자라도 돈 있고 양반이라
                백일기도 염불에도 돈 놓고 돈 먹기라

①은 '돈춤'을 추면서 부른 '돈타령'인데 도깨비들은 이것을 '新경 제가'라고 부른다. 그러나 결코 '신경제가'가 될 수 없다는 반어법이

사용되어 있다. 줄표를 사용하여 타령조의 리듬을 표시하고 '돈'을 '도돈'으로 장음화시켜 변화를 주어 조롱하는 말놀이다. 뒷부분에 주술투로 이어지는 "도장거래 돈거래/상전거래 돈거래/출세거래 돈거래/사랑거래 돈거래/시국평천 돈국평천/생일잔치 돈잔치라/사망잔치 돈잔치라"라고 하여 상전을 만날 때나 출세할 때, 사랑이나 사망조차 '돈'이 거래되는 현실을 비판하기 위하여 '-거래'와 '-잔치'를 각운으로 나열하였고, '돈국평천'을 조롱하기 위하여 '돈 놓고 돈 먹는' '돈거래'의 부조리를 풍자적으로 비판하고 있다. 세금타령과 돈타령은 당시의 경제현실을 비판하고 있는 것이다.

이처럼 「사람 돌아오는 난장판」은 '냄새'와 '맛'이라는 코와 입의 감각기관을 사용해서 카니발적 언어를 사용하여 당대의 현실을 날카롭게 비판한 풍자성과 유희성을 담아내고 있으며, 장단에 맞출 수 있는 나열법과 반어법을 사용한 특징이 있다. 이 외에도 사람을 죽이는 행위를 '도살잔치', '도깨비 잔치'로, 마구잡이로 사람을 죽이는 행위를 "앞뒤 가리지 말고 남녀노소 할 것 없이/소리 나지 않게 교통정리"로, "철퇴 휘둘러서 팔운동", "이 밤이 새기 전에 요절복통 내주리라", "주제넘는 것들 풍지박산 만들리라" 등의 섬뜩한 비유법은 탈춤의 언어가 가지는 역동적인 입체성을 얻는 데 기여하고 있다.

4. 결론

고정희는 기독교 시인으로 평가되어 왔다. 그래서 그의 시정신은 기독교적 세계관을 바탕으로 인간의 실존적 고뇌와 구원의 문제를 다른 작품이 주를 이루면서 시형식은 한국민속과 전통적인 가락과 연희성을 시에 수용한 신선한 발상이 발휘된다. 탈춤과 마당굿, 민속, 판소리, 민요 등의 타 장르를 시에 접목하여 대중에게 쉽게 전달할 수 있는 전달의 미학적 측면에서 연희성을 적절히 활용한 카니발 세계를 구현하고 있었다. 특히 「사람 돌아오는 난장판」은 '춤'과 '노래'를 중심으로 전개되면서 '합창'과 집단적인 '군무'인 강강술래까지 연출된 전형적인 마당굿 양식을 취하고 있다는 점에 주목할 수 있었다.

고정희는 전반적으로 연작시를 즐겨 쓴 것에서 서사지향성이 강한 시인이다. 초기 시부터 쓴 많은 연작시는 번호를 붙여 이어 쓰기도 했지만 우리가락의 장단을 순서로 한 「신연가」 5편을 '진양조'부터 '단모리'로 배열하여 서사성을 얻으려는 단초를 발견할 수 있었다. 연작시에서 장시로 넘어가면서 탈춤과 마당극, 무가에서 쓰는 '-마당', '-과장', '-거리' 등의 순서를 사용하여 마당굿시, 굿시라는 장르 패러디를 실험하기 시작하였다. 그 첫 번째 작품이 두 번째 시집에 수록된 「환인제」이다.

「환인제」는 무속양식인 '불림소리-조왕굿-푸닥거리-삼신제-환인제'의 순서로 창작된 장시이나 부분적으로 독립된 제의이기에 긴밀한 서사성은 확보하지 못했다. 조왕굿과 삼신제는 집안에서 행해지는 개인적인 굿의 성격을 지니므로 독립적일 수밖에 없다. 그러나 무속과 무가 형식을 시에 도입한 시도는 실험적이라고 평가할 수 있다. 「환인제」에서 죽은 사람을 위한 진혼곡으로 진도의 씻김굿 양식을 수용하려는 의도는 『초혼제』에 수록된 「사람 돌아오는 난장판」에서 완성된다. 「사람 돌아오는 난장판」는 「환인제」의 '푸닥거리'와 '환인제'를 모태로 만들어진 작품임을 알 수 있었다. 「환인제」의 등장인물인 3인의 도깨비들과 무당이 「사람 돌아오는 난장판」의 중심인물로 나타나기 때문이다. 이러한 굿시의 행보는 『저 무덤 위에 푸른 잔디』에 이어지나 이 시집은 한 권 분량의 장황함은 지녔지만 「사람 돌아오는 난장판」에 비해 연행양식과 언어의 유희성 면에서는 부족하다고 평가할 수 있다.

　「사람 돌아오는 난장판」의 구성과 연행양식의 특징을 살핀 결과 연희성을 갖춘 탈춤, 마당극, 굿 등을 복합적으로 패러디한 카니발 세계를 구현하고 있었다. 이 작품은 '죽음의 원인—죽은 자를 불러냄—죽은 자의 환생'이라는 서사성을 지녔고 전반부에는 도깨비굿을, 후반부에는 씻김굿의 형식으로 전개된 연행의 특성을 발견하였다. 또한 춤과 노래 중심으로 전개되는 장시이나 춤의 동작과 가락의 장단을 상세하게 제시하여 마당굿으로서의 연희성을 충분히 갖추고 있었다. 특히 마지막 부분에 묘사된 '난장판춤'에서 전통적인 '강강술래'를 원형을 발견한 점은 매우 의미가 있다. 결국 「사람 돌아오는 난장판」은 탈춤으로서의 도깨비춤, 또는 도깨비굿, 환생 모티브에서의 진도 씻김굿, 민속놀이인 강강술래까지 복합적으로 전통문화를 수용하여 민중시의 지평을 열었다. 고정희는 고향 해남의 전통적인 정서를 기본으로 1980년대 아픔을 치유하는 방식으로 '굿시'를 선택했다. 고정희의 굿시는 인간성의 구원과 희망의 메시지를 전달하려는 연희성을 현대시에 접목하려는 것에서 의미가 있다. 현대시가 타 장르와 결합되면서 '탈장르' 또는 '장르의 다원화'를 보여 준 시적 담론을 통해 한국 현대시의 지평을 여는 데 기여할 것으로 본다.

한국 현대 서사시의 변용과 선택

참고문헌

기본 자료

고정희, 『고정희 시전집』, 또하나의문화, 2011.

_____, 『누가 홀로 술틀을 밟고 있는가』, 평민사, 1985.

_____, 『실락원 기행』, 인문당, 1981.

_____, 『저 무덤 위에 푸른 잔디』, 창작과비평사, 1989.

_____, 『초혼제』, 창작과비평사, 1981.

김동환, 『국경의 밤』, 한성도서주식회사, 1925.

김 억, 「지새는 밤」, 『동아일보』 1930. 12. 9~12. 29.

_____, 『안서김억전집』 1권, 박경수 편, 한국문화사, 1987.

김지하, 『생명』, 솔, 1992.

_____, 『오적』, 동광출판사, 1990.

모윤숙, 『빛나는 지역』, 창문사, 1933.

_____, 『영운모윤숙 문학전집』, 성한출판사, 1986.

_____, 『영운모윤숙 문학전집』, 지소림, 1978.

이광수, 『이광수 전집』, 9권, 13권, 15권, 삼중당, 1963/1964.

최동호 · 송영순, 『모윤숙 시 전집』, 서정시학, 2009.

『대한민국 안중근: 사진과 유묵으로 본 안중근 의사의 삶과 꿈』, 안중근의사
            숭모회, 2010.

『일본신문 안중근 의거 기사집 I—門司新報』, 독립기념관 한국독립운동사
            연구소, 2011.

『일본신문 안중근 의거 기사집 II—대한매일신보』, 독립기념관 한국독립운

동사연구소, 2011.

『중국신문 안중근 의거 기사집』, 독립기념관 한국독립운동사연구소, 2010.

『대한흥학보』

『소년』

『조선문단』

『창조』

『청춘』

『학지광』

단행본

고현철, 『현대시의 패러디와 장르이론』, 태학사, 1997.

고형진, 『한국 현대시의 서사지향성 연구』, 시와시학사, 1991.

곽효환, 『한국 근대시의 북방의식』, 서정시학, 2008.

구미래, 『한국인의 상징체계』, 교보문고, 1992.

권택영 · 최동호 편역, 『문학비평용어사전』, 새문사, 1989.

김교봉, 설성경, 『근대전환기 시가 연구』, 국학자료원, 1996.

김대행, 『북한의 시가문학』, 이화여대한국문화연구소, 1985.

김영철, 『한국근대시론고』, 형설출판사, 1988/1992.

김용덕, 『한국민속문화대사전』, 창솔, 2004.

김용직, 『한국근대시사』 상, 학연사, 1986/1991.

_____ 외 『한국현대시사연구』, 일지사, 1983/1990.

김우창, 『궁핍한 시대의 시인』, 민음사, 1977.

김욱동, 『대화적 상상력』, 문학과지성사, 1993.

_____, 『탈춤의 미학』, 현암사, 1994.

_____ 편, 『바흐친과 대화주의』, 나남, 1990.

김윤식, 『이광수와 그의 시대 1-3』, 한길사, 1986.

_____, 『한국근대문학의 이해』, 일지사, 1973/1978.

김재홍, 『현대시와 역사의시』, 인하대학교출판부, 1990.

김준오, 『문학사와 장르』, 문학과지성사, 2000.

_____,『문학사와 장르의 변화』, 문학과지성사, 2000.

_____,『한국현대시와 패러디』, 현대미학사, 1996.

_____,『한국현대장르비평론』, 문학과비평사, 1990.

김종대,『민담과 신앙을 통해본 도깨비의 세계』, 국학자료원, 1997.

김학동,『개화기 시가연구』, 새문사, 2009.

_____ 외,『김안서 연구』, 새문사, 1996.

김홍진,『계승의 형식, 형식 위반』, 역락, 2006.

_____,『장편 서술시의 서사 시학』, 역락, 2006.

동국대학교 한국문학연구소 편,『이광수 연구』하, 태학사, 1984.

민병욱,『한국서사시의 비평적 성찰』, 지평, 1987.

_____,『한국 서사시와 서사시인 연구』, 태학사, 1998.

박계주 외,『춘원 이광수』, 삼중당, 1962,

박을수,『한국개화기시가연구』, 성문각, 1985.

박철석,『한국현대문학사론』, 민지사, 1990.

서대석 · 박경신 역주,『서사무가 1』, 고려대학교 민족문화연구소, 1996.

성민엽,『민중문학론』, 문학과지성사, 1983.

송영순,『모윤숙 시의 서사지향성 연구』, 푸른사상, 2005.

신동흔,『살아있는 우리신화』, 한겨레신문사, 2004.

양언석,『몽유록소설의 서술유형 연구』, 국학자료원, 1996.

양왕용,『한국근대시 연구』, 삼영사, 1982.

염무웅,『한국문학의 현단계』, 창작과비평사, 1982.

오세영,『문학연구방법론』, 시와시학사, 1993.

_____,『한국낭만주의 시연구』, 일지사, 1991.

여홍상 편,『바흐친과 문학이론』, 문학과지성사, 1997.

오정국,『시의 탄생, 설화의 재생』, 청동거울, 2002.

유종국,『몽류록 소설 연구』, 아세아문화사, 1987.

윤여탁,『리얼리즘시의 이론과 실재』, 1994.

윤영천,『한국의 流民詩』, 실천문학사, 1987.

윤호병,『한국 현대 서사시 연구』, 창신, 1998.

이근삼,『연극개론』, 문학사상사, 1984.

이명희,『현대시와 신화적 상상력』, 새미, 2003.

이상일, 『한국인의 굿과 놀이』, 문음사, 1981.

이승훈 편, 『문학상징사전』, 고려원, 1996.

이현호, 『한국 현대시의 담화·화용론적 연구』, 한국문화사, 1993.

인권환, 『한국불교문학연구』, 고려대출판부, 1999.

정끝별, 『패러디 시학』, 문학세계사, 1996.

정한모, 『한국현대시문학사』, 일지사, 1988.

조동일, 『서사민요연구』, 계명대출판부, 1970.

_____, 『탈춤의 역사와 원리』, 홍성사, 1983.

_____, 『한국문학통사 4』, 지식산업사, 1986.

_____·김흥규, 『판소리의 이해』, 창작과비평사, 1984.

한국문학평론가협회 편, 『문학비평용어사전』, 국학자료원, 2006.

한국문화상징사전 편, 『한국문화상징사전』, 동아출판사, 1992.

현대시학회 편, 『한국 서술시의 시학』, 태학사, 1998.

홍기삼, 『불교문학연구』, 집문당, 1997.

다이안 맥도넬, 『담론이란 무엇인가』, 임상훈 역, 한울, 1992.

르네 월렉·오스틴 워렌, 『문학의 이론』, 문예출판사, 1989.

린다 허천, 『패러디 이론』, 김상구·윤여복 역, 문학출판사, 1992.

마루타 하지메, 『'장소'론』, 박화리·윤상현 역, 심산, 2011.

볼프강 카이저, 『언어예술 작품론』, 김윤섭 역, 1988.

앤터니 이스톱, 『시와 담론』, 박인기 역, 지식산업사, 1994.

오스카 G. 브로케트, 『연극개론』, 김윤철 역, 한신문화사, 1989.

이-푸 투안, 『토포필리아』, 에코, 20111.

질베르 뒤랑, 『신화비평과 신화분석』, 유평근 역, 살림, 1998.

폴 헤르나디, 『장르론』, 김준오 역, 문장, 1983.

하타노 세츠코, 『일본 유학생 작가 연구』, 최주한 역, 소명출판, 2011.

G. 즈네뜨, 『서사담론』, 권택영 역, 교보문고, 1992.

M 바흐친, 『도스또예프스끼 시학』, 김근식, 역, 정음사, 1999.

M. 엘리아데, 『우주와 역사』, 정진홍 역, 현대사상사, 1989.

N. 프라이, 『비평의 해부』, 한길사, 1989.

Paul Merchant, 『서사시』, 이성원 역, 서울대출판부, 1987.

S. 채트먼, 『이야기와 담론』, 한용환 역, 푸른사상, 2003.

T. 토도로프, 『구조시학』, 곽광수 역, 문학과지성사, 1992.

_____, 『바흐찐: 문학사회학과 대화이론』, 최현무 역, 까치, 1987.

_____, 『산문의 시학』, 문예출판사, 1995.

T. S 엘리어트, 『문예비평론』, 최종수 역, 박영사, 1974.

논문 및 기타

강수길, 「춘원의 초기시고」, 『한국국어교육연구회논문집』, 1989.

강정구, 「1970년대 민중−민족문학의 저항성 재고」, 『국제어문』 46호, 2009.

_____, 「신경림의 서술시와 화법」, 『민족문화연구』 50호, 2009.

_____, 「탈식민적 저항의 서사시−〈남한강〉론」, 『한국학연구』 12호, 2005.

강창민, 「춘원 이광수의 시세계: 불교적 세계인식의 내적 진실성」, 연세대학교 국학연구원 편, 『춘원 이광수 문학연구』, 국학자료원, 1994.

강희근, 「'학지광'에 나타난 시인들의 의식과 시의 모습에 대하여」, 『배달말』 4권, 1979.

고현철, 「한국현대서술시의 서술방식 연구」, 『인문논총』 55권, 2000. 6.

_____, 「장르 패로디로 본 김지하의 '오적'」, 문창어문학회, 『국어국문학』 제30집, 1933.

고형진, 「산문시, 이야기시란 무엇인가」, 『현대시』, 1993. 7.

곽현주, 「춘원 이광수 시가의 연구」, 연세대학교 석사학위 논문, 1984. 8.

김경원, 「한국현대 서사시 고찰」, 수련어문학회, 『수련어문논집』 17권, 1990.

김기림, 「모윤숙의 '리리시즘', 시집 『빛나는 지역』을 읽고」 上, 『조선일보』, 1933. 10. 29.

김도연, 「장르 확산을 위하여」, 성민엽 편, 『민중문학론』, 문학과지성사, 1991.

김동근, 「국경의 밤의 담화와 장르의 상관성」, 현대문학이론학회, 『현대문학이론연구』 32권, 2007.

김문주, 「고정희 시의 종교적 영성과 '참여'의 의미」, 국제비교한국학회, 『비교한국학』 19권 2호, 2011.

김승현, 「사진집 출간한 '한국춤의 산 역사'」, 『문화일보』, 2008. 10. 25.

김승희, 「고정희 시의 카니발적 상상력과 다성적 발화의 양식」, 국제비교학
　　국학회, 『비교한국학』19권 3호, 2011.

김영철, 「산문시와 이야기시의 장르적 성격 연구」, 건국대, 『인문과학논총』
　　26집, 1994.

김우정, 「한국에 서사시는 가능한가」, 『새대』 32호, 1966. 3.

김유선, 「춘원의 시 연구」, 숙명여자대학교 석사학위 논문, 1982. 2.

김은영, 「김동환 시에 나타난 서사성 연구」, 사림어문학회, 『사림어문연구』
　　10권, 1994.

김은철, 「먼동틀제 연구」, 영남어문학회, 『영남어문학』14집, 1987. 8.

김종길, 「한국에서의 장시의 가능성」, 『문화비평』1권 2호, 1969.

김종훈, 「한국 '근대 장시'의 특징과 형성」, 고려대민족문화연구원, 『민족문
　　화연구』46권, 2007.

김해성, 「춘원시가에 나타난 불교사상 연구」, 『월간문학』8권 10호, 1975.
　　10 · 11.

김홍기, 「한국 현대 서사시 연구」, 한양어문학회, 『한양어문』2권, 1980.

김홍진, 「애정시련담의 서술시적 변용과 서술의식: 김억의 「먼동틀제」를 중
　　심으로」, 한국현대문예비평학회, 『한국문예비평연구』16권, 2005.

노춘기, 「이광수의 근대시 인식과 시적 주체의 특성 연구」, 한국비평문학회,
　　『비평문학』44집, 2012. 6.

도훈길, 「춘원의 시와 그 가치」, 우리어문학회, 『우리어문연구』1권 0호, 1985.

민병욱, 「한국 현대 서사시에 나타난 이상적 인간형 연구」, 『국제고려학회
　　논문집』제1호, 1999.

박경수, 「구비 문학과 문예창작－현대시에서의 민족 아리랑과 논개 이야기
　　의 수용을 중심으로」, 『구비문학 연구』23, 2006.

박선희 · 김문주, 「고정희 시의 '수유리' 연구; 「화육제별사」를 중심으로」,
　　한민족어문학회, 『한민족어문학』66권 0호, 2014.

박설웅, 「한국 현대서술시의 전개과정 연구－카프와 민중시를 중심으로」,
　　건국대학교 교육대학원 석사학위 논문, 2001.

박송이, 「시대에 대응하는 전략적 방식으로써 되받아 쓰기 고찰」, 한국현대
　　문예비평학회, 『한국문예비평연구』33집, 2010. 12.

박용철, 「여류시 총평」, 『신가정』, 1934. 2.

백은주, 「현대서사시에 나타난 서사적 주인공의 변모양상 연구」, 고려대학교 박사학위 논문, 2010.

서준섭, 「한국 현대시에 있어서 장시의 문제」, 『심상』, 1982. 5.

손용환, 「이광수 시가 연구」, 경희대학교 석사학위 논문, 1983. 8.

송기한, 「'국경의 밤'은 과연 서사시인가」, 『시와시학』, 1998. 9

송명희, 「고정희의 페미니즘 시」, 한국비평문학회, 『비평문학』 9집, 1996.

송민호, 「춘원의 초기작품고」, 『현대문학』, 1961. 9.

송영순, 「고정희 장시의 창작과정과 특성」, 한국현대문예비평학회, 『한국문예비평연구』 제44집, 2014. 8

_____, 「'국경의 밤」과 「지새는 밤」의 상호텍스트성」, 한국현대문예비평학회, 『한국문예비평연구』 제42집, 2013. 12.

_____, 「김지하의 '오적' 판소리 패러디 분석」, 한국현대문예비평학회, 『한국문예비평연구』 23집, 2007. 8.

_____, 「모윤숙 서사시의 담화구조와 낭만적 상상력」, 돈암어문학회, 『돈암어문학』 제22집, 2009. 12.

_____, 「서사시에 나타난 방법적 특성」, 한국현대문예비평학회, 『한국문예비평연구』 제18집, 2005. 12.

_____, 「서사시 '황룡사구층탑'의 불교설화 수용방법」, 우리문학회, 『우리문학연구』 제19호, 2006.

_____, 「이광수의 장시 '극웅행'의 상호텍스트성 연구」, 한국현대문예비평학회, 『한국문예비평연구』 제39집, 2012. 12.

_____, 「이광수의 장시와 안중근과의 연관성」, 한국시학회, 「한국시학연구」 제35호, 2012. 12.

_____, 「이광수 장시에 나타난 서사성 연구」, 한국현대문예비평학회, 『한국문예비평연구』 37집, 2012. 4.

양왕용, 「춘원시 연구」, 『국어국문학』 62 · 63호 1973. 12

오세영, 「'국경의 밤」과 한국서사시의 문제」, 『국어국문학』 75호, 1977.

오양호, 「춘원 초기 문학론」, 『한민족어문학』, 1975.

오윤정, 「한국 현대 서사시의 서사 구조 상동성 연구」, 『겨레어문학』 제38집, 2007.

유성호, 「고정희 시에 나타난 종교의식과 현실인식」, 한국현대문예비평학

　　　회, 『한국문예비평연구』, 1집, 1997.

＿＿＿, 「역사의 비극과 서사시적 상상력」, 현대문학이론학회, 『현대문학의 연구』5권, 1995.

윤여탁, 「1920년대 서사시에 대한 연구: 「국경의 밤」과 「지새는 밤」을 중심으로」, 한국어교육학회, 『국어교육』61권, 1989.

윤인선, 「고정희 시에 나타난 현실에 대한 재현적 발화 양상 연구」, 국제비교한국학회, 『비교한국학』19권 2호, 2011, 285면.

윤한태, 「김동환의 장시 연구」, 우리문학회, 『우리문학연구』6-7권, 1988.

이경엽, 「씻김굿 무가의 연행 방식과 그 특징」, 『비교민속학』29집, 2005. 6.

이경희, 「고정희 연시 연구」, 돈암어문학회, 『돈암어문학』제20호, 2007.

이광호, 「영원의 신간, 봉인된 시간」, 『작가세계』봄호, 1994.

이기성, 「국가와 청춘-모윤숙 시에 나타난 내셔널리즘과 사랑」, 현대문학이론학회, 『현대문학의 연구』38, 2009.

이대우, 「도발의 언어, 주술이 언어」, 문예미학회, 『문예미학』11집, 2005.

이동하, 「김동환 서사시에 대한 한 고찰」, 가라문화연구소, 『가라문화』3권, 1985.

이소희, 「'고정희'를 둘러싼 페미니즘 문화정치학」, 한양대여성연구소, 『젠더와 사회』6권 1호, 2007.

이영미, 「탈춤과 마당극의 역동적 시공간」, 한국동양예술학회, 『한국동양예술학회지』2권, 2000.

이인영, 「「국경의 밤」에 나타난 서사성에 관하여」, 현대문학이론학회, 『현대문학이론연구』5권, 1995.

이진호, 「이광수의 「옥중호걸」 연구」, 『여주대학논문집』, 2000. 12.

장도준, 「한국 근대 서사시와 단편서사시의 장르적 특성 연구」, 『국어국문학』126권, 2000.

장부일, 「이광수의 초기시고」, 『울산어문논집』4집, 1988. 2.

＿＿＿, 「한국 근대 장시 연구」, 서울대학교 박사학위 논문, 1992. 2.

장윤익, 「한국서사시 연구: 시사적 맥락을 중심으로」, 명지대학교 박사학위 논문, 1983.

정두홍, 「담시와 서술시」, 서원대학교 인문과학연구소, 『인문과학연구』, 1998.

정종진, 「한국현대시사에서 서사시·서사성에 대한 논의와 시정신 변화에 대한 연구」, 『인문과학논집』16권, 청주대학교 인문과학연구소, 1996.

정한국, 「대한제국기 계몽지식인들의 '구국주체' 인식의 궤적」, 성균관대사학회, 『사림』제23호, 2005. 6.

정효구, 「고정희 시에 나타난 여성의식 연구」, 충북대인문과학연구소, 『인문학지』17권, 1999.

조 광, 「안중근 연구의 현황과 과제」, 『한국근대사연구』12집, 2000.

조남현, 「김동환의 서사시에 대한 연구」, 건국대학교, 『인문학논총』11집, 1978.

＿＿＿, 「서사시 논의의 개념과 쟁점」, 『한국 현대시사의 쟁점』, 시와시학사, 1991.

조동일, 「서사시의 전통과 근대소설」, 서울대, 『관악어문연구』15권, 1990.

＿＿＿, 「장편서사시의 분포와 변천 비교론」, 한국고전문학회, 『고전문학연구』5권, 1990.

조진기, 「초창기 문학이론과 작품과의 거리: 춘원 이광수의 경우」, 『수련어문논집』, 1974.

최동호, 「춘원 이광수 시가론」, 『현대문학』, 1981. 2.

최두석, 「단편 서사시론고」, 한국어교육학회, 『한국어교육연구논문집』38집, 1990.

최영호, 「이순신 '장편서사시' 비교 연구」, 『해양연구논총』제40-Ⅱ집, 2008. 5.

최원규, 「춘원시의 불교관」, 『현대시학』, 1977. 5.

최원수, 「이광수의 시」, 『현대시학』, 1973. 11.

하진숙·정병언, 「탈춤의 연행원리로 본 틈의 미적 기능」, 한국공연문화학회, 『공연문화연구』제27집, 2013.

홍경표, 「춘원의 초기시 「범」과 「곰」 시 세 편」, 『한국말글학』24집, 2007.

홍기삼, 「한국 서사시의 실제와 가능성」, 『문학사상』, 1975. 3.

황재문, 「안중근의 문학적 형상화 양상 연구」, 국문학회, 『국문학연구』15권, 2007.

찾아보기

한국 현대 서사시의 변용과 선택